L U N A

Mercedes Salisachs

La conversación

EDICIONES B
GRUPO ZETA

Barcelona • Bogotá • Buenos Aires • Caracas • Madrid • México D.F. • Montevideo • Quito • Santiago de Chile

1.ª edición: marzo 2002

Bailén, 84 - 08009 Barcelona (España)
www.edicionesb.com

Printed in Spain
ISBN: 84-666-0824-9
Depósito legal: M. 3.584-2002

Impreso por BROSMAC, S.L.
Crta. Villaviciosa a Móstoles Km. 1
28670 VILLAVICIOSA DE ODON (Madrid)

Mercedes Salisachs

La conversación

A Isabel y Rafael Borrás con mi agradecimiento por haberme regalado tantos años de amistad sincera, inteligente y desinteresada.

M. S.

Espero que este libro te conmueva, como lo hizo conmigo.
Muchas felicidades
Estrella y Javier

El hombre se revela en la conversación
no sólo por lo que dice sino por lo que calla.

STEFAN ZWEIG

La primera vez que oí hablar de Antonia fue en el despacho que su padre tenía en el edificio de la multinacional americana Woultmand & Starky. Recuerdo que el hecho de entrar en aquella estancia, lujosa y plagada de obras de arte, fue para mí algo parecido a traspasar los límites de mis sueños más inaccesibles; algo impensable que sin la intervención de Douglas Raft (entonces consejero de la empresa y asesor particular de Anton Mahler), jamás hubiera podido conseguir.

Anton Mahler era el presidente plenipotenciario de aquel monstruo financiero, y por ende uno de esos mitos antropomorfitas que pocos consiguen conocer personalmente.

Sin embargo allí estaba yo, frente a aquel prodigio de las finanzas, rozando la mesa Luis XV que presidía el fondo de aquella habitación, flanqueada por dos enormes ventanales cuyos cristales absorbían una luz cegadora que dañaba la vista y donde Mahler solía recibir a los elegidos cuando regresaba a España, tras sus constantes viajes a Estados Unidos y a diferentes partes del planeta.

De pronto vi, sobre aquella mesa, la fotografía de Antonia. Era una niña de unos ocho años, de pelo rubio, ojos claros y mirada lamentosa que en vano intentaba parodiar la sonrisa que sin duda le estaba exigiendo el fotógrafo y que ella, por supuesto, no supo interpretar.

Recuerdo que mientras yo la miraba, Anton Mahler me tendió la mano para saludarme inclinándose levemente sobre el borde de la mesa sin llegar a levantarse del asiento: «Es un placer conocerlo. Me han hablado muy bien de usted.»

Y como viera que yo continuaba fijándome en la fotografía, aclaró: «Es mi hija Antonia. Bonita, ¿verdad? Desgraciadamente su madre murió cuando nació ella. Su hermana, que es soltera, desde el primer día que vino al mundo se convirtió en otra madre para ella. Por eso vive en España. Mi mujer era española.»

Lo dijo de corrido como si quisiera echar fuera, a toda prisa, las indudables negligencias paternales que sus continuas ausencias de España le exigían.

Mientras hablaba no pude ver claramente la expresión de su rostro, a causa del relumbre de los ventanales; no obstante, por su forma de expresarse, intuía que sus gestos eran los de un hombre frío y desvinculado de los problemas domésticos.

De pronto se lió a carraspear mientras manipulaba los papeles que tenía sobre la carpeta y comenzó a leer con voz monótona y poco convincente: «Eladio Escalante: ¿Es ése su nombre?» Asentí y él continuó leyendo: «Becario en las carreras de Ciencias Políticas y Sociología. Licenciado en Dirección y Administración de Empresas en ESADE (primero en su promoción).»

Ahí se detuvo; alzó la mirada y asintió con la cabeza como si, con aquel ademán, me diera la enhorabuena. Enseguida continuó: «Director de Sucursal de Caja Madrid. Director de IBM en Cataluña.»

Después, silencio. Se apoyó en el respaldo del sillón y volvió a carraspear. Luego, enderezándose, cruzó los brazos y me miró fijamente. Aquella actitud me confirmó que mi currículum le había interesado.

«No está mal. Sí señor, no está nada mal. Es indudable que Douglas Raft tenía razón. Usted es una persona valiosa. Además, al margen de sus estudios, permítame que reconozca su prestancia física. ¿Sabe usted?, la gente suele valorar mucho la apariencia y la suya es muy positiva. Además parece ser que conoce a fondo varios idiomas.»

Lentamente, la cara de Mahler fue aclarándose. La luz que me deslumbró al principio empezaba a familiarizarse con mis ojos y ya no me impedía observar sus facciones. Eran las mismas que su leyenda de persona inaccesible obligaba a reproducir en revistas y periódicos con la pasividad propia de un paisaje, una estatua o un monumento.

De hecho, Mahler, aunque conocido, para la mayoría de la gente era un ser carente de entidad humana, alguien muy parecido a una persona, pero sin los atributos propios de las vulgaridades cotidianas, los problemas familiares y las debilidades sentimentales. En realidad era un mito sumergido en las finanzas universales a las que casi nadie tenía acceso. Por eso se me antojaba tan extraño departir con él como si fuera un hombre cualquiera.

Su rostro, algo orondo y de mandíbulas cuadradas, se caracterizaba sobre todo por la agudeza de su mirada y aquel modo de apretar los labios propio de los seres seguros de sí mismos.

A su alusión a mis conocimientos lingüísticos le contesté que sólo dominaba el inglés y el francés. Y medio en broma añadí: «Por supuesto también domino el español. Y, aunque con cierta dificultad, consigo salir adelante hablando alemán.»

De nuevo oí el carraspeo de Mahler y acto seguido volvió a decirme que mi currículum era interesante: «Supongo que estará usted al corriente que nuestra empresa, Woultmand & Starky, abarca varias ramificaciones: televisión, radio, prensa, cine y por supuesto editoriales.»

De pronto Mahler dejó de ser el hombre bien predispuesto a dejarse impresionar por mis actividades y conocimientos empresariales, para hablar de sí mismo con voz engolada como si el recuerdo de aquellas industrias recién mencionadas fueran condecoraciones que enaltecían su personalidad: «Sin embargo no voy a negarle que lo que más flaquea en Woultmand & Starky en España es precisamente la faceta editorial», continuó diciendo.

Le expuse que, en efecto, Douglas Raft me había puesto al corriente: «Al parecer existe una falta de coordinación entre la central catalana y la delegación de Madrid. Asimismo me ha dado a entender la deficiente relación que une las distintas secciones abocadas a la economía: Marketing, Contabilidad, Publicidad y también la falta de comunicación que se produce entre el personal responsable de la administración con los autores, las ediciones, la distribución de los libros y especialmente la escasez de contactos estratégicos con los medios de comunicación ajenos a los que pertenecen a la empresa.»

Mahler asintió con la cabeza y enseguida añadió: «Así es, todo eso es lo que no funciona como es debido. —Y ya más relajado—: No se trata de la dirección literaria. Esa faceta está resuelta: tenemos un buen director de editores y asesores capacitado para cubrir los cupos con obras importantes. Lo que la editorial española precisa es un buen director de ejecutivos, al margen de la literatura. Hasta ahora las secciones que le he mencionado se han regido por criterios propios y dispersos y el engranaje ha sido un desastre. En definitiva, lo que buscamos es un hombre preparado para dirigir las distintas secciones laborales y hacer que funcionen como es debido. Actualmente, unos por otros, nadie cumple como debiera cumplir. Actúan de un modo disperso, sin control, sin demasiado sentido de responsabilidad. En suma, cada sección funciona a su aire, y así no es posible conseguir un rendimiento eficaz.»

De pronto se detuvo. Se quedó mirándome de aquel modo suyo, con los ojos algo entornados como si al encogerlos pretendiera irradiar un magnetismo que me hipnotizara y enseguida me preguntó: «¿Comprende lo que estoy intentando explicarle.»

Naturalmente que lo comprendía. Pero no me atrevía a demostrárselo. Cabía la posibilidad de equivocarme. Y aquello hubiera supuesto el desmoronamiento de todas mis esperanzas. «No acabo de captar exactamente lo que pretende decirme», le mentí. Aunque animado por la lógica me costaba imaginar que aquella escena era el primer paso, tantas veces soñado, para ingresar en el mundo laboral de aquella empresa.

Algo que durante años y años estuve acariciando mientras soportaba crepúsculos interminables de continuos imposibles, de desajustes inesperados y sobre todo de constantes zancadillas profesionales.

Mahler continuó hablando: «Nuestra editorial española es muy importante, pero flaquea en la organización interna. Resumiendo: lo que precisamos es un hombre preparado que sepa coordinar esas malditas secciones y las convierta en una sola fortaleza económica. Ese hombre podría ser usted. Por supuesto estará bien retribuido y las condiciones favorables no van a faltarle. Según Douglas Raft está capacitado para ejercer ese cargo. Si lo acepta, tanto el Consejo Administrati vo de Woultmand & Starky como yo, nos sentiremos muy satisfechos.»

De momento me quedé en blanco. Lo que estaba escuchando era lo mismo que soñar. No podía dar crédito a lo que Mahler me proponía: «¿Lo que usted me ofrece es algo así como ser una especie de director de ejecutivos o un ejecutivo director?», pregunté.

Mahler asintió esbozando un simulacro de sonrisa: «Efectivamente. No se equivoca. Un hombre como usted, con tanto estudio incrustado en su mente, a la fuerza debe de tener un sentido del orden muy agudizado», remató medio en broma.

Y para tranquilizarme añadió: «No vaya usted a creer que lo que más me importa es aumentar las ganancias. La neurosis del lucro no entra en mis cálculos. Eso, en el fondo, no deja de ser una necesidad secundaria. Lo que interesa de verdad, es que Editorial Otoño funcione, que la dignidad de la empresa no se deteriore y que los autores se sientan orgullosos de trabajar con nosotros. Últimamente ha habido varias quejas que desgraciadamente no eran infundadas.»

«Tendré que pensarlo —le dije—. No voy a negar que su

proposición es muy tentadora, pero deberé notificarlo a la empresa donde trabajo actualmente, por una cuestión ética, y exponerles la oferta de ustedes.»

Y, al oír mi propia voz, tuve la impresión de que no era yo quien hablaba. Mi verdadero yo era un ente mudo envuelto en estupor y en vehemencias sofocadas, un hombre luchando por utilizar astucias que carecían de sentido. Pero era necesario matizar esquemas, contrastar pareceres, fingir dudas que no existían. En suma, hacerse valer.

Mahler continuó insistiendo: «Creo que, en cuanto le presente el contrato, dejará usted de dudar.»

Lo sabía. En realidad siempre lo había sabido. Nunca puse en cuarentena que algún día lo que tanto había soñado llegaría a realizarse. Sobre todo cuando mi madre me repetía: «No sé adónde llegarás hijo mío. Lo único que sé es que vas a matarte de tanto estudiar.»

Tenía razón. Pero también ella «se mataba para que yo estudiara». Fueron muchas las exigencias que se imponía con el fin de que yo llegara a alcanzar las metas que me había propuesto.

Recuerdo que cuando conocí a Douglas Raft, en la sede de ESADE, pronto llegamos a intimar gracias a mi madre: «Es persona de pocas palabras y grandes esfuerzos —me dijo al poco tiempo de conocerla—: aunque la vida no es justa con ella, no hay duda de que se trata de una mujer excepcional.»

Fueron aquellas palabras las que incrementaron mis esfuerzos cualitativos. Recuerdo que en aquella época mi madre aceptaba todos los trabajos que le ofrecían, por humildes y desagradables que fueran. Lo esencial era acumular lo bastante para que mis estudios no se malograran.

Ciertamente poco era el tiempo que podía dedicarme. El día era corto y las noches breves. Pero nunca me faltó su apoyo. Y, por supuesto, jamás encontraba instantes para ocuparse de ella.

A veces Douglas Raft se la quedaba mirando como si contemplara un monumento de gran valor artístico: «¿Te das cuenta de cómo es tu madre? Jamás he conocido a nadie con tanta tenacidad.»

Douglas Raft no se equivocaba. Su instinto de cazatalentos (que tanto apreciaba Anton Mahler) también le permitía olfatear la grandeza de las personas pequeñas; aquellas que de puro insignificantes podían mover montañas a fuerza de voluntad.

Mientras yo daba vueltas a los recuerdos de mi adolescencia, Mahler continuaba mirándome con la insistencia de los que no están acostumbrados a que se les lleve la contraria: «De cualquier forma es un dato positivo que no se deje dominar por las primeras impresiones —me comentó—. Ello no hace más que confirmar su prudencia. Ser cauteloso es la mejor forma de no caer en equívocos.»

Su voz ya no era engolada y su insistencia descartaba cualquier bizarría prepotente: «Siempre he confiado en el ojo clínico de Douglas Raft», acabó diciendo.

También yo confiaba en él. Parece que lo estoy viendo en mi época juvenil. Su alta estatura pareja a la mía, sus ademanes sosegados y su porte correcto, aconsejándome y señalándome caminos para conseguir que mi escala de valores consolidara mi futura vida social. Aunque entonces no me daba cuenta, fue gracias a él que aprendí a vestirme con elegancia, a tratar a la gente de cierta altura, a utilizar los cubiertos como era debido y a familiarizarme con las buenas maneras que mi madre no supo o no tuvo tiempo de enseñarme.

Douglas Raft, aunque norteamericano, llevaba mucho tiempo viviendo en España gracias a su alto cargo en Woultmand & Starky y no desconocía la humildad de mi origen y los esfuerzos de mi madre para sacarme adelante.

Sabía también que mi padre había trabajado en un cine de lujo como acomodador, y que con las propinas, más el sueldo que recibía, podíamos llevar una vida dignamente pobre sin las angustias que tuvimos que afrontar después de su muerte.

«Douglas me ha puesto al corriente de la trayectoria de su vida —continuó diciendo Mahler—. Al margen de su currículum existen factores muy positivos que merecen mi admiración. Usted conoce a fondo la lucha por escalar peldaños. Y eso tiene más valor que los talentos arropados desde su nacimiento por la holgura de un "pasar" acomodado. Dar por hecho lo que debe ganarse a pulso es una de las grandes erratas que ofrece la vida.»

No le contesté. Dejé que continuara explicándose. Al parecer lo que le interesaba era no sólo mis conocimientos empresariales, sino mis orígenes a ras de suelo, mis esfuerzos por subir peldaños, aquel escalar montañas desde la sima más hundida.

Recuerdo que en un momento dado me habló de la necesidad de ser puntilloso y un poco soberbio: «Conquistar la honra es mil veces más honorable que nacer en ella.»

De pronto evoqué a mi padre cuando ya bordeaba su muerte: «Poco podré dejarte, hijo mío.» Se expresaba con dificultad y con cierta tendencia a pedirme perdón por haber contribuido a mi nacimiento. Sin embargo se equivocaba: aunque él nunca lo supo, me dejó mucho más que una gran fortuna. Me dejó la impronta de su honradez, su total ausencia de envidia por los amigos que conseguían puestos de mayor importancia, y también el aliento que transmitió a mi madre para que yo algún día pudiera ser «alguien».

«Por eso quiero invertir en usted —siguió diciendo Mahler. Aunque su frase no era demasiado satisfactoria, el hecho de considerarme "una inversión" no dejaba de halagarme. Instintivamente trató de rectificar—: Me refiero naturalmente a que invertir en usted supone invertir no sólo en la mejora económica de la empresa, sino en el resultado global gracias a su visión futurista.»

Y como viera que yo continuaba callado continuó: «Únicamente los hombres que han padecido en sus carnes "pasados apurados y difíciles" están verdaderamente capacitados para tener una visión futurista.»

Le contesté que, en efecto, mi infancia y mi adolescencia no habían sido envidiables.

En aquella época vivíamos en la parte baja de la ciudad, en una calle estrecha, donde más de una vez vi cruzar ratas enormes que mis compañeros perseguían con escobas al grito glorioso de «Muerte al enemigo» y a cuya caza yo jamás me sumaba por el asco que me producía ver una rata muerta.

«¿Cree usted que matar ratas en la calle puede avivar la visión futurista? —pregunté bromeando—. Eso es lo que hacían mis amigos cuando yo era niño.»

Parece que los estoy viendo. La calle era nuestro cuarto de jugar. Ningún lugar podía ser más apropiado para desfogar nuestras energías. Nadie nos vigilaba, ni nos adiestraba en éticas. Sencillamente nos temían. Especialmente cuando nos enzarzábamos en peleas que escandalizaban al vecindario.

En realidad lo nuestro siempre se traducía en idear bromas de mal gusto; bullicios gratuitos, concursos para medir nuestras fuerzas y dejarnos hechos unos cristos ensangrentados.

A veces mi madre, cuando yo intentaba algún desafuero para «ser igual» que mis compañeros, me miraba como si no me conociera: «Pero Eladio, ¿cómo puedes ser hijo mío?» No obstante, en aquellos tiempos, yo era incapaz de calibrar el dolor de mi madre. La cuestión era seguir los actos vandálicos de los chicos de la calle: romper muñecas a las niñas del vecindario, robar manzanas en el súper, hacer añicos las farolas con piedras, pulsar timbres y esconderme, usar tirachinas contra los transeúntes despistados y destrozar, con la furia de los vikingos, las escasas cabinas telefónicas que todavía se mantenían ligeramente utilizables.

«También estoy al corriente de esas actividades. Douglas Raft se ha enterado de todo por su madre —continuó diciendo Mahler—. Pero también sé que usted se negaba a jugar a guerras con aquellos desgraciados animalitos», dijo refiriéndose a las ratas muertas.

Lo cierto era que mi madre jamás me regañaba. Lo único que hacía cuando alguien se quejaba de mis tropelías era llorar. Era un llanto callado lleno de impotencia: le dolía tanto no poder dedicarse a educarme civilizadamente. «Si me quedo en casa no trabajo y si no trabajo no podrás estudiar», me decía con voz ahogada por el desaliento: las ojeras enrojecidas y el rictus de sus labios impregnado de dolor.

En realidad fueron aquellas lágrimas reprimidas y aquellas muestras de impotencia lo que me indujo a abandonar el vandalismo de mis amigos.

Cuando ahora evoco aquellos tiempos comprendo que todo en torno a mí era desarticulado. Nada era normal. Las cosas se regían por instintos destructivos que no eran tanto producto de una soberbia provocada por complejos o envidias como de puntillazos propios de niños abandonados a sus impulsos salvajes.

De pronto un día me di cuenta de que aquella forma de vivir era lo mismo que cavar tumbas para morir en ellas. Sobre todo cuando veía llegar a mi madre, entrada ya la noche con el rostro demacrado, las manos hinchadas y enrojecidas, el cabello despeinado y el suspirar con doble resuello como si quisiera tragar un llanto crónico que careciese de lágrimas: «Supongo que hoy te habrás portado bien, ¿verdad, Eladio?», me preguntaba con la rutina de un deseo que nunca se cumplía. Por eso no esperaba respuesta. Sólo me miraba con ojos suplicantes, la postura vencida por el agotamiento y la voz cansada: «La cuestión es que tú no pierdas el tiempo y que te alejes de esos amigos que no tienen tu talento.»

Fue aquel confiar en mí, y sobre todo aquella forma suya de acumular día a día el usufructo moral que le dejó su marido, lo que le dio fuerzas para aceptar las tareas más dispares e ingratas (casi siempre mal retribuidas) que tanto contribuyeron a plantearme en serio el hecho de imitar su tenacidad.

«En realidad fue mi madre la que con su ejemplo me indujo a comprender la avaricia de "aprender"», le dije a Mahler.

Rompió él a reír y me interrumpió: «Me ha gustado mucho eso que ha mencionado sobre "la avaricia de aprender". Sí, en efecto: también el hecho de aprender puede ser potenciado por la avaricia. Por eso necesito un directivo con su historial para organizar las distintas secciones que se relacionan con la economía. Alguien como usted, con ideas brillantes.»

En aquellos momentos, hablar con Mahler ya no era un hecho excepcional que tanto me habían envidiado mis compañeros de trabajo.

La elocuencia de ambos se iba avivando a medida que pasaba el tiempo con sinceridades que al principio nunca se me hubiera ocurrido plantearle.

No obstante lo de las ideas brillantes no me pareció demasiado acertado: «De cualquier forma —le insinué— no debemos olvidar que una idea brillante no garantiza un éxito continuado.»

Mahler no se dio por vencido: «Pero los éxitos continuados vienen siempre condicionados por las ideas brillantes.»

Su respuesta se me antojó algo envarada: «Son muchas las soluciones que pueden surgir sin necesidad de dejarse deslumbrar por los brillos —le dije—. Existen muchas formas de solucionar los problemas simplemente utilizando la lógica. Por ejemplo, si las inversiones no funcionan, es preferible vender con pérdidas antes de un año, porque la compensación fiscal es más ventajosa. Sí, ya sé, usted dirá que las ventas con pérdidas suelen ser precarias por el riesgo que conllevan, pero no es cierto.»

Mahler se quedó unos instantes inmóvil. Pensé entonces que mis propuestas no le habían gustado; que probablemente no se ajustaban a lo que esperaba de mí y que tal vez tachaba mis argumentos de anticapitalistas, poco propicios a desarrollar el mercado capitalista que él veladamente proponía.

Sin embargo me equivoqué: «Tiene usted razón, señor Escalante: no hay que dejar de lado las estrategias de la nueva economía. No hace mucho leí en el periódico que un personaje importante dijo una frase a mi juicio poco convincente y menos aún aleccionadora: "Primero son los dividendos y después la cultura." Yo no estoy de acuerdo. Lo importante es que los directivos tengan la flexibilidad propia de las distintas culturas mundiales. Lo contrario sería mantener un negocio autista.»

Envalentonado por su respuesta continué argumentando mis puntos de vista sin amedrentarme: «Tampoco hay que descartar que lo que sirve hoy puede no servir mañana, pero siempre teniendo en cuenta el peligro que puede acarrear la aplicación de ciertas flexibilidades.»

Enseguida añadí que el factor riesgo era necesario, pero contando con el apoyo inteligente de los ejecutivos. «Si no están cualificados para trabajar en grupo y no se amoldan al liderazgo generalizado pensado sólo en destacar individualmente y adjudicarse los méritos como algo propio, hay que prescindir de ellos a rajatabla sin caer en sentimentalismos.»

Nuestro coloquio iba siendo cada vez más fluido. Poco a poco las barreras que al principio nos habían distanciado empezaban a desmoronarse.

Desde entonces han pasado más de quince años, sin embargo nada de lo que departimos Mahler y yo aquel día se ha borrado de mi mente. De hecho es como si el tiempo no hubiera discurrido y todo lo que vino después fuera sólo un desgarrador holocausto perdido en tratados históricos que nadie podrá leer.

Incluso ahora, que todo se confunde con la nebulosa de lo que ya no existe, las razones que expusimos aquel día siguen impresas en mis recuerdos como si acabaran de ser planteadas. Imposible olvidar aquel careo-preludio. Aunque intente olvidarlo, siempre está ahí, convertido en un cúmulo de sinrazones que entonces no preconizaban consecuencias implacables. Era imposible imaginar que tanto los proyectos como las ideas podrían generar desenlaces selváticos y trampas mortales. Es inevitable: las evocaciones no engañan. En vano trato ahora de borrar lo que jamás podrá borrarse, por mucho que su calidad de prehistoria pretenda envolver aquel encuentro en tinieblas de amnesia. De nuevo saltan a la palestra situaciones elementales que entonces eran sólo circunstancias sin demasiado relieve: amores que en realidad sólo fueron deslumbramientos, ilusiones muertas que parecían eternas, ecos crepusculares que jamás se escucharon a pleno sol, transparencias que no llegaron a ser corpóreas; y sueños, muchos sueños que sólo me llevan ahora a recopilar palabras sueltas; instantes con nombres que hieren: dosis, escaleras, agua, tumbona, chiringuito, paraguas, piscinas, balcones a punto de desplomarse... Cosas que aquel día ni por asomo podía imaginar que iban a acabar por meterme en la penumbra de los secretos más inconfesables.

Me pregunto ahora qué hubiera ocurrido si Mahler no se hubiera empeñado en ofrecerme aquel empleo, y Douglas Raft se hubiera abstenido de recomendarme con tanta insistencia para premiar de algún modo mis esfuerzos intelectuales y la tenaz valentía de mi madre para costear mis carreras.

No lo sé. Las cuestión es que Mahler y yo acabamos conectando. Él fingiendo mejorar el engranaje de Editorial Otoño por causas puramente estructurales y sobre todo altruistas y yo por la vanidad de haber logrado lo que durante años esperé conseguir. «Por supuesto hay que tener siempre en cuenta el bienestar de los profesionales, tanto por compensar su valoración técnica como por contribuir con ello a una mayor retribución económica», acabó comentando él convencido de su alternativa.

Ni que decir tiene que no se me pasó por alto que, pese a su apariencia de hombre desinteresado y generoso, lo que Mahler pretendía era «aumentar las ganancias» de Editorial Otoño. Lo demás, aquel afán suyo de establecer una buena coordinación entre las distintas secciones editoriales, podían ser muy bien simples excusas para dárselas de hombre pródigo, descartado de codicias y empeñado en poner de relieve su presunción de mecenas.

Mucho fue lo que aquel día hablamos Mahler y yo. Lentamente, y sin que ninguno de los dos fuéramos plenamente conscientes, iban surgiendo temas que, de hecho, nada tenían que ver con mi presencia en aquel despacho.

Recuerdo que le hablé de mi madre; de las penurias que se había visto obligada a soportar para que yo pudiera salir adelante; de nuestro cambio de casa cuando gané lo suficiente para escapar del barrio donde las ratas andaban por sus fueros aun a riesgo de ser cazadas; de nuestra amistad con Douglas Raft: «Para mí ha sido siempre algo más que un amigo —le dije—. Los "considerandos", que se le atribuyen me traen al fresco. Con armario o sin armario, yo lo considero un hermano. Un hermano mayor que siempre supo aconsejarme con hombría.»

Mahler asintió con la cabeza. También él tenía la mejor opinión de Douglas. «Aparentemente nadie puede tacharle de tendencias distintas a las nuestras. Es un hombre muy correcto y sabe en todo momento mantener una apariencia digna. Jamás ha dado qué hablar. En cuanto a su inteligencia sobrepasa en mucho a los que presumen de virilidades sobrecargadas de vanidades ridículas.»

No. Nunca podré olvidar aquel primer contacto con el hombre que iba a marcar el resto de mi vida. Todo en aquellos momentos tenía la apariencia de una hoguera incombustible, un arder continuo que no llegaba a consumirnos; algo que afianzaba paso a paso la solidez de un futuro abrumado de promesas.

Lentamente, las facciones de Mahler fueron dulcificándose. Ya no parecían crispadas, ni se volvían ariscas. Los obstáculos que podían ser negativos se iban diluyendo en mutuas comprensiones.

Y lejos de ver el futuro como algo liviano y poco estable, se me presentó de pronto como la gran oportunidad de asumir el peso de una responsabilidad importante. «No hay duda —me dijo cuando estaba ya a punto de marcharme de allí—, estoy convencido de que entre usted y yo podrá establecerse una buena y fructífera colaboración no sólo profesional, sino también amistosa.»

Luego nos despedimos.

Al salir de aquel edificio, recuerdo que iba alegre: el ánimo infectado de optimismo, el anhelo de abrazar a mi madre, apresurando el paso. Las calles que atravesaba eran puras decoraciones sin relieve. Lo esencial en aquellos momentos era llegar a mi casa y decirle a mi madre: «Por fin lo he logrado.» Y besarla; enarbolar su delgada figura hacia lo alto y darle mil veces gracias por todo lo que había tenido que sufrir cuando yo era un niño.

Y repetirme a mí mismo «he triunfado, he triunfado».

Imposible imaginar entonces que la palabra «triunfo» puede consistir en llevar a cuestas toda la vida un cadáver putrefacto mientras las horas y los días van dilatando la convicción de haber caído en la mayor de las trampas.

La lluvia amaina poco a poco pero cuando Eladio Escalante abre la portezuela del taxi, la humedad que le sale al encuentro es casi tan densa como el aguacero reciente.

Distraído no advierte un pequeño charco de agua grisácea cuando desciende del coche, y la pirueta que debe hacer para sortearlo está a punto de provocarle un traspiés: «Mierda.» El taxista se suma al malhumor del viajero:

—Mal día para viajar —le comenta.

Pero Eladio apenas lo escucha. Su atención se ciñe al desfile de carritos que, junto al edificio del aeropuerto, aguarda que las manos inquietas y apresuradas de los viajeros los rediman de su condición de cola.

Sorteando la lluvia y dando zancadas, rescata uno de ellos y regresa al coche mientras el taxista le ayuda a colocar su equipaje.

—Buen viaje.

—Gracias.

Aunque el día es un conjunto de circunstancias incómodas, el entorno del edificio bulle de gentes, pasos, voces y rastreos.

De cualquier forma, la gente que rodea a Eladio Escalante carece de relieve. Se trata de personas como él, vapuleadas por la obsesión de ponerse a buen recaudo del frío y de la lluvia.

Por lo demás los rostros de la mayoría son anodinos: máscaras inexpresivas que probablemente ocultan situaciones parecidas a las suyas; cansancios vagabundos, ironías fatuas, instantes de malos aciertos, y libertades de graves dependencias.

Sin embargo, mirando en torno, es como si nadie fuera «alguien», como si el barullo de lo desconocido por todos convirtiera a los pasajeros en una masa de cuerpos grises sin realces ni reacciones.

El recinto es grande pero carece de ecos. Lo único que abulta el aire es el sonido apagado (mezcla de pasos, voces susurrantes y estallidos de avisos monótonos anunciando vuelos, cambios de horario, retrasos, traslados y nombres de algún despistado perdido) que al cruzar las naves, deja resonancias rutinarias a modo de lamentos infrahumanos propios de una civilización que se está cansando de serlo.

Decididamente, a Eladio Escalante nunca le ha gustado viajar en avión y mucho menos cuando se trata de atravesar el Atlántico. Tampoco le gusta hacer amistades durante el vuelo. Por lo general se trata de contactos insustanciales que no aportan nada nuevo o interesante. Palabreos vacuos que se fraguan solamente para disolver el tedio de unas horas vacías.

Por eso, siempre que se ha visto obligado a volar, ha procurado eludirlas. Y si el interlocutor se vuelve demasiado insistente, no vacila en neutralizarlo con modales fríos, fingiendo bostezos y modorras, como si el sueño le estuviera venciendo y el parloteo, más que un alivio, fuera un incordio.

La aduana está cerca. Eladio, inmerso en la monotonía de la costumbre, cruza el detector de metales, recoge su equipaje de mano y pregunta por la puerta 25.

Aunque le han indicado que puede esperar en la sala VIPS, Eladio desecha el ofrecimiento. Si entra en la sala VIPS se expone a encontrar algún conocido; a que le hagan preguntas y se apiaden de él. La mayoría de la gente que lo trata se muestra receptiva y amable y lo que Eladio está deseando es que lo dejen en paz, que no le incomoden, y sobre todo, que no le obliguen a echar fuera ese perro rabioso que puede ser el dolor contenido.

En estos momentos lo único que le importa es pasar inadvertido y entrar cuanto antes en el avión; alejarse de España, acabar de una vez con todo lo que pueda realzar las agresividades internas, las luchas paranoicas para sortear destinos ingratos y las miradas de conmiseración por las pérdidas de dos seres «tan queridos».

Al borde de los cincuenta años un hombre tiene derecho a empezar una vida nueva, y a recorrer caminos donde el pasado jamás entorpezca su andadura.

Por eso quiere dejar España para siempre y convertir la ciudad de Nueva York en un punto y aparte.

Nada importa ahora que subirse en un avión pueda suponer una celada. Mayores fueron las celadas que le obligan ahora a salir de España. En fin de cuentas, lo peor que puede pasarle es caer en picado en un mar frío y desolado desierto de ayudas y de esperanzas. Sin embargo, para Eladio la muerte ya no supone una preocupación abrumadora.

Lo que deja tras él ha sido demasiado amargo para que la posibilidad de morir le acongoje o le torture.

En cuanto anuncian su vuelo se pone a la cola.

No tarda mucho en entregar su carta de embarque. Luego se dispone a atravesar el túnel que conduce al avión.

Durante unos instantes los únicos sonidos que se escuchan son los provocados por los pasos nerviosos de los pasajeros. Aunque avanzan en silencio, todos adoptan los andares de reos unidos por los grilletes de un destino común. Nadie forma parte de lo que va a quedarse en tierra. La tierra pronto dejará de ser algo lógico y necesario. Lo esencial es ya superarla, subir por autopistas hechas de vacíos y mantenerse flotante durante un lapso de siete horas con una dirección desprovista de apoyos camino de un continente distante.

Luego el revuelo de preguntas, de miradas inquietas, de equipajes de mano asentándose en los huecos correspondientes, y de ademanes nerviosos sorteando brusquedades:

—«Business» —confirma la azafata mientras consulta su carta de embarque. Y enseguida con la mano le indica el camino que Eladio debe seguir. Mientras cruza la nave, comprueba que la clase turista se ha ido acomodando en sus respectivos asientos; las miradas plácidas, los ademanes relajados.

No tarda mucho en llegar al puesto que le corresponde. Ahí las azafatas son más serviciales. Ayudan. Se ocupan del equipaje de mano. Se hacen cargo del abrigo.

Eladio se deja caer en el asiento y se fija en que la butaca contigua a la suya está vacía: «Viajar sólo es un regalo que no esperaba.» Por fin el silencio, el descanso, la posibilidad de dormir.

Y sobre todo tener la certeza de que nadie va a hacerle preguntas ni alterar sus ánimos con indagaciones impertinentes, ni obligarle a soportar lugares comunes propios de los viajeros dados al parloteo. Los elementos de juicio de Eladio jamás se sumaron a esos afanes ocultos de rellenar vacíos verbales simplemente por llevarle la contraria al sopor o a la monotonía.

Distraídamente, Eladio Escalante se coloca el cinturón del asiento y se apoya en el respaldo con los ojos cerrados. «Por fin.» El despegue ya no puede tardar.

Aunque la puerta del avión continúa abierta, la hora de salida está a punto de cerrarla.

Sin embargo los minutos van pasando y la puerta no se cierra. Eladio comprueba que las azafatas cruzan miradas que no son demasiado tranquilizadoras. Algo está ocurriendo para que el avión no dé muestras de disponerse a despegar. «La maldita impuntualidad de esa dichosa compañía», piensa.

Al final le explican que alguien está llegando con retraso por culpa del tránsito demasiado espeso de la carretera: «Sentimos mucho la demora, pero la persona que esperamos ya no puede tardar.»

No obstante la frase de la azafata no convence y la ecuanimidad de los restantes pasajeros está a punto de bordear el enfado:

—Hay que prever los atascos —comentan.

—Nadie tiene derecho a alterar la puntualidad de los servicios públicos.

De pronto, junto a la portezuela se organiza un pequeño tumulto. Alguien acaba de llegar. Y tras un revuelo de maniobras, la entrada al avión se cierra.

Eladio respira tranquilo. La tibieza de la ansiada soledad aplaca por fin su conato de fastidio.

Pero la placidez deseada no tarda mucho en alterarse. La persona recién llegada avanza hacia las dependencias de primera. Se detiene junto al asiento de Eladio y, con el rostro enrojecido y los ademanes excitados, se excusa por la tardanza:

—Siento mucho la molestia que he ocasionado.

Se trata de una mujer de edad indefinida, de cuerpo bien proporcionado, modales discretos y sonrisa agridulce:

—Pero el tránsito de la carretera era insoportable —continua diciendo.

Entretanto, las azafatas van colocando sus enseres mientras le ruegan que se siente junto a Eladio y que se abroche el cinturón.

La nueva pasajera obedece. El rostro algo enrojecido por la vergüenza y el aliento alterado por las prisas y el sofoco.

—Era imposible avanzar —sigue explicando ella. Pero las azafatas ya no la escuchan.

Instintivamente, Eladio se vuelve a mirarla. «Fin de la paz —piensa—. Ya no podré viajar tranquilo.»

A simple vista parece una mujer elegante pero sin excesivas muestras de originalidad. Su forma de vestir es clásica y el conjunto que lleva puesto no destaca por llamativo.

—No se preocupe —le dice para tranquilizarla—. Total sólo hemos esperado unos minutos.

Enseguida se escucha por el altavoz las consabidas frases del comandante:

—La compañía Iberia agradece...

Luego las informaciones acostumbradas; cita de horarios, cambios de hora, pormenores consabidos sobre las actividades del vuelo, el ofrecimiento de las azafatas para todo lo que los pasajeros precisen. Después las recomendaciones para utilizar los salvavidas. Y la musiquilla apagada. Y el sonido de los motores. Y el deslizarse por la pista mientras los pasajeros, algo tensos, colocan las manos en los brazales y apoyan las cabezas en los respaldos.

Algunos rezan. La mayoría finge indiferencia. Y, por supuesto, nadie da muestras de temor.

Dejarse llevar por el miedo no conduce a buen puerto. Los inalterables leen. Otros repasan papeles.

Y la mayoría cierra los ojos como si un sopor extraño los venciera.

Pronto el avión abandona la tierra para dirigirse raudo cielo arriba.

Nadie habla. Sólo se piensa. En el breve departamento de los que viajan en «Business», hay una madre con un niño que parece enfermo; un hombre grueso que llena el sillón; dos expertos en negocios que, al despegar, rompen su coloquio sobre las empresas que sin duda comparten. Los demás pasajeros son anodinos. Bultos corporales cuyas espaldas resultan indescifrables.

Por fin el sonido del motor se suaviza y el avión se desliza por encima de las nubes mientras abajo la lluvia continua humedeciendo coches, carriles, trenes, carreteras, y todo lo que depende de la gravedad terrenal.

De pronto el sol. Un sol estallante que se cuela por las ventanillas y obliga a entornar los párpados.

Lo demás ahí fuera es como una «nada» gigantesca que obliga a continuar, a no detenerse ni un segundo. No cabe otra consigna si se pretende subsistir.

Eladio distraídamente se sumerge en la lectura de los periódicos que ha adquirido en el aeropuerto. Aunque casi todos ofrecen las mismas noticias, el modo de presentarlas no excluye la diversidad de los puntos de vista.

Resulta curioso analizar los contenidos tan dispares que una sola información puede causar.

De cualquier forma, lo que predomina son las referencias alarmantes. Crónicas avisadoras de problemas ya caducos o de barruntos peligrosos cuyas referencias consiguen alterar el fluir normal de la vida. Pesadillas diarias que, a fuerza de machacar las conciencias, aunque aterradoras, se convierten en normalidades rutinarias poco propicias a provocar desasosiegos.

No obstante, la lectura de los periódicos es para Eladio algo ineludible. Quizá porque, al dar un repaso a las tragedias ajenas, las miserias propias parecen amortiguarse.

Una de las azafatas se acerca a las butacas de los pasajeros con la sonrisa puesta y el ademán predispuesto a complacer: pregunta. Ofrece. Anota lo que los interrogados le indican y se une a sus compañeras para preparar lo que se ha solicitado.

Eladio ha pedido un jugo de tomate y su compañera de asiento una naranjada.

A veces decir «naranjada» puede ser también una forma extraña de situar a una persona. Por la tonalidad de la voz, se comprende la idiosincrasia de quien habla. Seguramente la mujer es norteamericana porque aunque su castellano parece correcto, revela cierta cadencia sajona.

A simple vista nada en ella destaca, salvo la típica seguridad de sí misma que caracteriza a las personas liberadas de prejuicios y complejos.

«Probablemente, aunque femenina en apariencia, cierto rigor varonil le está inyectando una dosis petulante de independencia», piensa Eladio.

Pronto el carrito de las bebidas atraviesa el corredor que corresponde a la clase turista.

Y enseguida la azafata deja sobre la mesa de su compañera de viaje la naranjada que ha solicitado.

De pronto el rostro de Eladio se vuelve hacia su vecina. Sonríen. Contemplan las mesitas que han desplegado y la azafata alarga el brazo para entregarle a Eladio el jugo de tomate que ha pedido.

Pero de pronto todo se trastoca. Incomprensiblemente la suavidad de la azafata genera un choque con la mano de Eladio y el contenido del vaso se vierte bruscamente sobre la falda de la viajera.

El impacto causado tiene el efecto de un estallido.

Tanto Eladio como la afectada se levantan bruscamente, mientras el tomate se desliza silencioso hacia el suelo como una catarata ensangrentada de revoltijos fraguados con odios, incomodidades y reproches.

Pero nadie se desmadra. Sólo buscan soluciones, procuran sonreír y se tragan el malestar como si se tragaran el tomate caído.

—Dios mío, cuánto lo siento —se disculpa Eladio mientras atolondradamente intenta con su pañuelo frotar la falda manchada—. De verdad; lo siento mucho.

Mientras tanto las azafatas restantes han acudido en su ayuda. Acostumbradas a solventar imprevistos, recogen el vaso caído, empapan el charco que rojea la alfombra y tratan de secar el traje de la viajera con toallitas especializadas en remediar el problema.

—No sé cómo disculparme. Soy el hombre más torpe de este mundo —vuelve a insistir.

Al verlo tan agobiado, su compañera de asiento intenta calmarlo:

—No se preocupe, no tiene importancia.

Pero la mancha de la falda, aunque aminorada y desteñida, continua delatando la incompetencia de Eladio.

—Por favor déjeme que le indemnice por haber estropeado su traje.

La mujer lo mira sonriendo. Niega con la cabeza y hasta produce la impresión de que el incidente le divierte.

—En cuanto mande la falda a la tintorería no quedará el menor rastro de tomate —bromea—. No se preocupe. Son cosas que pasan. Usted no tiene la culpa.

La amabilidad de la mujer le agobia. Casi hubiera preferido verla enfadada. «En cambio ahora me veré obligado a darle conversación», piensa aterrado.

Pero la viajera no parece muy dispuesta a iniciar un coloquio. Sentada nuevamente en la butaca, recobra el libro que estaba leyendo y de nuevo se enfrasca en su contenido.

Sin embargo, para Eladio, recobrar la atención del periódico se vuelve difícil. «Nada más desagradable que los imprevistos», piensa. Y por mucho que intenta concentrarse en la lectura, las letras del periódico se balancean, se confunden y las palabras se resisten a formar frases concretas.

Sin dar alcance al rastreo de sus cavilaciones, la azafata se acerca a Eladio y a su compañera para entregarles el menú:

—Lo serviremos dentro de una hora —explica—. Pueden elegir lo que les apetezca.

Ambos echan un vistazo a la lista que la compañía propone, Eladio no duda. Su madre siempre decía que era precisamente su capacidad de elegir sin vacilaciones lo que le había permitido escalar tantos peldaños.

También su acompañante produce la impresión de haber elegido la comida sin vacilaciones, porque tras echar un vistazo al papel, lo deja sobre la mesita con ademán decidido.

«Seguramente se habrá decantado por el pollo —piensa él—: la carne hoy día está en entredicho.»

Pero cuando la azafata se acerca para anotar el pedido, escucha la voz de su vecina pidiendo bistec:

—Poco hecho, por favor.

Eladio se vuelve hacia ella.

—¿No le asusta comer carne?

Ella niega con la cabeza:

—Si lo dice por las vacas locas, nunca como ahora la carne que consumimos ha estado más garantizada.

En cambio Eladio se decanta por el pollo.

—No vaya usted a creer que soy hipocondríaco, pero la carne nunca ha sido mi plato favorito.

De improviso, el recuerdo de Antonia: «También a ella le gustaba la carne poco hecha.»

—Entonces, ¿elige el pollo? —pregunta la azafata.

Eladio asiente. Dobla su periódico y lo deja sobre la mesa.

Distraído contempla ahora las manos de su vecina. Las tiene largas pero rematadas con uñas cortas y pulidas. También ella cierra el libro que está leyendo mientras lo señaliza con un kleenex para no doblar la página.

No es una novela. Es un ensayo sobre la estética de las armonías visuales.

Eladio no puede evitar rozar con su mano el libro que descansa en la mesita.

—Conozco esa obra —le dice—. La ha publicado Editorial Otoño.

—¿Lo ha leído usted?

—No. Pero trabajo en esa editorial. Se trata de una obra importante, sin embargo no ha tenido mucho éxito —reitera él.

—A mi juicio es una pequeña joya —comenta ella—. No obstante se comprende que no sea un best-seller: es un ensayo exhaustivo para especialista. —Y como ve que Eladio no da muestras de comprenderla, enseguida añade—: Soy directora de anuncios y experta en publicidad.

—Interesante.

—Por supuesto. Para mí es un trabajo apasionante. —Y tras un breve silencio—: De momento todavía trabajo por mi cuenta, pero pronto voy a unirme a una productora que tiene su sede en Los Ángeles.

—¿Vive usted allí?

—En efecto: soy norteamericana.

—Sin embargo su español es perfecto.

—Mi madre era española.

Aunque se expresa con aplomo, lo hace sin demasiada vehemencia; las manos extendidas sobre la tapa del libro, las facciones laxas, su forma de hablar susurrante, como si más que hablar estuviera pensando.

De repente se vuelve hacia él:

—¿Y usted? No sé por qué, pero no me lo imagino viajando como turista.

—En efecto, no se equivoca. La empresa Woultmand & Starky, de la que soy consejero, ha decidido nombrarme director de la Editorial Frederichstal de Nueva York.

De nuevo el silencio. Y las preguntas agolpándose entre ambos. Y la curiosidad pugnando por abrirse paso entre prudencias y audacias sin que ninguno de los dos se decida a romper la inutilidad de callar.

Por la mente de Eladio circulan ahora infinidad de interrogantes. «¿Quién es? ¿Cómo se llama? ¿Estará casada? No lo parece. Sus dedos carecen de sortijas. ¿Tendrá hijos? ¿Le gustaran los hombres o será lesbiana? Tal vez se haya divorciado.»

Pero no pregunta. Aguarda. Deja que su repentino y absurdo deseo de «saber» se desintegre en silencios.

Una turbulencia inesperada rompe al fin el cerco del mutismo.

—¿Así que usted reside en Los Ángeles? —pregunta él.

—En efecto, me fui a vivir allí cuando mis padres murieron. —Y enseguida—: De modo que en España el tipo de libros que estoy leyendo tienen poca salida.

—La estética visual no es lo que priva en España y mucho menos en cuestión de libros. Pero editar ensayos como el que usted está leyendo, aunque no suponga un éxito comercial, indudablemente prestigia a la editorial que los publica.

—Tiene usted razón. El prestigio es importante.

Y sin pensarlo dos veces Eladio le tiende la mano:

—Si vamos a estar juntos siete horas, lo normal es que me presente: me llamo Eladio Escalante.

—Daniela Rosenthal y Gómez —contesta ella mientras se estrechan las manos.

—¿Señora? —indaga él con media sonrisa.

—Señorita.

Los dos se acomodan en los asientos con aire satisfecho como si hubieran cumplido con un deber ineludible.

Durante unos instantes ambos se quedan como perdidos en desorientaciones que no saben esquivar. Miran en torno y procuran sumarse al ambiente que los rodea.

Poco a poco el miedo que envara a los pasajeros parece esfumarse. La actitud de todos se vuelve desenfadada y el avión es ya una gran máquina que avanza segura hacia destinos prometedores.

Luego está el sol. Un sol acogedor, que produce una sensación de apoyo, como si la luz fuera sólida y pudiera trazar rutas firmes sobre el inmenso vacío.

Eladio contempla ahora el periódico que ha dejado caer y el libro que descansa en la mesa contigua a la suya. Y la mudez de ambos persiste. No obstante a veces el hecho de sumergirse en el silencio puede también acarrear extrañas formas de comunicación. Al menos es lo que en estos momentos Eladio está experimentando. De pronto comprende que su empeño de aislarse de su entorno se está debilitando y que, tras haber estrechado manos con su vecina, la posibilidad de mostrarse indiferente o adormilado ya no le interesa.

—¿Trabaja usted en Nueva York? —se atreve a preguntarle.

Daniela Rosenthal se vuelve hacia su interlocutor mientras niega con la cabeza:

—No, mi viaje a Nueva York es circunstancial. Desde allí volaré a Los Ángeles.

—Un trayecto largo —comenta él.

Asiente ella sin palabras; sus ojos oscuros abrillantados por la luz que penetra por la ventanilla.

Tras un lapso breve, Eladio añade:

—Yo en cambio me quedaré en Nueva York.

—¿Por mucho tiempo?

—Para el resto de mi vida.

La respuesta es rotunda y no admite dudas. Pero seguramente Daniela no capta su alcance:

—¿Tiene allí familia?

Eladio niega con la cabeza:

—Sólo amigos. En cuanto a mi familia, si existe, la desconozco. No tengo parientes cercanos. Además acabo de enviudar.

—Lo siento —dice ella—. ¿Llevaba mucho tiempo casado?

—Algo más de seis años.

Lo expone como si el hecho de haber roto aquellas amarras siguiera provocando en él cierta sensación de dependencia con un pasado muy bello imposible de recuperar.

Daniela se muestra cohibida; teme haber sido indiscreta. En ocasiones cuanto más se desea acertar, mayor resulta el desafuero del desacierto.

Eladio percibe su incomodidad y no vacila en tranquilizarla:

—Afortunadamente no carezco de amigos. Trabajo mucho. El trabajo es un buen hilo conductor de amistades sólidas. —Lo dice como si el hecho de verse obligado a cumplir con una tarea determinada pudiera difuminar algo su soledad—. Los altos jefes de Woultmand & Starky son viejos conocidos. No me asusta empezar una nueva vida lejos de mi país.

Daniela asiente con la cabeza como dándole a entender que lo comprende y que comparte su opinión.

En cuanto a Eladio, tras su parrafada, parece sentirse más relajado:

—Espero que su nueva vida le ayude a recuperar parte de lo que ha perdido —le dice ella.

Pero Eladio no parece escucharla. Sin poder evitarlo, de nuevo se sumerge en el recuerdo; aquella hilera de acontecimientos que, por mucho que lo intenta, nunca puede arrancar de su memoria:

—Mi mujer murió hace escasamente un mes —explica él—. A veces no puedo admitir que ya nunca volveré a verla.

Daniela se siente incómoda. Por hacer algo se rebulle en el asiento y trata de parecer interesada en el dolor de Eladio.

—Comprendo que esa pérdida debe de haber sido muy dura —expone con voz compungida.

Eladio no contesta, pero sus facciones se crispan. La respuesta a lo que su compañera de viaje acaba de plantearle, más que un consuelo, se le antoja un reproche.

De nuevo la escena de aquella muerte se reproduce en su mente como si acabara de suceder: ahí está ahora Antonia; los ojos abiertos, suplicando ayuda, su respiración entrecortada, impidiéndole hablar. Y la sangre que expulsa de sus pulmones deformando la perfección de sus labios tantas veces besados por él.

—Seis años son muchos años —continua diciendo Daniela—, comprendo cuánto debe de echarla de menos.

Se ha expresado con voz angustiada, como si buscara en vano una frase oportuna.

Eladio se da cuenta del malestar que genera y enseguida trata de paliarlo:

—Siento mucho agobiarla con mis problemas.

—Al contrario: soy yo la que ha pecado de intromisión. Le ruego que me perdone.

—No se aflija —insiste él—, normalmente, hablar de lo que nos atosiga suele descargarnos de lastres dolorosos. Especialmente cuando la persona que nos escucha es una grata desconocida.

Daniela agradece la palabra «grata» con una sonrisa desvaída:

—Es cierto —responde—. Confiar algo íntimo a una persona que ya nunca volveremos a ver puede ser un gran desahogo. —Y tras una breve pausa—: Viene a ser algo así como bloquear nuestras confidencias sin el peligro de que se desbloqueen.

Eladio frunce el entrecejo, la mira fijamente y acepta el hecho de que Daniela no sólo es una mujer atractiva, sino que también es inteligente:

—Una conclusión muy perspicaz. Tiene usted razón: no puede haber un amigo más leal y seguro que aquél cuya garantía de olvido se apoya en la imposibilidad de vencer la distancia y reanudar el trato interrumpido.

—No sé si realmente soy inteligente —responde ella—. Todavía no estoy muy segura de mi lucidez. Únicamente conozco a fondo mis limitaciones. Pero en efecto, la distancia y la seguridad de una ausencia definitiva es un buen aval para asegurar el sigilo de las confidencias.

—No quiera engañarse —responde él—. Nadie es más inteligente que aquel que conoce sus límites. Sólo los tontos las desconocen. Por eso son tontos.

Daniela rompe a reír y la tensión generada hace unos instantes, se disuelve rápidamente.

—De cualquier forma —comenta ella—, la inteligencia «pelada», es decir, la inteligencia sedentaria que no se utiliza ni se desempolva, no suele ser infalible en nuestros comportamientos. Conozco infinidad de personas agudas y despiertas que, llegado el momento de demostrar su talento, obran con la mayor torpeza.

Eladio asiente. Pero al oírla, las amarras que lo mantienen preso en el pasado, se tensan: conseguir olvidar cuando las ataduras oprimen el cuerpo y lo sujetan a los yugos que inmovilizan las ideas, olvidar es siempre una quimera.

—Tiene usted razón —comenta con cierto extravío en la mirada—, incluso los que consideramos sabios son capaces de cometer las mayores estupideces.

Daniela, aunque no alcanza a captar totalmente el sentido de la frase que Eladio ha pronunciado, se suma a ella ratificando lo que acaba de oír:

—Es inevitable. Con frecuencia confundimos la realidad con lo ilusorio. Ésa es nuestra amenaza: perder el norte. —Y entornando los ojos como si vislumbrara algo muy lejano—: La humanidad es imperfecta, por eso tenemos de la realidad una idea equivocada.

Eladio no responde. La mira. Sin darse cuenta analiza sus facciones. Aunque incorrectas, son atractivas. Además carecen de afeites. Es simplemente una cara lavada, que sin presumir de ser bella se impone por la finura de su piel, la sencillez de sus gestos y la expresividad de su mirada.

—En mi trabajo —continua explicando Daniela— con frecuencia tenemos de la realidad una idea equivocada. Por eso hay que estar muy atentos al peligro de esa posibilidad. Más de una vez me he visto obligada a prescindir de lo que llamamos realidad para que lo que persigo en mi trabajo sea real.

Eladio carraspea ligeramente. La cabeza pensante que le ha tocado como compañera de asiento lo desconcierta. Él no esperaba que los circunloquios de un viaje pudieran coordinar tan rápidamente una jugosa comunicación.

—¿Lleva muchos años trabajando como publicista?

Daniela inclina la cabeza y deja escapar un soplo sonriente:

—Demasiados. Los suficientes para malograr cosas deseables y acumular ganancias nunca soñadas.

Eladio finge ahora una curiosidad que no siente:

—Supongo que habrá trabajado para ganar dinero.

—No, había otra razón más poderosa. Ganar dinero porque sí no conduce a nada. Lo que yo pretendía era independizarme. El dinero independiza.

—No siempre —comenta él—. También puede esclavizar. Usted misma acaba de confirmarlo. Según sus propias palabras, trabajar mucho ha malogrado cosas que deseaba.

—Así es.

—¿Puedo preguntarle cuál era su deseo?

—Crear una familia, tener hijos. —Y como si se burlara de sí misma—: En suma, conocer los placeres de lo que en España denominan una vida burguesa.

—Y, ¿qué le impidió cumplir su sueño? La excusa del trabajo no me convence.

—Lo crea o no, al principio, mi escasa economía fue un factor importante. Necesitaba trabajar para vivir. Luego, sin darme cuenta, me quedé atrapada por el trabajo. Es decir, ya no trabajaba para vivir, sino que vivía para trabajar. Dicho de otro modo: me enamoré de mi profesión.

—¿Y sigue enamorada de ella?

—Lo bastante para neutralizar ciertos aspectos de la vida que ya difícilmente voy a poder conseguir.

—¿Lo lamenta?

—Sí. Lo lamento.

—De cualquier forma usted es todavía joven. Si ha perdido un tren puede esperar otro.

Daniela vuelve a rebullirse en el asiento. Duda. Teme ser demasiado sincera. Pero al fin rompe a hablar:

—El caso es que hace algunos años tuve la ocasión de subir a ese tren. Pero una vez dentro, me arrepentí, bajé al andén y dejé que el tren se alejara —confiesa con media sonrisa—. En realidad aquel tren no circulaba por la vía adecuada. La verdad es que hay trenes que no atienden a razones —continúa explicando sin dejar de sonreír—. Para serle franca, el hombre con el que iba a casarme era incompatible con mi trabajo.

—¿Lo quería?

—Sí. Lo quería. Pero éramos dos planetas antagónicos. Algo así como el sol y la luna. Dos lejanías situadas en un vacío que sólo se llenaba con escasos instantes de comprensión.

Eladio adopta un aire guasón y trata de aligerar la carga algo pastosa del tema que están tratando:

—Y, ¿puede saberse quién era la luna y quién era el sol?

—No lo sé. Pero en cualquier caso, si yo era la luna, la luz de aquel sol, quizá me abrasase, pero no me alumbraba.

—Total, se quedó soltera, libre y emancipada.

—Sin embargo dentro de poco voy a dejar de ser todo eso que acaba de decirme.

Y como Eladio la mira expectante, continúa hablando:

—Voy a casarme con un productor. Trabajaremos juntos. —Y sin esperar respuesta explica—: Mi abuela materna todavía vive, pero está muy enferma. Quería darle un abrazo antes de contraer matrimonio. Por eso fui a España.

Eladio le da a entender que comprende la razón de su viaje:

—O sea que al fin ha encontrado el hombre que necesitaba.

Daniela asiente sin mirarlo y Eladio tiene la impresión de que su aquiescencia es un simple formulismo para variar el rumbo de lo que ha explicado.

—¿Llevaba usted mucho tiempo sin visitar España? —pregunta él.

—No, en cuanto puedo doy una escapada y me empapo de los cambios que se producen en el país. —Y como Eladio parece aguardar a que se explique, Daniela continua hablando—: De hecho no sólo España ha cambiado. Europa entera se ha integrado a esa mudanza. También en mi tierra se están produciendo trastocamientos. —Y tras un breve silencio—: Es curioso el afán de los países civilizados de copiarse unos a otros. Por ejemplo, si América está asimilando lo bueno de Europa, Europa está captando lo malo de América.

Aunque lo ha dicho con cierta ironía, Eladio parece compartir la opinión recién emitida.

—Tiene razón —afirma.

—No obstante existen ciertas raíces que, aunque parecen muertas, continúan vivas. Por eso no hay que tirar la toalla. En fin de cuentas vivir es eso: esperar. Sin esperar algo, sea lo que sea, no es posible vivir de verdad.

—Sin embargo a veces «esperar» puede ser tan irrelevante como soñar. Hay cosas que por más que las esperemos, nunca acaban de llegar.

Lo ha dicho con la mirada puesta en el respaldo del asiento que tiene delante: la voz quebrada y el dolor que lleva dentro trampeando su actitud de hombre cansado:

—Pero no hay que dejarse llevar por el pesimismo. Soñar es también vivir. ¿No es eso lo que preconizó Calderón? —expone Eladio procurando recuperar cierto tono festivo—. Me estoy refiriendo a su futura boda.

Daniela no contesta, se lleva la mano a la cabeza y alisa suavemente su larga melena.

—Si fuera muy joven creería en ese tipo de sueños.

Pero la edad de las fantasías ha sido ya liquidada en lo que a mí se refiere. Dentro de poco cumpliré treinta y varios años. No soy una niña. Cuando se está rozando los cuarenta, las ilusiones se modifican; se vuelven demasiado prosaicas para que los sueños merezcan ser sueños.

—Treinta y tantos años. Puedo jurarle que parece usted más joven.

—¿Debo darle las gracias? —pregunta ella jocosamente—. No estoy muy segura. En cualquier caso mi modo de ver la vida ya no se aviene con los espejismos. Creo que estoy entrando de lleno en esa quimera que llamamos realidades.

Eladio respira hondo y vuelve a carraspear:

—Yo en cambio acabo de salir de una grave pesadilla.

Lo ha dicho distraídamente sin saber exactamente por qué. En ocasiones las expresiones de los humanos actúan por sí mismas, como si ciertas fuerzas extrañas las estuvieran dictando.

—Es natural —continúa ella—. Debe de ser muy triste perder a la persona que ha sido alguien importante en nuestra existencia.

Eladio no responde. La mira. Intenta sonreír y procura disolver con una actitud neutra el conato de patetismo que se ha creado entre ambos:

—Yo estoy rozando los cuarenta y siete —confiesa— tampoco espero grandes cosas de la vida.

Pero Daniela no acepta su argumento:

—Un hombre a los cuarenta y siete no tiene derecho a renunciar a la esperanza —afirma con rudeza—. De hecho a su edad es cuando se traspasa el umbral de la segunda juventud.

Durante mis primeras incursiones en Editorial Otoño, lo primero que tuve que plantear fue la cultura del paro. Los ejecutivos no rendían lo que debían rendir y los horarios que les correspondía cumplir dejaban siempre tareas importantes a medio terminar.

Fue preciso reunir a los ejecutivos de las distintas secciones y darles a entender que no bastaba llegar a las metas previstas para conseguir un buen resultado: «Hay que superarlas y dilatarlas. La planificación bien realizada no tiene horas —les insistí—. La abulia es la mejor consigna para fracasar.»

Asimismo les di a entender que no se debe ganar un sueldo por lo que uno vale sino por lo que merece. «Y el merecimiento debe ceñirse a lo que se negocia.»

También les imbuí la necesidad de asumir la idea de que la empresa por la que se trabaja no debe regirse por amistades ni por motivos familiares: «Lo lógico es merecer el pago que se recibe por los resultados del mercado.» Y añadí que, en adelante, se crearía una normativa para aumentar las comisiones correspondientes a las secciones que mejor contribuyeran a la globalización de los proyectos.

Tras aquellas premisas fue preciso recurrir a los despidos de algunos paniaguados que se creían dueños de sus tareas y no aportaban a las restantes secciones los medios suficientes para que los esfuerzos ajenos pudieran conseguir los frutos deseados.

Aquella forma drástica de empezar mi trabajo produjo algunos malestares que Douglas Raft tenía ya previstos: «Tú sigue adelante. No te preocupes por los comentarios adversos.»

Poco a poco fui poniendo en práctica mis puntos de vista aun a riesgo de suscitar ciertas interpretaciones que, en un principio, resultaban algo ingratas: «No debemos atenernos al afán de ganar pequeñas batallas al margen de los demás, sino procurar que las secciones autónomas se unan, se ayuden y especialmente fomenten los buenos resultados no sólo propios sino también ajenos. Ése es el secreto para conseguir que todos ganemos la guerra.»

A veces, Douglas, cuando yo me reunía con los distintos ejecutivos, solía escuchar mis discursos desde el quicio de la puerta. Aunque yo no lo veía, su modo de toser delataba su presencia.

Luego, cuando nos encontrábamos a solas, siempre me animaba a que siguiera adelante. «Me ha gustado mucho eso que has dicho sobre el humanismo.» Se refería a mi empeño en demostrarles que el humanismo que se reduce a una sola persona y no abarca la totalidad de los restantes compañeros de trabajo, es un humanismo inhumano.

De hecho fueron muchas las estrategias que tuve que emplear para que las personas que actuaban por su cuenta, sin contar con las actividades de los restantes ejecutivos, dejaran de campar por sus respetos y comprendieran de una vez la necesidad de prescindir de sus tendencias autonómicas, para potenciar las sinergias de una labor en equipo.

Pronto planteé la urgencia de fusionar la delegación de Madrid con la central barcelonesa: «Si no conseguimos que se fusionen como se han fusionado las distintas secciones destinadas a potenciar la economía de la central, y por consiguiente que Madrid y Barcelona se unifiquen y se favorezcan mutuamente con sus logros, Editorial Otoño será siempre una editorial partida, desprovista de apoyos e incapacitada para convertirla en una potencia financiera de altos vuelos.»

Mahler no tardó en aplaudir mi proposición. Acababa de llegar de uno de sus viajes y tras los informes que Douglas le había proporcionado relacionados con mis intervenciones, se empeñó en recibirme en su oficina cuanto antes.

De nuevo recobro ahora aquel despacho, tal como lo vi la primera vez que entré en el edificio de Woultmand & Starky. Sin embargo nada en aquel lugar conseguía ya impresionarme. Ahí estaba como siempre la mesa Luis XV entre los dos ventanales que, por la oscuridad de la tarde, no deslumbraban ni ocultaban ya las facciones del jefe supremo.

Aquella vez Mahler incluso se levantó del asiento para tenderme la mano: «Le felicito, Escalante. Lo que usted ha conseguido en el poco tiempo que lleva trabajando con nosotros es mucho más de lo que podíamos esperar.»

También estoy viendo la cara de satisfacción de Douglas Raft, inmerso en aquel pequeño triunfo de hombre aviesado, por haber acertado al recomendarme como director general de los asuntos administrativos.

Aquella misma tarde le expuse a Mahler la conveniencia de que la editorial creara delegaciones concretas en las autonomías rentables de toda España: «Estoy convencido de que por mucho que los libros se distribuyan y se potencien, si conseguimos que las publicaciones dependan también de las oficinas situadas en los puntos estratégicos de la península, las ventas se incrementarán notablemente.»

No obstante, cuando le dije aquello, Mahler pareció vacilar: «Usted se habrá dado cuenta de que esa estrategia empieza a estar algo desfasada. Lo que hoy día priva es vender un cierto número de ejemplares al margen de una distribución exhaustiva para que una vez conseguido el cupo podamos deshacernos de las obras publicadas y editar libros nuevos. Sobre todo si los autores son gente joven. Hoy día lo que la economía requiere no es el contenido de las publicaciones sino la imagen de quien las escribe.»

Sin embargo, aunque la fórmula que me explicaba era lo que en el mundo editorial estaba triunfando, me atreví a llevarle la contraria:

«No lo ignoro, señor Mahler: lo que usted me explica es lo que actualmente está en la palestra. Sin embargo yo le garantizo que ese sistema viene a ser lo mismo que crear pan para hoy y hambre para mañana. Los lectores no son tontos. Asegurar que todos los libros son objetos de cultura, cuando la mayoría son bodrios anticulturales, no deja de ser un timo. Llegará un momento en que la gente se cansará de leer tanta basura: hay que saber distinguir y potenciar los libros buenos. Por eso creo conveniente crear una cadena de delegaciones. En España existen personas de gran valía capacitadas para asimilar la tecnología del mercado. Bastaría darles un ligero empujón para que se desvivieran por desarrollar sus criterios y convertirse en gestores responsables de obras con calidad.»

Mahler parecía vacilar. Se agarraba a los términos adoptados por la mayoría de las editoriales. Fue Douglas Raft el que defendió lo que yo intentaba exponer:

«Creo que Eladio tiene razón: ese nuevo sistema de "usar y tirar" no sólo desprestigia a la empresa, sino que defrauda al lector y por supuesto desanima al escritor. No se tardará mucho a regresar al antiguo sistema de crear un fondo editorial. Hay que desglosar las materias de distintos calibres. Dar realce a los libros que merecen la pena, y apoyar a los autores capacitados para que sus trabajos sean reconocidos y no se vean ninguneados junto a los autores de escaso valor.»

Fue mucho lo que hablamos aquella tarde. Recuerdo que, al salir a la calle, el aire olía a lluvia antes de que el chaparrón cayera sobre la ciudad. Era invierno y el frío arrastraba ventoleras heladas como si vinieran de algún iceberg flotante hecho de tierra.

Entonces yo aún desconocía que aquellas disquisiciones mías sobre la necesidad de crear equipos humanos y valorar el contenido de los libros acabarían por ser aceptadas como una especie de renacimiento editorial.

El caso es que Douglas Raft no tardó mucho en comunicarme que mis argumentos habían calado en Mahler y que podía llevar a cabo sin cortapisas mis propuestas.

Fue una época de viajes por toda España, de contactos con personas capacitadas, de conocer gentes que me miraban como si yo fuera un mecenas dispuesto a cortar el cordón umbilical que les mantenía sujetos a sus pequeños mundos de sueños jamás satisfechos y a sus depresivas convicciones de que nunca iban a llegar al puerto anhelado.

Así fueron creciendo lentamente año tras año las ramificaciones prestigiosas que tanto contribuyeron a solidificar el auge y las ganancias de Editorial Otoño.

Para entonces el presidente de Woultmand & Starky era ya más que un jefe para mí. Cuando regresaba de sus viajes, Douglas Raft me instaba a que aceptase las invitaciones de Mahler, no sólo como colaborador de la empresa, sino como un amigo más entre los muchos que solían rodearle en sus actividades sociales.

Fue en una de esas reuniones donde conocí a su cuñada Luisa Escartín, la mujer que vivía con su hija Antonia, aquella niña que continuaba enmarcada en la mesa Luis XV de su despacho. Entonces Luisa era todavía joven, aunque de aspecto algo sombrío y sonrisa desvaída.

Por aquella época, todo en torno a mí era una ignorancia total de lo que aquel ambiente me reservaba.

Vivía inmerso en mi trabajo y el futuro no entraba en mis cálculos. Conocí a mucha gente y en cierto modo me sentía premiado por codearme con personas relevantes tan diferentes de las que me rodeaban cuando mi padre vivía.

Entonces las amenazas que la vida esconde todavía no existían en aquel departir continuo entre prohombres influyentes que mi madre solía ver reproducidos en las revistas del corazón: «¿Así que tú has tratado a Fulano?» Lo preguntaba como si tratar a ciertas personas pudiera contagiarme su importancia.

Yo no sabía aún que todo aquello eran partículas de cenizas fatuas que se resistían a convertirse en «nadas».

En mi alucinación de hombre aupado por el éxito, contemplaba aquel mundo como quien alcanza la cúspide de una montaña inaccesible.

Por otro lado, el ambiente que me rodeaba me obligaba con frecuencia a perder la brújula respecto de las mujeres.

Ignoro la causa, pero algo había en mí que las atraía. Al menos eso era lo que me aseguraba Douglas Raft: «Con esa planta tuya lo normal es que las enloquezcas.»

Sin duda, Douglas exageraba: alguna vez me miré al espejo para averiguar cuál era el secreto de aquel atractivo que me adjudicaban. Pero el hombre que el espejo reflejaba era siempre un ser del montón que a fuerza de imitar maneras, actitudes y amabilidades, había podido conseguir superar la humildad de sus orígenes.

En ocasiones algunas mujeres, que según Douglas me acosaban, me preguntaban por mis padres. Nunca les mentí. Lo único que hice fue distorsionar la verdad: «Mi padre trabajaba en el negocio del cine.» «Mi madre se dedicaba a llevar la casa.» Lo cierto es que los «solían ser», ya no contaban en aquella vida nueva. Todo había cambiado. Hasta las conversaciones eran distintas.

En aquel mundo privaban los bandazos sexuales, los entusiasmos trepadores, los inconformismos políticos y sobre todo los remolinos medio consentidos de adulterios y engaños.

También se hablaba mucho de política, de la conciencia universal; de tecnologías nuevas y de la necesidad de perder las fuentes éticas que tanto entorpecían la convivencia entre la gente normal.

No voy a negar que a veces, cuando transgredía alguno de los valores éticos que mi madre tanto me había encasquetado cuando vivíamos en la calle de las ratas, me sentía incómodo. Sin embargo, por lo general, las tentaciones podían más que las ya lejanas recomendaciones de mi madre y aunque ella siempre me decía «La alegría es vivir conforme a la ley de Dios», a fuerza de fundirme en pequeños abismos de placeres insospechados, aquella alegría que preconizaba mi madre, iba hundiéndose lentamente en la libertad y en la independencia que yo tanto había deseado.

Lo cierto era que mi vida sexual se desarrollaba sin prejuicios en un paisaje femenino algo sensiblero y bastante dado a la frivolidad.

Me costó mucho darme cuenta de que aquel modo de vivir era un engaño. Para ello fue necesario que las imágenes que tanto me impresionaron al sumergirme en ellas se transformaran en veleidades cuando conocí a Antonia. Fue ella la que me dio a entender que las mujeres que había tratado eran sensaciones breves: ráfagas inútiles que sólo duraban instantes. Puros vaivenes que marcaban fechas gloriosas sin futuros ni pasados.

La presencia de Antonia era mil veces más poderosa que todas las presencias de mis reiterados y estériles contactos femeninos.

Por lo demás, al margen del trabajo que me ocupaba muchas horas, recuerdo la intensidad del mundo más o menos hueco y algo pedante que envolvía mi vida.

A trasmano quedaba el miedo a la inestabilidad económica, el ajuste de cuentas con la sordidez de la displicencia ajena y el intercambio de chascos o burlas por no formar parte de un ambiente que desconocía la tiranía de la pobreza.

Cuando ahora pienso en aquella parcela de mi vida, comprendo que nada de lo que me rodeaba era ingrato. Todo se reducía a vivir sin problemas, desencantos o desilusiones.

Me gustaría saber hasta qué punto aquello que me parecía normal y que de suyo bastaba para propiciar deslumbres y evitar cansancios psíquicos, tenía una sólida razón de ser.

Pero en aquellos momentos yo no me detenía a pensar en las «razones» sino en los instintos. Y lo que mi instinto me proporcionaba nunca menoscababa la lógica de aquel indudable bienestar.

Durante las vacaciones, Douglas Raft me invitaba a instalarme en su casa de Marbella.

Entonces Marbella era el bullicio de los inquietos, el desguace de la monotonía, el dinamismo de las sensaciones. Todo existía para que el sol (que de puro intenso parecía mantenerse candente incluso en la caída de la noche) fuera su divisa y por supuesto la cita que jamás fallaba.

Nada importaba que las manos se bañaran en sudores a instancias de un calor sofocante, o que las vehemencias se potenciaran sin demasiado sentido, lo esencial en aquel ambiente era la inmediatez, algo pegajosa, de infinidad de cuerpos casi desnudos, de mentes algo distorsionadas por el sexo; eso sí, con envolturas inocentes; de petulancias impenetrables de elegantes oficiales, y de aquellos prodigios de ironías siempre proclives a provocar risas que enlazaban con aparentes negligencias ingeniosas, para destruir los conatos de hastío que a veces pugnaban por adueñarse de algún pesimista.

Aunque la casa de Douglas Raft no pertenecía a la urbanización donde se alzaba la casa de Anton Mahler, cuando el jefe supremo llegaba a Marbella, solía pasar mucho tiempo con Douglas y conmigo. La excusa era que su vivienda (siempre atiborrada de amigas de su hija Antonia y de personas plúmbeas como su cuñada) era el refugio de los aburridos, de los pedantes y de los que sólo vivían para criticar al vecino: «Allí no me siento a gusto —se excusaba—. Admito que se cansen de mí, pero reclamo el derecho a poder cansarme yo también de los que, por mi causa, se cansan», bromeaba a modo de un trabalenguas para justificar la hartura que experimentaba cuando se instalaba en su propia vivienda.

Al recobrar ahora aquellas disquisiciones, recuerdo que en mi ignorancia suponía que lo que le ocurría a Anton Mahler era que la vida placentera de su cuñada y la insulsez que sin duda las amigas de su hija Antonia (todavía adolescente) le ofrecían, era como si a un fanático del mar se le obligara a soportar las arideces de una tierra lejana y abrupta desposeída de agua.

Lo cierto es que en cuanto podía se arrimaba a la casa de Douglas para departir con nosotros de los temas que le apasionaban; las finanzas, los cambios políticos, las auroras boreales de unos cielos empapelados con billetes de banco y charlar con las gentes que solían visitarnos casi siempre al caer la tarde.

De vez en cuando, Mahler nos hablaba de Berta. Se trataba de la niñera que había cuidado a su hija desde el mismo día que vino a este mundo: «Ella es la única sensata de la casa.»

Al parecer, la tal Berta se pasaba el día tratando con él sobre la forma de invertir sus ahorros ganados a fuerza de soportar malos humores, incongruencias y un sinfín de desquiciamientos que de tarde en tarde convertían la casa de su cuñada en una sala de espera instalada en un psiquiátrico: «Tanta gente joven no hace más que aturdir, revolverlo todo y volver medio tarumba a la señorita Luisa», se quejaba Berta.

Eso era más o menos lo que Mahler explicaba cuando buscaba el apoyo de nuestra compañía.

Pero aquellas quejas duraban poco. Una vez cumplida la misión de pasar unos días con su hija Antonia, Mahler prescindía de sus obligaciones paternas y pies para qué os quiero. Al menor tropiezo rompía el verano y se largaba Dios sabía dónde, dejando a la tía Luisa bregando con las amistades de su sobrina y con las fantasías económicas de Berta interrumpidas por la ausencia del amo.

No obstante si ahora perfilo aquel proceder, no me parece extraño. Pero entonces me chocaba. No podía comprender que un padre se viera siempre acosado por el deseo de «huir». La verdad era que por mucho que le atrajera el tema de las finanzas y que se sintiera enganchado a ellas, no era lógico que prescindiera de su hija del modo en que lo hacía. «En fin de cuentas se trata de alguien que lleva su sangre», comentaba yo cuando Douglas defendía la actitud de Mahler.

Pero Douglas Raft siempre lo disculpaba: «No podemos juzgarlo —decía—, cada uno tiene su historia oculta en las alforjas invisibles que los demás desconocen.»

Por su modo de expresarse, producía la impresión de que Anton Mahler ocultaba algo que él no ignoraba. No obstante no me parecía prudente inmiscuirme donde no me llamaban. «Seguramente debe de arrastrar un amor escondido», pensaba. Y cambiaba el tema de la conversación.

Es ahora cuando comprendo la inquietud de aquel hombre y sus escapadas repentinas y hasta aquel empeño suyo de enfatizar problemas tontos por la invasión que sufría su casa cuando su hija Antonia decidía invitar a sus amigos.

Todo ahora es ya un cuadro sin sombras, una clara representación teatral sin intrigas. Ni siquiera la sonrisa forzada de su cuñada es para mí un arcano.

Y todo lo que durante muchos años fue un continuo interrogante es ya una respuesta concreta, exhaustiva y cargada de lógica.

Sin embargo, fue necesario que transcurrieran más de diez años para que el repliegue de lo desconocido se alisara.

El inicio de aquellas averiguaciones impenetrables tuvo lugar cuando Antonia, tras pasar algún tiempo en un colegio de Suiza para completar su educación, llegó a Marbella porque su padre quiso obsequiarla con una fiesta por todo lo alto para celebrar su mayoría de edad.

Parece que lo estoy viendo con su gorra calada para evitar que el sol dañara su incipiente calva, con los palos de golf en el carrito y echando pulsos de gran jugador con Douglas Raft, mientras yo, en mi impericia golfística, trataba de emularlos sin conseguirlo. «La fiesta será en los alrededores del Hotel Guadalmina. Y quiero que a ella asista lo mejor de la vida marbellí.»

Lo decía con entusiasmo, como si aquella especie de presentación en sociedad de su hija Antonia fuera el acto más importante de la temporada.

En aquellos momentos, sus habituales instintos de huida parecían haberse esfumado. Lo esencial era su hija; la hija misterio que yo todavía no conocía y que, desde mis lejanos recuerdos, era sólo una fotografía enmarcada situada en una mesa Luis XV que ofrecía la imagen de una niña rubia de ojos claros y sonrisa forzada.

Aquella noche recuerdo que Douglas, mientras departíamos sobre el entusiasmo de Mahler por festejar el cumpleaños de Antonia, me dijo algo que yo ignoraba: «Aunque Mahler parezca despegado de su hija, te aseguro que la adora. Antonia se parece mucho a su madre y para Mahler nadie podía ser más importante que su mujer. La prueba está en que no ha vuelto a casarse.»

Y tras fruncir el entrecejo acabó confesándome: «La pobre fue víctima de la droga. Nadie sabe cómo empezó a engancharse, pero cuando murió de parto todos los médicos aseguraron que la droga había tenido mucho que ver con aquella muerte.»

Creo que fue en aquellos momentos cuando la personalidad de Antonia comenzó a interesarme.

Era una especie de interés saturado de compasión. Me resultaba duro imaginar a una recién nacida huérfana de quien le había dado la vida y creciendo protegida por una tía que, por mucho que la quisiera, nunca cabía imaginarla nivelando el amor de una madre.

Le pregunté a Douglas cómo era aquella niña: «Bellísima —contestó—, no hay en toda Marbella una criatura tan perfecta como ella. En cuanto a su forma de ser, aunque la he tratado poco, todos los que la conocen la consideran inteligente, muy ingeniosa y enormemente sensible.»

Cuando llegamos al lugar donde se celebraba la fiesta, la mayoría de las mesas estaban ya ocupadas. La noche avanzaba lenta entre focos de luz, estrellas rutilantes y músicas suaves que parecían infiltrarse entre los árboles y las ramas del inmenso jardín que se extendía desde los portales del hotel hasta el mar.

Por supuesto, Mahler no había escatimado detalles para festejar los dieciocho años de su hija. Todo emanaba grandilocuencias; metáforas representadas por fuegos artificiales, luces cambiantes y sonidos armoniosos.

De pronto llegó ella.

Vestía un traje blanco, su tez tostada por el sol aclarando aún más aquel azul desvaído de sus ojos y el cabello rubio aureolando la armonía de unas facciones perfectas que todavía conservaban la ingenuidad de la fotografía de su infancia.

De pronto la vi rodeada de gente joven que la felicitaba, la admiraba y sobre todo se desvivía por halagarla; por repetirle una y otra vez que «nadie como ella», que su belleza rompía con los cánones de todas las estéticas del mundo.

Y ella sonriendo; con la sonrisa clásica de la mujer entre avergonzada y coqueta que acepta y rehúye, responde con miradas jocosas y asiente sin demasiado entusiasmo.

Recuerdo que Douglas Raft se acercó a ella para besarla. Entonces oí su voz: «Qué alegría verte», le decía.

Era una voz sedosa de niña iniciada ya en la fascinante aventura de ser mujer. Una voz como extraída de una serenidad impuesta que no se avenía con aquel aspecto de muchacha recién abierta a la madurez del mundo.

Enseguida Douglas tiró de mi brazo y me acercó a ella: «Supongo que ya habrás oído hablar a tu padre de nuestro importante colaborador Eladio Escalante.»

Antonia me miró sin dejar de sonreír mientras me tendía la mano: «¿Cómo no voy a conocerlo? Papá siempre me habla de ti. Dice que tú has cambiado la faz de Editorial Otoño.»

Su modo de expresarse derrochaba simpatía. No podía evitarlo: todo en Antonia era como un efluvio de aciertos, de buenos modales, de armonías naturales y radiaciones que llenaban el ambiente de singularidades imposibles de explicar.

«Me alegro —le dije—, siempre resulta grato saber que una muchacha como tú tiene una buena opinión de alguien como yo.»

Lo dije sin saber exactamente a qué me refería cuando hablé de mí. La presencia de aquella niña-mujer era demasiado exultante para no sentirme cohibido.

En aquellos momentos Antonia para mí era un raro experimento en la legendaria velada que Mahler había organizado. Nada podía compararse a aquel cuerpo no demasiado alto pero increíblemente bien proporcionado, a aquel cabello suelto cubriendo a medias sus hombros delgados y bien torneados y sobre todo a la impactante belleza de sus facciones.

Si las diosas existieran, ninguna hubiera podido compararse a la pequeña diosa que tenía delante y que, según me miraba, parecía extraviarme en fantasías oníricas jamás soñadas.

Por más que lo intento nunca he podido olvidar el impacto que la presencia de aquella criatura me produjo.

Recuerdo que durante mucho rato la fascinación que surgió entre nosotros nos impedía separarnos lo suficiente para que la gente no se diera cuenta de que algo inexplicable se iba fraguando entre nosotros.

Luego estaba el alcohol: esa especie de bomba con espoleta retardada dispuesta siempre a acentuar admiraciones y sembrar inquietudes deslumbrantes.

Con frecuencia el alcohol es la gran alcahueta de los sentimientos escondidos. Pocas veces se retrae de vaporizar, con sus estimulantes, lo que solemos considerar imposible.

Y en aquellos momentos el alcohol estaba allí, entre nosotros, dispuesto a abrir zanjas, trazar caminos difíciles y ayudarnos a alcanzar metas que parecían inalcanzables.

Yo no sé lo que ocurrió, ni cómo ocurrió ni por qué ocurrió, pero lo cierto es que aquella noche no hubo más meta para mí que la hija de Mahler. No fue una premonición. Ni siquiera fue una débil fantasía. Fue sencillamente la seguridad de que aquella mujer-niña, pese a la diferencia de edad que nos separaba, acabaría por convertirse en la razón de mi vida.

La alusión de Daniela sobre la juventud que puede generar los cuarenta y siete años de Eladio provoca una mueca de escepticismo al aludido:

—No obstante, no entiendo como podemos admitir la juventud como una garantía. La juventud suele ser atolondrada, por eso casi nunca acierta. No. Yo no creo en esa segunda juventud que usted proclama. En todo caso creo en la madurez que finge ser joven.

Daniela frunce el entrecejo y entorna los ojos como si pretendiera encontrar la respuesta adecuada.

Lo que Eladio ha intentado decirle respecto de los aturdimientos juveniles no coincide con la idea que ella se ha forjado de su felicidad perdida.

—Pero la juventud es la que manda en nuestros destinos. Por eso a veces pienso que me equivoqué cuando renuncié a la vida burguesa. Quizá salí ganando como mujer liberada, pero jamás he conocido la verdadera felicidad, precisamente por haber elegido la independencia.

Eladio no contesta. Se limita a mirarla como si esperase que continuara hablando.

Pero ante el pertinaz silencio de su interlocutora, se atreve a arrancarla de la extraña confusión a la que parece haberse sumido:

—Sin embargo acaba de decirme que pronto va usted a conocer esa vida burguesa que rechazó cuando bajó del tren.

Daniela se vuelve hacia él sonriendo abiertamente:

—Oh no. No se trata de una unión convencional propia de eso que llaman un gran amor. Mi novio y yo nos conocemos hace muchos años. Somos dos buenos amigos. Nos queremos a nuestra manera pero ni él ni yo pretendemos conseguir grandes gratificaciones al modo tradicional. En realidad el amor sentimental que yo experimenté se quedó en el tren que perdí. De hecho nuestro futuro matrimonio será algo así como una fusión entre comercial y afectuosa. Algo parecido a un pacto, sin que las pequeñas tiranías de las ilusiones nos atosiguen.

—¿De modo que sigue usted pensando en el tren perdido? —se atreve a preguntar Eladio en clave de guasa.

—No lo sé. ¿Para qué voy a engañarle? A veces confundimos el amor con lo que sentimos cuando dejamos perder el objeto que lo alentaba. Sin embargo, lo cierto es que ya nunca he vuelto a enamorarme.

Eladio frunce el entrecejo y trata de adoptar una actitud trascendental:

—Sea lo que sea. Le deseo que ese matrimonio acabe por hacerla feliz. Aunque en este mundo todo amor entraña una gran dosis de desamor, también el desamor puede llegar a potenciar una gran dosis de amor.

—Todo eso suena a puerilidad. En ese aspecto espero muy poco de la vida. ¿Para qué engañarnos? Nadie conoce la verdadera felicidad. A mi edad sería absurdo forjar sueños imposibles. Eso queda para los jóvenes. —Y antes de que Eladio le responda—: ¿Cómo ser feliz cuando todo en nuestro entorno es una colosal catástrofe? Imposible. A lo único que aspiro es a obtener una prolongada paz. —Y como si se arrepintiese por lo que acaba de exponer, posa ligeramente su mano sobre el brazo de Eladio, para retirarla al instante—. Perdóneme; con frecuencia me dejo llevar por el negativismo. Nací así y no puedo evitarlo. Pero no me considero infalible. Por eso no quisiera ser agorera. Probablemente usted ha conocido esa felicidad que yo apenas vislumbré. No soy nadie para negarla.

Eladio afirma con los ojos cerrados. Seguramente piensa que su compañera de asiento ha sido una mujer demasiado luchadora para dejarse llevar por espejismos dramáticos. Basta echar una ojeada al aparente dominio de sí misma para que el aplomo contradictorio con que enjuicia las cosas sea producto de una mente poco dispuesta a la sensiblería.

—En cualquier caso, la felicidad, tal como la entendemos en los momentos de euforia, es siempre circunstancial —responde él—. En el fondo tiene usted razón; cualquier situación inesperada puede acabar con ella.

Daniela se acomoda y estira las piernas. De nuevo parece sentirse culpable por haber rozado la fibra sensible de su vecino. Seguramente piensa que un hombre que ha sido dichoso con una mujer que ha muerto no puede aceptar que la felicidad no exista.

Instintivamente, cierta tirantez parece apoderarse de ellos.

Probablemente en estos momentos tanto uno como el otro piensan que no deja de ser extraño que, sin conocerse, ambos se hayan decidido a exponer sus intimidades como si fueran amigos de toda la vida.

Tal vez la causa esté en la mancha de la falda. Quizás en el retraso del despegue provocado por la obstrucción de la carretera. O pudiera ser también que esa luz estridente que se cuela por las ventanillas esté fundiendo a los dos en calideces inesperadas. También cabe que haya intervenido el nerviosismo de Daniela por haber contribuido a la espera de todos los pasajeros. Y sus súplicas de disculpa y sus mejillas encendidas por la vergüenza. Y el vaso caído. Y las azafatas limpiando el pavimento. O probablemente fuera todo a la vez lo que en estos momentos está contribuyendo a forjar esa extraña válvula de escape que se está produciendo entre ambos. La emancipación de las cosas ocultas, cuando se convierten en hechos inesperados puede a veces contribuir a taponar lo que se considera lógico y volver lógico lo que no tiene sentido.

Eladio recuerda ahora lo que Daniela le ha comentado al poco rato de entablar el diálogo entre ambos: «Confiar en alguien que ya nunca volveremos a ver no deja de ser una garantía.»

«Daniela tiene razón —piensa él repentinamente—. Nadie más fiel que aquel que jamás podrá tener la posibilidad de caer en infidelidades.»

No obstante, existen ciertos recovecos mentales que, por mucho que precisen vaciarse de lastres dolorosos, jamás podrán dejar de ser reclusos de la mente. Nada de lo que corrompe la vida, por mucho que se esconda, podrá jamás liberarse de esa inevitable prisión.

De pronto, Eladio se fija en el niño enfermo que tiene delante. En estos momentos se apoya en el brazo de la madre. Y recuerda. Recuerda aquel otro niño que a veces buscaba su apoyo mientras lo miraba con ojos desorientados. Ojos que no entendían. Que buscaban y no encontraban. Que precisaban alegrías y sólo se sumían en tristezas.

Un ligero movimiento del avión desplaza el periódico que descansa en la mesa y lo lanza al suelo.

Al recogerlo, Eladio le enseña la portada a Daniela:

—Ahí tiene a su futuro presidente —le dice mientras le muestra la fotografía de Bush.

Pero Daniela se encoge de hombros como dándole a entender que la política no es la pasión de su vida:

—Para mí tanto Gore como Bush son dos simples ambiciones que plantean proposiciones parecidas. —Y como ve que Eladio no se inmuta—: Ninguno de los dos es capaz de aceptar que la vida es algo más que una circunstancia meramente pasajera y materialista —confirma drásticamente Daniela—. Lo esencial para los políticos americanos es el poder; conseguir el dominio del mundo y acumular riquezas.

Lo expresa despectivamente, la mirada endurecida y un mohín amargo en los labios.

Eladio la contempla detenidamente. De repente Daniela es otra mujer. Alguien distinto cuya sensibilidad parece haber colisionado con algo demasiado duro para dejarla impasible.

—A ver si no tengo razón. Para ellos los demás seres humanos somos plantas. Sí, no se ría. Plantas enraizadas a la tierra, capacitadas para movernos según el viento, la brisa o la lluvia que ellos toleran o promueven. En suma, sólo podemos movernos cuando algún elemento político-económico nos balancea. Dicho de otro modo, lo que les gusta a los que nos mandan es manejar los hilos del guiñol humano. Pero ninguno se esfuerza para que el guiñol deje de serlo.

—Sin embargo, sin el manejo de esos hilos, ¿qué sería de nosotros? Para mal o para bien, es necesario que alguien nos dirija.

Daniela pone cara de fastidio, pero no contesta. Únicamente contempla el respaldo del asiento que tiene delante, inclina la cabeza y lanza un bufido con aire despectivo:

—No irá usted a decirme que no cree en la democracia —pregunta él.

—Naturalmente que creo. Los que no creen son los que, agarrándose a esa forma política, convierten la democracia en una dictadura solapada.

—¿Cuál sería entonces su ideal?

—Desterrar la avaricia, emplear en los países desprotegidos las fortunas que se lanzan para descubrir planetas desconocidos. Dejar de considerar un triunfo el auge de la economía. Pero no: en América todo gira en torno a la maldita economía. Si los republicanos proponen un recorte en los impuestos es porque los impuestos (que tal vez nunca recorten) no afectan demasiado a los poderosos. En cuanto al Partido Demócrata, aunque proponga un recorte impositivo menor, también sugiere el aumento del gasto. Es lamentable pero todo baila al son del dólar. Ninguno de esos partidos se acuerda de que, además de los problemas económicos, existen valores esenciales que aunque nada tienen que ver con los manejos fiscales, son bastante más importantes. Esos valores no cuentan. Al contrario se entierran para que no estorben el fluir de los grandes proyectos multinacionales.

—Supongo que se refiere a las ventajas que pueden beneficiar a los más ricos.

—No —contesta Daniela drásticamente—. Me refiero a la falta de interés por la metafísica del ser humano; a la calidad que merece la persona, a los derechos del hombre y de la mujer, al desprecio por la muerte. Bien está que Bush se haya pronunciado contra el aborto, pero ¿dónde deja su empeño en mantener la pena capital?

Eladio la escucha en silencio. No se atreve a interrumpirla, ni a darle la razón ni por supuesto a llevarle la contraria.

Sin darse cuenta, Daniela ha rozado un tema demasiado doloroso para él. A veces los destinos, aunque no salgan a la luz, brotan repentinamente, se presentan de improviso y rompen a correr alma adentro sorteando reproches, arrollando pasados siempre presentes, lanzando efluvios de cosas podridas y dejando radiaciones que matan. Por eso calla.

De buena gana le hubiera dado la razón, mostrarle de algún modo que, más allá de la política convencional, existen sentimientos, impaciencias y brechas dolorosas. Cosas graves envueltas en ignorancias acaso más graves todavía. Razones ávidas de represalias. Y esclavitudes. Sobre todo esclavitudes.

—De cualquier forma —continúa Daniela—, las razones de Bush son preclaras y prácticamente convincentes, pero a veces plantear razones para conseguir algo determinado (como es la presidencia de Estados Unidos) no significa tener la razón para conseguirlo.

Eladio continúa callado. Piensa ahora que acaso Daniela se expresa de ese modo por algún motivo religioso.

—¿Es usted católica? —le pregunta.

—Y también practicante.

—¿Y no está usted en entredicho por practicar su religión?

Daniela rompe a reír:

—Afortunadamente, en América no ocurre como en España. Mi país nunca ha sido intolerante con las religiones. Más aún: la mayoría de los americanos creen en Dios.

—¿Sin sentirse acomplejados?

—Al contrario. Los acomplejados son los otros.

—En España ocurre lo contrario. Aunque la religión ha dejado de estar perseguida, los que creen están mal vistos. Se les considera desfasados, fuera de órbita y por supuesto algo tontos. Es una forma de persecución disimulada. Algo parecido a una dictadura que se disfraza de democracia. España todavía se rige un poco por los tics marxistas. No puede remediarlo.

Y tras una pausa breve, Daniela se atreve a intervenir:

—Imagino que también usted será católico. Tengo entendido que en España, hasta los más recalcitrantes y ateos, bautizan a sus hijos y se afanan porque hagan la primera comunión.

—Y celebran funerales y promueven procesiones y se escudan en tradiciones religiosas para convertirlas en orgías —remata Eladio bromeando—. En efecto: soy católico, pero no practico. En realidad casi nadie practica. —Se ha expresado fríamente como si Daniela no lo escuchara. Enseguida respira hondo y trata de sonreír—. A veces la vida convierte en ambigüedades lo que desde siempre se consideró esencial. Cuando era joven practicaba. Creía. Tenía fe. Mi madre se encargó de meterme en la mollera que los seres humanos sin religión podían convertirse en una manada de animales desbocados. Y que la tierra, llegado ese momento, podía convertirse en un cementerio de desaguisados o en el mejor de los casos en una burda comedia representada para un público autista.

—Su madre estaba en lo cierto. ¿Vive todavía?

—No. Murió. Ya le he dicho que no tengo familia.

—Es cierto. Lo había olvidado. ¿Cómo era su madre?

—Sencilla. Muy sencilla. Pero inteligente, trabajadora y tenaz. —Eladio entorna los ojos como si al entornarlos pudiera verla—. En cierta ocasión me dijo algo que jamás he olvidado: «Acuérdate hijo: cuando las metas que nos planteamos tienen su razón de ser en la cortedad de la vida, cualquier esfuerzo para superarnos viene a ser un maratón sin vencedores. Sólo hay vencidos; perdedores; rutinas más o menos satisfactorias, pero sin esperanzas. Vivimos dentro del tiempo. Y el tiempo por mucho que se prolongue, no es más que una medida insignificante.»

—¿Eso le dijo?

—No. Me dijo mucho más. También añadió que el tiempo es el gran enemigo del hombre.

—¿Por qué?

—Porque el tiempo según ella convierte la esperanza en una medida pequeña. Es decir: la distorsiona. Nos engaña; nos incita a creer que lo que nos enaltece es importante. Decía que no tenemos en cuenta que el tiempo, por largo que sea, es siempre corto y que lo importante es triunfar en lo que nunca se acaba.

—¿Y le hizo usted caso?

Eladio niega con la cabeza lentamente:

—No. Pero a veces pienso que mi madre tenía razón.

—¿Y a pesar de todo se mantiene en sus trece? No lo entiendo.

—Tampoco yo.

—¿Entonces?

—Sigo la corriente.

—¿Por qué?

—Tal vez por comodidad, o por desidia, o por lo que todos hacen o porque la muerte no me asusta. ¡Qué sé yo!

Ahora es fácil distinguir lo que entonces era una nebulosa. Una nebulosa con mil variantes opuestas, pero igualmente atractivas.

Mi aprendizaje de hombre cotizado había superado con creces la gran prueba de la alta sociedad. Pero quedaban pendientes esos mil experimentos que el día a día iba asomando por los agujeros de lo inesperado.

Cosas que surgían repentinamente como si un duende las impulsara. Se trataba de sutilezas que no parecían inducidas por algo determinado. Pero cuando ahora medito sobre los hechos que ocurrieron, comprendo que todos ellos iban sujetos a una finalidad común: la de introducirme de lleno en el mundo de Antonia.

Sin embargo, lo primero que pensé cuando la conocí aquella noche fue que, aunque su belleza superaba en mucho a la de todas las mujeres que había conocido, jamás podría suponer algo tangible para mí y que tenerla delante era lo mismo que tener un monumento inaccesible, no sólo por la distancia que mediaba entre su estirpe y la mía, sino por la diferencia de edad.

Veintidós años acumulaban demasiados otoños para que la juventud de aquella maravilla escultural pudiera rasgar los cortinajes sagrados del tiempo que nos separaba.

Imposible que las normas de la lógica fueran capaces de distorsionarse y que la insensatez prevaleciera por encima de aquel historial mío tan lleno de ruinas más o menos restauradas.

Eso era yo entonces: una antigüedad cotizada que no sólo servía para defender día tras día la enorme fortaleza económica de Editorial Otoño y por ende la de la multinacional Woultmand & Starky, sino que también constituía un pedestal tangencial en los fastos de la alta sociedad.

Además estaba el sentido de la responsabilidad. Por mucho que el totalitarismo de mis impulsos quisiera imponerse con acciones dirigidas, mi pasión por la libertad y la lealtad hacia mi jefe me impedían dar pasos equivocados capaces de desmoronar la confianza que Mahler había depositado en mí. Luego estaba mi conciencia. Algo que hasta entonces siempre había ocupado un puesto esencial en las prioridades de mi vida.

Pero todo eso no lo pensé aquella noche. El entorno que me rodeaba era demasiado resplandeciente y la presencia de Antonia, excesivamente trascendental para que el alcohol que había ingerido no borrase mi lucidez habitual. Lo esencial era cubrir la necesidad de pasar el mayor tiempo posible con Antonia, departir con ella, sentirla cerca.

Es posible que, aunque nuestras esperanzas fueran impuestas por el ambiente, apenas dejamos de bailar juntos. Ni siquiera nos importaban los comentarios de las gentes. Antonia daba claras muestras de no querer separarse de mí, y yo fui imaginando poco a poco que aquella velada, lejos de convertirse muy pronto en un ayer, podía transformarse en un hoy continuo. Por eso le seguí la corriente sin pensar que aquel seguimiento inocente podía acabar con la propia inocencia de Antonia y con los buenos propósitos que todavía pugnaban por prevalecer al ritmo lento de músicas suaves, brisas acariciantes y absurdas trampas plagadas de romanticismos artificiales, dispuestos a transformar la fiesta de cumpleaños de aquella maravillosa criatura en un Partenón recién construido, o en un Vaticano convertido en magníficas ruinas.

Todo en aquella noche era un trastoque de valores que daba paso a los entusiasmos más estimulantes y cegadores.

Antonia reía, bromeaba, decía cosas ingeniosas y de vez en cuando dejaba que sus mejillas rozaran mi pecho cuando, cansada de tanto bailar, apoyaba su cuerpo en el mío.

También recuerdo claramente haber estado en mi mejor forma intelectual. Aunque sin intención de conquistarla, puse todo mi arte para desplegar efusiones alentadoras, brindarle ingeniosidades y dármelas de hombre experimentado.

Lo malo fue el despertar. Aquel despertar desvaído del día siguiente mientras departía mano a mano con Douglas

Raft. «Al parecer la niña Mahler te ha conquistado —me dijo sin dejar de mirarme al compartir el desayuno en la terraza de su casa—. Todo el mundo se dio cuenta.»

Le contesté que los comentarios de la gente me traían al fresco: «¿A quién se le ocurre que un hombre que bordea los cuarenta años pueda conquistar a una niñita de dieciocho? —le dije secamente—. Si estuvimos algún rato juntos fue porque le interesaba saber qué clase de trabajo me unía a su padre.»

Douglas fingió creerme pero no consiguió engañarme: «Te advierto que no se trata de una muchacha corriente. Ándate con cuidado Eladio porque cuando menos te des cuenta vas a sentirte ligado a ella y lo que es peor: sin esperanzas.»

Le contesté que las esperanzas no me preocupaban: «Fue como una broma. Una noche de verano sin sueño, con un Puck que, lejos de atosigarme, se alejaba mar adentro para no regresar. Pero todo quedó en nada», insistí.

Douglas me preguntó entonces si tenía intención de volver a verla.

Le contesté que para mí Antonia era ya sólo un recuerdo grato pero que no alteraba mis neuronas: «El mundo está lleno de mujeres bonitas. Así es que eso de las esperanzas no va a modificar la paz de mi vida.»

Pero Douglas Raft era puntilloso y no se dejaba vencer a la primera de cambio: «En efecto, hay muchas mujeres bonitas, pero les falta el ingenio de Antonia.»

Me explicó entonces que, aunque la conocía muy poco, su padre siempre hablaba de ella. «Pese a su apariencia de mujer suave, tiene carácter. Sabe lo que quiere. Y nunca se deja arrebatar lo que se propone conseguir.»

También me habló de la tía Luisa: «Nació con la ética del capitalismo y teme que alguien conquiste a su sobrina por su dinero. Tal vez por eso la mantiene sujeta.»

Le pregunté cómo sabía todo lo que me explicaba: «Mira, Eladio: conozco a la familia desde que yo era un niño. Su padre la adora, no voy a negarlo. Pero su amor se reduce a colmarla de regalos, de mimos y de toda clase de fantasías. La tía se opone. Dice que eso no es quererla sino malcriarla. Quizá tenga razón, porque a veces la pobre Antonia se desespera por la falta de cariño de su padre. Le viene la idea de que nadie la quiere y se harta de llorar.»

Recuerdo que mientras Douglas hablaba, sorbía su café a pequeños sorbos. «Si Mahler la quiere tanto, ¿por qué motivo se pasa la vida viajando y se desentiende de ella?», pregunté.

Douglas torció el gesto y dejó su taza en el plato: «Mira, Eladio, no te obstines en saber el porqué de las cosas. Mahler se inhibe porque probablemente no soporta la rigidez de su cuñada. Seguramente se niega a inmiscuirse en el modo de educar a su hija porque no tiene a nadie más idóneo para ocuparse de ella. También es posible que esté de acuerdo con el método que utiliza, pero prefiere cerrar los ojos.»

Le di a entender que no estaba de acuerdo. Que vivir cerrando los ojos era una postura muy cómoda: «Todos deberíamos saber las razones de las personas que se hacen cargo de los seres queridos.»

Pero Douglas no se apeaba: «¿Te sacaría de algún apuro conocer las causas de la rigidez de una cuñada que a su vez fuera como una madre para un hijo tuyo? No, Eladio; no busques tres pies al gato. Lo inteligente es ceder, no armar problemas, dejar que los asuntos caseros se enmienden al quiebro de quien, por ser la persona más allegada a Antonia, merece credibilidad y respeto. En fin de cuentas, la famosa tía Luisa era la hermana de su mujer.»

Aquella conversación duró poco. El mar que se extendía ante nosotros, nos reclamaba y podía más que una charla algo deslabazada y poco predispuesta a satisfacer mi curiosidad.

Lo único que había sacado en claro era que Antonia tenía un padre que, aunque complaciente, escatimaba sus demostraciones de afecto, que vivía rodeada de caprichos y que su tía era una especie de hada mala que la mantenía atada a la ética dictatorial de sus mandatos.

No obstante, el recuerdo de la fiesta de su cumpleaños, por mucho que pretendiera, no podía conseguir quitármelo de la memoria. Antonia y su traje blanco siempre regresaban. Cuando menos lo esperaba, ella volvía a estar allí, en cualquier rincón de la casa, en la arena de la playa, en los cuerpos que circulaban bordeando la orilla del agua, en las risas que brotaban repentinamente y en todo lo que tuviera que ver con su figura, su belleza y su dulzura de mujer poco experimentada.

Aunque comprendía que su recuerdo era una torpe añagaza, el impacto que me había causado la noche anterior continuaba clavado en mi mente como una bala demasiado hundida para que fuera posible extraerla sin producir un desgarro. Pese a mis esfuerzos por olvidarla, mi memoria se empeñaba en renovar la sensación que me había producido notar su cintura bajo mi mano y la piel de su cara en mi pecho a fin de realzar de nuevo aquella actitud suya de mujer indefensa que buscaba apoyo.

Eso era lo peor: tener conciencia de que entre nosotros se había establecido un raro nexo del que, por diversas causas, se nos prohibía disfrutar.

Todo parecía fácil, pero todo era difícil. Los amigos que ella trataba distaban mucho de ser los mismos que trataba yo. De nuevo la diferencia de edad se imponía entre nosotros. Luego estaba la suspicacia de Douglas Raft, y el peligro de que su padre me rechazara y que la severidad de la tía Luisa se impusiera.

¿Cómo era posible encontrar el camino para acercarme a ella?

Además, ¿no era yo el primero en querer evitar el peligro de enamorarme?

Pero cuando pensaba eso, inmediatamente me aferraba a la realidad: «Pero Señor, si enamorado ya estoy», me decía a mí mismo. ¿A santo de qué iba yo a desear tanto volver a verla si no fuera por aquel inexplicable enamoramiento que venía arrastrando desde que la conocí en la fiesta de su cumpleaños?

No sabía explicármelo, pero me quitaba horas de sueño y me obligaba a hablar conmigo mismo como si fuera un demente.

Marbella era demasiado grande para coincidir con la persona deseada. Y los restaurantes, excesivamente numerosos para dar con ella. Además, la vida que sin duda Antonia llevaba era muy distinta de la que Douglas y yo habíamos adoptado. Todo era un inmenso jeroglífico de mal descifrar.

Sin embargo no tardé mucho en volver a encontrarla. Fue en un bar situado cerca de la urbanización donde Mahler tenía su casa.

Douglas y yo nos habíamos citado allí con un grupo de amigos. Eran gentes de nuestra edad; hombres y mujeres que ni por asomo podía yo imaginar relacionándose con las amistades de Antonia.

De improviso, tuve la extraña sensación de que alguien, al margen de la gente que me rodeaba, me estaba mirando. Y al volverme me di cuenta de que era Antonia. Recuerdo que salía de la terraza para adentrarse en el interior del recinto. Y al instante el latir obstinado que venía atosigándome desde que la conociera, se acrecentó al verla caminar con aquel raro donaire tan parecido al vuelo de un pájaro.

Aquel encuentro proporcionó otros. No había día sin que volviéramos a vernos, sin trabas, sin impedimentos, ni obstáculos que impidieran la prolongación de la noche perdida en la fiesta de su cumpleaños.

Las dudas, su oquedad tenebrosa, eran ya certezas. Mahler fue el primero en congratularse por aquella inesperada fusión entre su hija y el hombre que había conseguido reestructurar la Editorial Otoño gracias a un criterio sólido, y a unas imposiciones que, aunque arriesgadas y aplicadas a redropelo de lo que parecía normal, habían conseguido alcanzar sin dificultad las metas propuestas.

Por supuesto, de noviazgo aún no se hablaba. Mi madre era la primera en poner reparos a la posibilidad de convertir nuestro trato en algo más que en un planteamiento amistoso:

«No te das cuenta, Eladio, pero tus pasos flaquean como si anduvieras por una cuerda floja. No dejes que esa niña te atrape. Si lo haces, caerás en picado.»

En vano procuraba yo convencerla de que los peligros que ella barruntaba no tenían sentido: «Te aseguro que lo único que existe entre Antonia y yo es una simple amistad.»

Pero ella no cejaba: «No lo olvides, hijo: casarse con una mujer mucho más rica que tú, es tan suicida como asomarse al exterior de una ventanilla de un tren en marcha.»

Y acto seguido me hablaba de las apariencias. «No basta que tu mujer sea bonita. La belleza suele ser la gran ratonera de los hombre maduros.»

También la tía Luisa ponía cara de pocos amigos cuando nos veía juntos. Pero nunca se atrevió a meter baza. Sencillamente, bordeaba nuestra amistad, como quien bordea un precipicio; poniendo cara de mujer alarmada poco predispuesta a dar su opinión.

Incluso había momentos en que producía la impresión de que «hablar» para ella suponía una especie de castigo que siempre eludía. Mujer de pocas palabras, aceptaba mi entrada en aquella casa como si aceptase una circunstancia inevitable y molesta.

En lo que se refiere a Antonia, nuestro trato continuaba siendo normal. Aunque tanto ella como yo nos sentíamos mútuamente atraídos, en mí todavía prevalecía el sectarismo de lo prohibido, de lo que marcaba las diferencias que me impedían convertirme en su novio.

Más de una vez fue ella la que dio pasos para que, lo que sólo era un trato amistoso, se transformara en una suerte de acoso disimulado para hacerme caer en sus brazos. En aquella época la lógica y la razón todavía me mandaban avisos esporádicos para impedirme tropezar y caer en el pozo que día a día iba ensanchándose.

Pero me resistía. Puedo jurar que me resistía.

No obstante mis resistencias no sólo me dejaban un sabor amargo sino que también me llenaban de culpabilidad al comprobar que mis esfuerzos por crear barreras entre ella y yo la entristecían.

Más de una vez la vi llorar cuando yo, deliberadamente, escamoteaba sus insinuaciones. «Por lo visto he venido a este mundo para que nadie me quiera», me dijo en cierta ocasión.

En vano intenté yo darle a entender que no sólo la quería todo el mundo, sino que especialmente su padre tenía predilección por ella.

De repente arrancó a gimotear como una niña pequeña: «Mi padre jamás me ha querido —me dijo—. Llenarme de regalos y satisfacer mis deseos es una forma de fingir que me quiere, pero siempre ha prescindido de mí.»

Aquellas afirmaciones suyas me sobrecogían y me apabullaban. No podía soportar que sufriera.

Me atreví entonces a citarle a la tía Luisa: «Aunque te parezca distante ha sido una madre para ti.»

Pero Antonia no se dejaba vencer fácilmente: «Una madre regañona, tirana y sin pizca de ternura», exclamó con voz alterada.

No supe qué replicarle. Todo lo que Antonia me estaba exponiendo coincidía con lo que Douglas me había adelantado. Pese a todo, todavía acumulé suficiente valor para no dejarme llevar por el impulso de cogerla en mis brazos y consolarla. Lo único que hice fue acariciar su cabeza y asegurarle que tarde o temprano acabaría por encontrar al hombre capacitado para quererla como se merecía: «No es lógico que una mujer como tú se sienta siempre sola y abandonada.»

Su respuesta me dejó perplejo: «No lo creas, Eladio, mi vida será corta. No tardaré mucho en morir aplastada.»

Lo de morir aplastada no me cabía en la cabeza. Nunca imaginé que Antonia tuviera la convicción de que aquel cuerpo maravilloso pudiese desfigurarse por culpa de una muerte semejante: «Son niñerías —le contesté—. Pesadillas que cuando somos jóvenes se nos meten en la cabeza como si fueran premoniciones.»

Pero ella pareció molestarse: «Te lo aseguro. Hablo en serio, Eladio. No lo dudes.»

Recuerdo que aquella noche Douglas Raft daba una fiesta en su casa. El personal invitado era diverso. Había juventud, madurez y una pizca de ancianidad.

También las clases sociales eran distintas. Douglas Raft conocía a mucha gente y le gustaba mezclar en sus reuniones invitados que, en principio, nada tenían en común unos con otros. Por lo general ese tipo de fiestas estructuradas con personas diferentes solía gustar a todo el mundo.

Aquella noche también hubo música sedante y estrellas en el cielo, y brillos de focos reflejándose en la piscina. Y mezclas alcohólicas, y acaso algún porro que yo jamás fumé.

Y Antonia.

De nuevo está ahí. Puedo verla claramente. Llevaba un traje rojo y el moreno de su piel brillaba tanto como la superficie de la piscina y como aquel rutilante y largo camino que la luna trazaba sobre el mar.

Negar la impresión que me causó cuando la vi entrar junto a su padre y la tía Luisa sería afirmar que las pirámides de Egipto y la belleza de Petra en Jordania son simples imaginaciones de una mente trastocada.

Antonia era eso: algo antiguo de gran valor que poseía la faz joven de todas las bellezas del mundo.

No fue difícil recuperarla. En cuanto podía me acercaba a ella. Era inevitable. No pretendía gran cosa: únicamente hablar. Escucharla. Mirarla. Bailar con ella. Saber que en cualquier momento podría decirle que la quería y que, aunque mi amor por ella era tan absurdo como irrelevante, al menos era sincero.

De vez en cuando me fijaba en su padre. Parecía contento. Incluso cuando su hija departía conmigo, me guiñaba como dándome a entender que aquella compenetración le complacía.

Fue una noche larga que me pareció corta. La gente empezó a desperdigarse cuando amanecía. Era un amanecer de esos que siguen siendo aromáticos y luminosos como las noches, que emanan efluvios de perfumes florales y chispas de fuegos fatuos. Noches dispuestas a trascender ilusiones, y romper barreras y sobre todo a pensar en «mañanas». «De mañana no pasa», me dije. Era imposible que transcurriera un día más sin decirle que la quería, que mi amor por ella podía superarlo todo: la diferencia de edad, los complejos económicos y la distancia que separaba su ambiente del mío.

Nada contaba ya salvo ser sincero y desterrar orgullos falsos, exaltaciones equívocas y derroches inservibles.

Recuerdo que, cuando la mayoría de la gente se había marchado, estuve buscándola para permanecer unos instantes con ella antes de que se fuera. Pero Antonia no aparecía.

Alguien me dijo que se había ido con su padre y con su tía: «Hace ya un buen rato que se han despedido», me informaron. La respuesta me dejó intrigado pero no le di mayor importancia.

Entretanto, Douglas (algo ebrio y optimista) me palmeó la espalda como para felicitarme: «Te estás ganando al suegro a pasos agigantados», me dijo. Y se encerró en su cuarto.

Aquella alusión a Mahler aumentó mi euforia. Al menos él no consideraba que yo no fuera un hombre adecuado para su hija.

Distraídamente abrí la puerta de mi cuarto y pulsé el interruptor.

A lo primero no supe discernir si lo que estaba viendo era real o lo soñaba. A veces el alcohol juega malas pasadas y forja sueños que parecen reales.

Pero en aquellos momentos el sueño se movió y la realidad se impuso. Antonia estaba allí, en el centro de la habitación: su traje sobre el sillón, su escasa ropa interior caída junto a la cama y ella de pie, desnuda, los brazos tendidos hacia mí, la mirada suplicante y su hermoso cabello cubriendo parte del pecho y de los hombros: «Necesito tu cariño, Eladio», fue todo lo que me dijo.

De momento pensé que la felicidad era eso: tenerla allí,

gozar de mi albedrío, recoger lo que me ofrecía y convencerme de que hacerla mía era lo más natural del mundo.

Sin embargo, algo inexplicable y urgente me obligó a recoger su ropa, ordenarle con voz tajante que se vistiera y suplicarle por último que saliera de mi cuarto lo más rápidamente posible.

Al día siguiente su padre me mandó recado para que fuera a su casa.

Pensé lo peor. Imaginé que el despecho de Antonia por la actitud que yo había adoptado la noche anterior la había impulsado a explicarle a Mahler hechos contrarios a los sucedidos.

Pero inmediatamente comprendí que mi jefe ignoraba lo ocurrido: «Necesito hablarte sobre tu forma de rehuir a mi hija —empezó diciendo—. Supongo que ya te habrás dado cuenta de que está enamorada de ti y, según opinan todos, tú también la quieres.»

Asentí, pero dejé que continuara hablando: «Asimismo me han informado de que te niegas a unirte a ella por cuestiones meramente tópicas y circunstanciales. Alegas que le llevas muchos años, que no pertenece a tu clase social y que además es hija mía.»

Le contesté que no se equivocaba: «No puedo negarlo. Yo quiero a su hija, pero no me considero capacitado para casarme con ella. No estoy a su altura. Por eso la rehuyo.»

Mahler cruzó los brazos y esbozó una mueca ambigua que denotaba incomprensión: «¿Y dónde dejas sus sentimientos? ¿Te parece normal que por tu culpa esté sufriendo lo que sufre?»

Le dije entonces que yo también sufría, pero que por nada del mundo desearía hacerla desgraciada.

Mahler se quedó unos instantes mirándome como si quisiera taladrar mi cerebro. «Mira hijo: yo no sé lo que el futuro os depara, pero si no corres inmediatamente a decirle a mi hija que la quieres ten por seguro que el futuro tomará represalias.»

Ignoro a qué represalias se refería. Pero bastó que me dijera aquello para que inmediatamente el cráter de mi volcán particular, estallara en lavas de felicidad. «Entonces, ¿usted no se opondría a nuestro matrimonio?», pregunté todavía inmerso en dudas.

«¿Cómo voy a oponerme tratándose de la felicidad de mi hija?», me contestó. Y para rubricar el acuerdo se levantó del asiento y se acercó a mí para darme un abrazo.

Lo demás vino rodado. Fue un noviazgo corto; con proyectos trascendentales, sensaciones de plenitud y la seguridad de que el destino podía ser a veces un bello cuento de hadas.

Cuando regresamos a la ciudad comenzaron los preparativos para la boda. Las opiniones eran diversas. Junto a las efusivas alabanzas, había ramalazos de envidias mal disimuladas y augurios buenos y malos, y adulaciones desaforadas.

Luego estaban las amigas de la novia: criaturas románticas que veían en aquellas nupcias los sueños dorados leídos en los cuentos propios de la infancia.

Pronto los acuerdos fueron solidificándose. Anton Mahler, en su satisfacción de padre agradecido, me regaló un montón de acciones de Editorial Otoño. Se basaba en que la rentabilidad había crecido de un modo espectacular gracias a mis gestiones y que lo menos que podía hacer era compensarme, no sólo con la entrega de su hija, sino con parte del incremento económico que gracias a mi talento, la editorial experimentaba.

También me dijo que, en adelante, debía tutearlo: «Pronto vas a convertirte en mi hijo. Y los hijos tutean a los padres.»

Lo expresó con voz temblorosa; no se parecía al Mahler que diez años atrás había yo conocido tras una mesa Luis XV situada entre dos ventanales que expelían una luz estridente.

Qué bien lo recuerdo todo. En aquellos momentos mi vida era un continuo caminar hacia delante, un sentirme completo sin la menor sombra que augurase adversidades. «Te juro, Anton que pondré todo de mi parte para hacer feliz a tu hija —le dije cuando nos vimos de nuevo a solas en su despacho—. En cuanto a mi trabajo, te aseguro que no se verá afectado por falta de empeño. Me conoces lo suficiente para saber hasta qué punto esta empresa forma parte importante en mi vida laboral.»

No sé por qué, pero de nuevo estoy oyendo ahora el concierto de los ordenadores que sonaban más allá de aquella habitación como el preludio de una marcha nupcial que no tardó mucho en sonar entre multitud de invitados, flores, felicitaciones y sobre todo euforias augurando dichas y satisfacciones para toda la vida.

Y veo a Rosario, la secretaria de Mahler, sonriendo mientras entraba en el despacho por una puerta falsa que separaba su despachito del despacho principal: «Mi enhorabuena, señor Escalante», me dijo. «Gracias, Rosario.»

En aquellos momentos, nada era capaz de ensombrecer aquella estancia. Nada era una amenaza. Por lo contrario, todo era un total estallido de luminosidades.

Y por fin llegó el día de la boda.

Mientras las azafatas preparan la comida, el departamento Business se impregna de un olorcillo apetitoso que aleja lastres de la memoria y fortalece el ánimo de los pasajeros.

Pronto se reparte el aperitivo: una copa de champán, tapas y toallitas húmedas, debidamente enrolladas, para asear las manos.

Todo ello motiva que el silencio que han mantenido Eladio y Daniela vuelva a romperse.

Instintivamente, alza él su copa y esboza algo parecido a un brindis:

—Por su futura felicidad —exclama Eladio mientras roza la copa de su compañera.

Daniela acepta el cumplido y trata de mantenerse amable:

—También yo brindo por la suya —Y enseguida se arrepiente por lo que ha dicho—. Por favor, no me interprete mal. Comprendo que en sus circunstancias hablar de felicidad no es precisamente lo adecuado. —Y tras un breve lapso—: No obstante, aunque en estos momentos la felicidad pueda parecerle algo contradictorio y disperso, no debemos echar en saco roto la evolución del futuro. La vida puede cambiar cuando menos se espera.

Eladio asiente con un gesto de desgana, pero vuelve a sonreír:

—Tiene razón: nunca sabemos lo que nos espera —Y como si hablara consigo mismo—. Existe lo imprevisto —murmura contemplando su copa—. No hay que perder la esperanza.

De nuevo surge el silencio y un conato breve de malestar.

Daniela sorbe un trago y se vuelve hacia él:

—En ocasiones, cuando la luz es sólo noche y mal dormitamos en espera del nuevo día, los despertares pueden abrirnos nuevos caminos. No debemos dejarnos vencer por el pesimismo. —Pero al darse cuenta de que su frase no ha calado como esperaba, se atreve a cambiar el sentido de sus palabras—. De todos modos imagino que una mujer como fue la suya debe de ser difícil de reemplazar.

Eladio asiente con la cabeza. Pero la crispación de su gesto no se desvanece:

—En efecto —responde—. Mi mujer era irremplazable.

Y se queda mirando la copa que sostiene con la mano como si la aludida estuviera allí escuchando la respuesta que acaba de dar.

—¿Era muy joven? —pregunta Daniela.

—Era joven y muy bella. Además tenía el don de fascinar a todos los que la conocían, con un ingenio algo corrosivo, pero inteligente. —Se expresa con voz apagada, la mirada difusa y el alcohol ingerido impregnando ya todos sus recuerdos.

Daniela lo contempla ahora con expresión sombría. Probablemente le está doliendo que su compañero de viaje se sienta tan afectado y procura por todos los medios arrancar su malestar.

—Si mal no recuerdo, usted me ha dicho que va a instalarse en Nueva York para empezar una vida nueva y que ya no piensa regresar a España. Esa medida podrá ayudarle mucho. Sin duda vivir lejos de lo que nos hizo felices es la mejor terapia para olvidar la felicidad perdida.

Eladio de nuevo se sumerge en el silencio. Las palabras que escucha parecen molestarle. Son voces desarticuladas e inconcretas que no «encajan», que suenan sin sentido. Vocablos que «imaginan» pero que «no saben». Interpelaciones que expresan reflexiones vagas, sin esperar el trueque de la lógica. Ni siquiera las pronuncia una persona que conoce la verdad de lo que expone.

—Sin embargo hay cosas que, por mucho que intentemos borrarlas de la memoria, jamás podremos lograrlo —contesta él con cierto deje de fastidio, como si el empeño de Daniela en romper el sortilegio de su decaimiento, lejos de animarlo, acentuara la impotencia de abolir su tendencia a la depresión.

De nuevo Daniela procura echar tierra sobre el equívoco que ha provocado:

—No quisiera parecer indiscreta, pero el mundo está plagado de imprevistos que pueden causar cambios halagüeños —le insiste—. Naturalmente siempre que tengamos en cuenta el factor tiempo. Las cosas graves no se arreglan de la noche a la mañana.

Eladio asiente con la cabeza:

—¿Se está refiriendo a la posibilidad de que me case otra vez? —Y antes de que Daniela le conteste—: No lo crea. Yo nunca volveré a casarme. Puedo asegurárselo.

De nuevo un silencio prolongado sólo rasgado por el sordo runrún del motor, el choque de las vajillas, los trasteos de las bandejas y las suaves voces de las azafatas:

—No —insiste Eladio—. No me veo con ánimos de volver a empezar. —Y tras sorber el champán que le queda en el vaso—: Hay que ser responsable. Y aceptar la realidad. Cuando la vida nos sumerge en ciertos pantanos, las posibilidades de salir a flote son mínimas. Engañarnos no conduce a nada.

—Tampoco conduce a nada dejarse llevar por el pesimismo.

—No es pesimismo. Es la certeza de que por mucho que luchemos para quitarnos de encima lastres dolorosos, existen algunos recuerdos que se han creado para ser llevados a cuestas toda la vida.

Daniela no capta con exactitud lo que Eladio intenta decirle. Lo único que comprende con desaliento es que, por mucho que ella procure levantar el ánimo de su compañero, sus intentos resultan fallidos.

De pronto Eladio reacciona:

—Lo siento. Le estoy amargando el viaje. No debí permitir que se sentara a mi lado. O dicho de otro modo: no debí dejarme llevar por el egoísmo de fastidiarla con mis problemas. Le ruego que me perdone. —Y cambiando de tercio permanece de nuevo unos instantes en silencio mientras analiza las facciones de su vecina de asiento—: Y hablando de otras cosas, supongo que alguna vez le habrán hecho alguna caricatura —le dice con aire chancero.

La pregunta sorprende a Daniela. Pero Eladio enseguida sale al paso para tranquilizarla.

—No le extrañe mi salida de tono —aclara él—. Aunque a simple vista su rostro refleja una gran sencillez, a medida que se la va conociendo se comprende que no es usted una persona del montón. Probablemente pertenece al gremio de la gente importante.

Daniela rompe a reír. La frase no deja de resultarle jocosa.

—Y eso, ¿qué tiene que ver con las caricaturas?

—Sólo se hacen caricaturas a las personas importantes. ¿No lo sabía?

—O sea que, según usted, los infelices que no han merecido ese honor son gentes sin importancia.

—En efecto. Yo, por ejemplo, aunque viajo en primera clase y tenga el aspecto de ser una persona respetable, nunca he merecido el halago de verme en una caricatura —confiesa Eladio sin abandonar su tono chancero.

—¿Y eso le afecta?

—¿Cómo no va a afectarme? —continúa él bromeando—. Todo lo que humilla nos mantiene en constante crisis. No obstante, si ni usted ni yo somos gentes relevantes, tenemos mayores posibilidades de ser amigos. La igualdad alisa el terreno de las amistades. ¿No lo sabía? Lo cual, en este caso, no deja de ser para mí una circunstancia agradable. —Y aprovechando un pequeño resto de champán que ha dejado en su copa, la alza de nuevo y propone otro brindis—. Por nuestra amistad. —Y enseguida—: ¿Puedo tutearte? En España resulta algo ridículo que dos amigos se traten de usted.

Asiente ella sin dejar de sonreír mientras choca levemente su copa con la de Eladio:

—De acuerdo: puedes tutearme hasta que me convierta en una mujer importante. Luego será más difícil. Te lo advierto por si alguien decide hacerme una caricatura.

Eladio vuelve a sonreír con expresión abierta:

—Naturalmente, bromeaba. También hay gente importante que nadie conoce, ni siquiera a través de una fotografía. En cuanto a ti no hay más que echarte una ojeada para comprender que no eres una persona corriente. Basta departir contigo para comprobar que tu inteligencia sobrepasa la medida de la normalidad.

—Gracias. Tampoco tú pareces pertenecer a la tribu de los tontos —exclama ella riendo—. Si tuviera que anunciar algo relacionado con la inteligencia, te pediría que me prestaras tu imagen.

—Nunca imaginé que alguien pudiera considerarme un anuncio —replica él.

—Ni yo viajar con uno de ellos. —Y enseguida—: No te alarmes. Todo lo analizo desde mi deformación profesional. A veces no puedo olvidar que soy publicista.

El champán se ha terminado y la azafata vuelve a llenar sus copas. Pero esta vez no brindan. Se miran sonriendo y Eladio comprueba que los ojos de Daniela son grandes, oscuros y radiantes.

—Probablemente el faro de la mítica Alejandría tendría el centelleo que tiene ahora tu mirada —le dice él frunciendo el entrecejo—. Curioso que no me diera cuenta antes del brillo de tus ojos.

—No te engañes —contesta ella—. Es el champán. El alcohol suele provocar esos brillos.

De repente, y sin saber cuál es el motivo, Eladio se siente impelido a hablar. Tal vez la causa está también en el champán que ha ingerido, o en el brillo de los ojos que lo están mirando, o quizás en el olorcillo que invade el pequeño recinto del avión y que tanto estimula el apetito.

—¿Puedo hacerte una confidencia? —pregunta él repentinamente.

—Mientras no sea una impertinencia puedes confiarme lo que quieras.

—Nunca me permito ser impertinente —le tranquiliza él—. Las impertinencias son estériles. No tienen futuro. Sólo sirven para engordar los egos de la gente acomplejada. Y yo siempre he procurado lanzar lejos de mí los complejos.

—Pues adelante.

—Cuando te he visto entrar en el avión, algo atolondrada, la cara enrojecida, y los ademanes inquietos, he pensado: «Se acabó la paz.» A decir verdad yo confiaba viajar tranquilamente, es decir gozando del bendito aburrimiento del que las personas demasiado ocupadas apenas disfrutamos. Yo anhelaba ese aburrimiento. Lo necesitaba. En realidad es el aburrimiento lo que estimula la mente: lo que nos permite pensar. Y de pronto todo ha dado un vuelco: ya no quiero aburrirme. Quiero hablar. Quizá como tú has insinuado hace un momento, el champán tiene poderes extraños que potencian nuestros sentidos. Pero lo cierto es que me gusta departir contigo. Tu forma de ser me intriga. No sé por qué. No me lo preguntes.

Daniela frunce el entrecejo sin dejar de sonreír. Probablemente no sabe qué contestar. De improviso, y sin venir a cuento, a veces las mentes se quedan en blanco y las palabras que deberían pronunciarse parecen jugar al escondite mientras las razones que tan sólidas parecían se desrazonan repentinamente.

Eladio se adelanta a su respuesta:

—Oh, no no vayas a creer que pretendo coquetear contigo —sigue diciendo—. Lo único que intento es satisfacer un poco mi curiosidad. Saber algo de tu vida. Perfilar de algún modo tu personalidad. Seguramente te preguntarás qué demonios pueden importarme los avatares de tu existencia. Pues mira por dónde, y sin saber por qué, me están importando. Yo creo que ha sido tu forma de reaccionar cuando te he hablado de Antonia, mi mujer. Me ha gustado mucho tu discreción, tu serenidad y sobre todo ese empeño tuyo de querer levantar mi ánimo.

Daniela lanza una risa apagada y mueve la cabeza como dando a entender que agradece la buena voluntad de su interlocutor:

—También yo quería hacer un viaje silencioso —responde ella sin dejar de reír—. A menudo las charlas errantes de las travesías atlánticas suelen convertirse en verdaderas pesadillas.

—Esperemos que ésta no lo sea —le interrumpe Eladio—. Si te parezco un pelmazo, te ruego que te aísles. Tienes varias alternativas: fingir que duermes, leer el libro sobre la estética de las armonías visuales, ponerte los auriculares y ver la película o sencillamente mandarme al cuerno. Prometo no enfadarme.

Daniela vuelve a lanzar una carcajada. La forma de expresarse de su compañero de asiento ha dado un vuelco que no esperaba.

Eladio, en estos momentos, ya no es un viudo decaído sino un hombre con reservas ingeniosas. Alguien que incita al relajamiento y a soltar la lengua sin más presunción que la de enriquecer esas horas de vuelo vacías y desnudas como el espacio que cruzan.

—Si mal no recuerdo, me has dicho que estás a punto de casarte, pero que tu futuro marido es únicamente un buen amigo, que no estás enamorada de él y que vais a vivir en Los Ángeles.

—Efectivamente. La fecha está prevista para dentro de dos meses. Será una boda sencilla. Poco tradicional, pero ritual y sacramental. Mi novio también es católico y somos conscientes de que nuestra unión debe durar toda la vida.

—¿Sin amor?

—Al contrario. Con mucho amor. Pero sin demasiadas ilusiones sentimentales ni susceptibilidades egotistas. El amor es una cosa y el enamoramiento es otra.

—¿Cuál es la diferencia?

—El enamoramiento es una especie de juguete con una gran dosis de egoísmo que se rompe enseguida. El amor en cambio reniega del egoísmo. Prefiere dar a reclamar. No es exigente. Siempre cede, ayuda y sobre todo perdona; por eso es susceptible de que dure toda la vida.

—Entonces se trata de una boda planeada para no zozobrar. ¿Me equivoco?

—No te equivocas. Lo hemos pensado mucho. En la ceremonia habrá pocos invitados, tampoco habrá banquete, ni ninguno de todos esos convencionalismos que tanto contribuyen a deslucir y lamentar los correspondientes divorcios cuando los entusiasmos decaen.

—O sea que será una boda sin entusiasmos —confirma él sonriendo.

—Es posible. Pero los entusiasmos, aunque iluminan espacios oscuros con luces estridentes y provocan euforias proclives a crear lugares comunes llenos de promesas maravillosas, son únicamente cohetes que pronto se apagan.

—De cualquier forma, el paso que vais a dar no deja de ser trascendental.

—Somos conscientes de ello. Por eso consideramos innecesario enarbolar la trascendencia al modo de los que no creen en la longevidad del matrimonio. La boda se celebrará en la mayor intimidad.

—¿Ni siquiera vas a vestirte de blanco?

—¿Para qué? El traje era un símbolo de virginidad cuando las mujeres se casaban sin haber conocido varón —comenta ella bromeando—. Entonces el blanco

tenía una razón de ser. Pero ahora, ¿cuál es el motivo de la blancura de un traje? Si hasta lo llevan las que se han casado mil veces. La verdad, si a mi edad me viera vestida de novia con un traje blanco, me sentiría ridícula.

A pesar de casarnos en invierno, el traje de novia de Antonia era de seda. Una seda blanca que se ceñía a su cuerpo y dejaba entrever la perfección de sus formas y el encanto que su manera de andar acentuaba cada vez que la seda se replegaba al ritmo de unos pasos lentos, perfectamente acoplados a la marcha nupcial cuya resonancia se expandía por toda la nave.

La iglesia era un hervidero de gentes engalanadas. Gentes dispuestas a identificarse con los ingredientes de felicidad que todos auspiciaban.

Antonia no llevaba velo. El velo era su larga melena rizada, tocada con una gruesa corona de rosas blancas que cubrían su frente.

En cuanto a Mahler, más que el padre de la novia, parecía un donjuán (eso sí, algo calvo) dispuesto a renunciar, en aras de la felicidad de Antonia, al derecho de mantenerla a su lado.

Pese a todo, la emoción se le escapaba por los poros; no podía evitarlo. Inmerso en la seguridad de que su hija era la mujer más bella que Dios había creado, entró en la iglesia dándole el brazo como quien muestra un trofeo ganado a pulso, hecho de ritmos armoniosos, de perfecciones corporales, de dulzuras invulnerables y de una sólida castidad.

Cuando llegaron hasta el presbiterio y Mahler me entregó la mano de su hija, me sentí transportado a una especie de paraíso perdido.

Era imposible aceptar que aquel regalo, tan saturado de

perfecciones, podía pertenecerme sin que en nuestro noviazgo se hubiera calado la menor sombra de una adversidad.

El hecho era que Antonia estaba allí; su dulzura plasmada en cada gesto, en su mirada, en sus ademanes, en aquella manera de sonreír que siempre sorprendía. Y yo me sentía el hombre más dichoso de este mundo.

De pronto desvié la vista hacia mi madre. La habían situado en el lado izquierdo del presbiterio, junto a los testigos. Recuerdo que llevaba un traje que la tía Luisa se encargó de elegirle. Y aunque la elegancia del vestido era evidente, puesto en ella, la elegancia se esfumaba. Era difícil averiguar exactamente en qué consistía aquel raro fenómeno. Pero evidentemente lo único que conseguía aquella indumentaria era acentuar su vulgaridad.

Lo cierto es que al verla allí, menuda, delgada, adoptando la postura de una persona descentrada y totalmente alejada del lujo que la rodeaba, me sentí avergonzado. No podía admitir su falta de «saber estar» entre rígida y deslabazada, propia de un servilismo que de ningún modo encajaba con el resto de la gente.

Por otro lado, también sentí pena. No sólo por ella, sino por mí mismo: por haberla obligado a adoptar un papel que no le correspondía y sobre todo por sentirme incómodo al verla tan fuera de lugar, tan apocada y cohibida.

Cuando ahora repaso las circunstancias de aquel día, comprendo que mi euforia y aquella especie de orgullo estúpido que me obligaba a considerar únicamente la parte grandilocuente de la ceremonia me sumía en egoísmos y me doy cuenta de lo mucho que debió de sufrir mi madre al sentirse tan aislada. Sin embargo no tuve la suficiente gallardía para acercarme a ella, mostrarme atento y procurar que su categoría de muñeco impuesto por las circunstancias se transformara en lo que en realidad le correspondía: ser la verdadera fuerza positiva que había conseguido convertir a su hijo en un hombre cotizado, aplaudido y feliz.

No obstante, mi memoria flaquea cuando intento situarla

en el banquete. Por supuesto ocupaba un puesto de honor en la mesa principal, pero se me ha olvidado el verdadero trasfondo de lo que hablamos, de lo que pensaba, de todo lo que sin duda estaba humillándola por ser «distinta» y no saber cómo manejarse entre tanta maniobra ritual propia de la gente que jamás tuvo que soportar las cargas y crueldades de la miseria que ella sufrió.

Quizás esa falta de memoria fui elaborándola lentamente yo mismo: con frecuencia, cuando algo nos atosiga, lo que precisamos es borrarlo para que no empañe los mitos alegres de la vida. Y yo me resistía a que aquella jornada se viera menoscabada por fragilidades secundarias.

Eso fue mi madre aquel día: una «fragilidad secundaria». Un rincón de mi persona buscando esconderse para no quedar en mal lugar y convertirse en un objeto de menosprecio.

Lo que de verdad contaba para mí en aquellos momentos era el esplendor de mi mujer: aquel donaire natural que todos admiraban; aquella risa constante por nimiedades, su modo de abordar a los invitados con la naturalidad propia de la clase privilegiada que siempre encuentra la palabra justa, para halagar y jamás dejarse vencer por razonamientos erráticos y confusos.

Veo también a mi suegro: discurriendo conmigo como si yo fuera su hijo: «Ahora ya nunca perderemos el hilo, ¿verdad Eladio? Ya no somos un clan. Ahora somos una familia.»

Y yo captando su mirada con la seguridad que confiere la franqueza: «Por supuesto, Anton. Una familia indisoluble.»

Y vislumbro a Douglas Raft, observando la escena entre suegro y yerno, con aire satisfecho y un punto de ironía en el gesto: «Quién iba a decir que tu entrada en Editorial Otoño pudiera acabar en una novela rosa al estilo de la Cartland.»

A veces Douglas, aunque era un buen amigo, solía dejar escapar «causticidades» poco halagüeñas. «A ti lo que te come es la envidia», le contesté palmeando su espalda y dándole a entender que su broma me halagaba.

Más tarde vi que se había sentado junto a mi madre y que

los dos se habían enfrascado en una charla que parecía animada. Aquello me dejó más tranquilo.

Sin embargo, cuando al marcharme de allí quise despedirme de ella, Douglas me confirmó que se había ido: «Este ambiente no encaja con tu madre —me dijo—. Me ha encargado que te diera un abrazo de su parte y que te dijera no te preocupes por ella.»

Lo demás se diluye en músicas estridentes, abrazos exagerados, firmas de menús, bailes agitados, carcajadas saturadas de alcohol y frases picantes que acuchillaban las que había pronunciado el cura en su breve sermón sobre la santidad del matrimonio.

Y Antonia. Siempre Antonia. La estoy viendo ahora agarrando mi mano, como si se negara a desprenderse de mí; arrastrándome por el recinto lleno de mesas, zigzagueando entre ellas para que los invitados se percataran de cómo era el hombre con el que se había casado: «Miradlo bien porque, de ahora en adelante, aquella que se atreva a coquetear con él, va a tener que vérselas conmigo», repetía a sus amigas.

Por supuesto lo decía guaseando pero con la firmeza de una fiera defendiendo el terreno conquistado.

Por descontado también yo tuve mis deslices algo cursis con mis amigos: «Ni con lupa encontraréis una mujer como Antonia.»

Nada en aquellos momentos era ridículo, ni tonto, ni tan siquiera fuera de lugar. Las bodas al uso eran siempre estúpidamente alegres y rebosantes de certezas insensatas, de reflexiones irreflexivas y de preguntas que en realidad eras respuestas.

El vértigo de la felicidad cegaba. Por eso no dejaba entrever la menor sombra de una duda. Los crepúsculos no existían. Sólo contaban los amaneceres. Sobre todo a medida que el alcohol iba potenciando el ritmo precipitado de las intuiciones inmersas en felicidades preconcebidas.

Todo era como un ir y venir de cosas prometedoras y los posibles temores se volvían audacias que nadie dejaba de aplaudir.

No voy a negar que a veces algunos comentarios sonaban mal: «Vaya chollo te has montado, Eladio» o «Menuda suerte tenéis los sinvergüenzas osados». Pero mi euforia no me permitía amilanarme: «Envidias. Puras envidias.»

Y si insistían, les seguía la corriente. «También los sinvergüenzas podemos ser honrados.»

Eran cosas que se decían sin mala intención. Frases dictadas por las desatadas ligaduras de la lengua, y que más que pronunciarse para ofender, pretendían ser amables.

Cuando la fiesta era ya un tiovivo dando vueltas constantes, Antonia y yo decidimos desaparecer. No hubo despedidas. Sencillamente tratamos de escondernos entre la multitud y nos dirigimos por caminos opuestos a la salida del recinto donde un coche nos aguardaba.

Nadie sabía dónde íbamos a pasar la noche. Fue un secreto bien guardado que no llegó a violarse.

Fuera, el frío continuaba lanzando ráfagas de lluvia y vientos helados. Pero la gente corría protegida por paraguas camino de la oscuridad entre farolas encendidas y semáforos dictatoriales que parecían pequeños soles dándonos la bienvenida.

De nuevo noto ahora el cuerpo de Antonia pegado al mío en la parte trasera del coche donde un asiento holgado permitía un largo abrazo casi horizontal que duró lo que dura la luz verde de un semáforo hasta el rojo intenso de la próxima parada.

Cuando llegamos al hotel subimos a toda prisa por la escalera que conducía a la habitación que nos habían preparado.

Recuerdo que en aquellos instantes nada contaba salvo entrar en aquel cuarto y olvidar lo que dejábamos atrás.

La vida ajena a la nuestra no era ya real. Únicamente lo parecía. Lo real era sabernos solos en la holgura de una habitación cerrada, adornada con flores y una botella de champán sobre la mesa.

Y la cama. Y la necesidad de precipitarnos sobre ella, con

la absoluta certidumbre de no profanar las leyes ni convertir en pecado lo que hasta aquel momento había sido lujuria.

Lo demás no existía.

Lo demás eran los otros; los que no entendían la vida como Antonia y yo la entendíamos, mientras nos dejábamos llevar por un fuego que, lejos de quemar, acariciaba, y lejos de herir cicatrizaba.

Nada contaba salvo conseguir el fin común de dos amores que de puro fusionarse eran ya sólo uno; pactar deseos con logros y cerrar para siempre las puertas y las ventanas a las intemperies desconocidas; aquellas que ya no servían, que erraban perdidas más allá del refugio que nos estaba uniendo para siempre.

Así empezó la andadura de nuestra boda; sin apariencias sospechosas ni complejos adustos.

Sin embargo, hubo una circunstancia que entonces no comprendí. Sucedió cuando Antonia, tras el logro exaltado de nuestra intimidad, se aferró a mi cuerpo y, como si acabara de ser violada rompió a llorar, dejando mi pecho anegado en lágrimas.

También Eladio piensa ahora que casarse vestida de blanco es un lugar común propio de idealismos trasnochados. Una forma de inventar plasticidades idealistas sin fundamento ninguno.

—Creo que tienes razón —le dice a Daniela. El traje blanco de las novias actuales es casi siempre una puerilidad algo vergonzosa.

Y como si lo que acaba de exponer plantease un problema de difícil solución, Eladio se queda mirando el respaldo del asiento que tiene delante y se aísla repentinamente.

—*A panny for your thoughts* —exclama ella de pron-

to—. Te noto abstraído. Me pregunto si te he dicho algo que ha podido molestarte.

Eladio reacciona y le pide disculpas:

—Es uno de mis graves defectos —contesta—. Sin poderlo remediar me abstraigo, me alejo. No es culpa tuya. No debes preocuparte.

Daniela levanta las manos dándole a entender que no precisa sus excusas.

—También a mí me ocurre lo mismo. De todos modos, lo tuyo ha sido algo más que una abstracción. De repente te has alejado del avión, te has lanzado al vacío y te has metido en Dios sabe qué clase de recuerdos. Sí, no me mires así. La impresión que me has causado es que te lanzabas a volar más allá del propio vuelo.

Eladio valora sonriendo la ocurrencia y trata de calmar la leve alarma de su compañera:

—Aparte de algunos defectos, tengo también ciertas cualidades —bromea—. Soy un hombre ordenado, puntual, y sé exactamente lo que quiero. Nunca he sido dubitativo. Cuando tengo algún rato libre, escucho música clásica, leo lo que está bien escrito y procuro no ser rutinario pero sí organizado. Ah, se me olvidaba: no me gustan las sorpresas. Prefiero estar prevenido; conocer con antelación lo que debo afrontar. La monotonía tampoco me atrae demasiado pero la prefiero a los imprevistos. En cuanto a lo que la gente llama aburrimiento, tal como te he dicho antes, me estimula, me gusta, es el gran factor que me proporciona la facultad de pensar. ¿Te parezco aceptable?

Daniela asiente con la cabeza:

—A pesar de todo, tu famoso vuelo me ha dejado perpleja. Ha sido como si te hubieras esfumado repentinamente.

—Tienes razón. Por unos instantes, he salido del avión para aterrizar en el planeta de los recuerdos. Es lo mismo que soñar despierto. Lo cual no deja de ser una grosería. Te ruego que me perdones.

Daniela se rebulle en el asiento. Algo que probablemente no sabe definir parece incomodarla:

—No es bueno dejarse llevar por ese tipo de sueños —exclama con aire casi severo—. A menudo nos acongojan, nos obligan a sentirnos culpables sin motivo.

—No andas descaminada —contesta él—. Pero los recuerdos suelen ser implacables. De pronto se presentan a ráfagas, nos invaden, nos inutilizan. Es como una venganza de los resentimientos que en su día no se vengaron de nuestros errores.

Daniela vuelve a sonreír:

—No es sólo eso. También existen factores ajenos a lo que tú llamas venganzas. Querámoslo o no, las formas de vida que nos rodean son tan despóticas como cualquier dictadura establecida. Todos los días surge algún motivo de alarma. No me refiero solamente a las vacas locas, ni a las fiebres aftosas, ni al terrorismo, ni a las amenazas nucleares. La vida en nuestro planeta es una continua amenaza. Si nos ponemos a analizar, el hecho de vivir es un milagro. Casi todo tiende a la destrucción. Incluso lo que consideramos más indestructible. Por ejemplo si cualquier bobada como un resfriado, o una mala digestión o una halitosis que nosotros no percibimos puede acabar con el amor más sólido, ¿cómo no van a destruirnos las cosas que nos rodean? Edificios que se derrumban, incendios, inundaciones, terremotos, naufragios nucleares. Qué se yo. Cualquier paso en falso puede acarrear un peligro grave. —Y para evitar que la conversación discurra por terrenos umbríos, Daniela cambia el rumbo del tema forzando una sonrisa—. A veces me pregunto si lo que llamamos progreso es únicamente una deformación de la palabra «retroceso». Todo entraña peligros. Incluso estar sentados en un avión como tú y yo puede convertirse en una amenaza. ¿Sabes cómo llaman ahora a estas butacas? Nada menos que «los asientos asesinos».

Eladio lanza una carcajada.

—Supongo que te refieres al síndrome del turista.

—En efecto. Por lo visto son ya varios los casos de muerte ocasionados por permanecer sentados durante los viajes demasiado largos. Al parecer hay que moverse, estirar las piernas y evitar esos coágulos que la inmovilidad puede ocasionar. Si no nos levantamos, ya sabes lo que puede ocurrirnos.

Pero los comentarios de Daniela no sólo no tranquilizan a Eladio sino que parecen ensombrecerlo. La palabra «coágulo» quiebra su respuesta. Y de nuevo se sumerge en el silencio.

—¿He dicho algo inoportuno? —pregunta ella alarmada.

Eladio niega con la cabeza:

—No debes culparte. Nadie es culpable de lo que ignora. —Y tras un leve carraspeo—: Ha sido la palabra «coágulo». En ocasiones los vocablos pueden ser algo más que un renglón de letras bien alineadas. También pueden ser pequeños puñales. —Y moviendo la cabeza para restar importancia a lo que está diciendo—: Mi mujer murió por culpa de un coágulo. Eso es todo. Ya ves qué tontería. Ha bastado que tú citaras esa palabra para que Antonia volviera a morir. —Pero enseguida reacciona—. Perdóname, Daniela, tal vez no debiera sincerarme contigo del modo en que lo estoy haciendo.

—Al contrario. Me conmueve comprobar que un hombre que ha querido tanto a su mujer pueda sentirse afectado al escuchar un simple vocablo relacionado con su muerte. Hay muy pocos hombres que sepan mantener tan vivo el amor perdido.

Eladio no se inmuta. Permanece callado. No obstante la atmósfera se enrarece y ella intenta aligerarla:

—¿De qué murió tu mujer?

—Fue una embolia pulmonar. Algo inesperado. Vino de repente. De pronto le entró una gran fatiga; dolores torácicos, disnea, expectoró sangre. —Y como si el recuerdo de lo que explica le pesara en la frente, Eladio se lleva las manos a las sienes, las aprieta y las deja caer nuevamente sobre sus piernas—. La trasladamos corriendo al hospital. Allí, tras infinidad de pruebas, le diagnosticaron un maldito coágulo en el pulmón.

—Dios mío. Debió de ser terrible.

—Al principio no. Todo fue rápidamente subsanado. Le suministraron heparina. La gammagrafía era contundente: la sangre no le llegaba a ciertas partes del pulmón por culpa del dichoso coágulo. Reaccionó bien. Y a los pocos días estaba ya en casa.

—Entonces, ¿qué ocurrió?

—Nunca se supo. El tratamiento, según aseguraban los médicos, no podía fallar. Todo se reducía a suministrarle dosis específicas de Sintrom. Lo importante era que la dosis fuera adecuada. Para ello debía pasar una inspección mensual durante poco más de un año para comprobar el curso de la enfermedad. Tras el tiempo prescrito, la curación quedaba garantizada. Era imposible que la embolia se repitiera.

Daniela continúa callada. Seguramente piensa que dejar hablar a Eladio es la mejor forma de ayudarle a desfogar su dolor.

—Todos los meses se le hacían análisis para controlar la dosis de la medicación. Los resultados siempre eran gratificantes. Nada hacía prever lo que acabó ocurriendo. Aunque nos advirtieron que si se producía una segunda embolia la muerte era ya inevitable, nadie imaginó lo que en realidad sucedió. Los análisis eran óptimos y ella mejoraba ostensiblemente.

Durante unos instantes los dos permanecen en silencio. Todo en el avión es ahora una respuesta que no se cita; algo que aflora en el ambiente como un punto final sin lógica.

Por fin Daniela rompe el silencio:

—Entonces, ¿por qué murió?

—Nadie se lo explica. Hacía tres días que el médico había revisado su estado general. El análisis era perfecto. La dosis de Sintrom que se le suministraba era la adecuada. Sin embargo a pesar de seguir minuciosamente las indicaciones del médico, la temible segunda embolia se produjo. No hubo la posibilidad de salvarla.

En estos momentos resulta imposible barajar ideas, lanzar comentarios o remover de nuevo el dolor de aquella muerte.

Antonia está ahora entre ellos dos como un imposible que se empeña en continuar hurgando el secreto de vivir.

Mientras tanto, las azafatas distribuyen la comida y el olorcillo que van dejando en las mesas inunda los olfatos de avances apetitosos.

Repentinamente, Daniela se levanta y abandona su asiento:

—Hay que estirar las piernas —exclama.

Y tras pisar aposta dos o tres veces el pavimento del avión, se dirige decidida al cuarto de aseo.

Distraídamente, Eladio la contempla mientras se aleja. Su paso es firme y donoso y su silueta esbelta y erguida, apenas roza los asientos que delimitan la estrechez del pasillo.

También Eladio se levanta. La ausencia de su compañera de viaje es una buena excusa para justificar la suya.

Al pasar junto al niño enfermo, la madre le sonríe como si lo saludara, acaso para que la postura que adopta el pequeño no le moleste demasiado.

Pero Eladio finge no verlo, saluda levemente a la madre y aguarda junto a la puerta del aseo a que la cabina quede libre.

Al regresar al asiento, Daniela se ha acomodado ya en el suyo; la mesita desplegada, su melena oscura recién peinada y el libro sobre la estética de las armonías visuales, descansando en la bolsa del respaldo del sillón delantero.

También los periódicos de Eladio han sido arrinconados. En estos momentos lo que predomina es el ritual de la comida, la elección de las bebidas y sobre todo la fórmula de borrar los recuerdos luctuosos, para amenizar el almuerzo con motivos alegres.

De nuevo surgen las sonrisas y el olvido de Antonia.

Basta de cansancios retrospectivos, de retentivas amargas y de jugar a despertar compasiones que no conducen a nada bueno.

Pronto la azafata se dispone a colocar los mantelitos, los vasos y los cubiertos; la comida encargada está ya a punto de servirse.

—¿Vino? ¿Cerveza? ¿Champán?

Daniela pide Coca-Cola y Eladio se decanta por el vino.

En todas las mesitas se han colocado entremeses aparentemente sabrosos. También el pollo de Eladio y el solomillo de Daniela tienen buen aspecto. Y las energías perdidas parecen resucitar repentinamente.

—Me siento avergonzado —se excusa él súbitamente—. Hasta ahora no hemos hecho más que hablar de mis problemas. Perdóname. No voy a volver a agobiarte con mis asuntos. Háblame de ti, por favor.

—Mi historia no es interesante —se justifica ella—. Podría decirse que siempre he planeado sobre un quehacer poco brillante. No se parece a la tuya. Nunca he encontrado la piedra filosofal de la felicidad que me has descrito.

—¿Intentas decirme que esperabas un triunfo que jamás llegó?

—Algo parecido. Aunque, si he de serte franca, el afán de triunfar se me ha ido muriendo poco a poco. Un buen día me di cuenta de que los triunfos terrenales duran menos que la existencia de un árbol y eso bastó para que mis presunciones se disiparan —dice ella tomando a broma su propia perorata—. De cualquier forma, no puedo quejarme. He ganado lo suficiente para llevar una vida desahogada.

—En suma, que, aunque ambiciosa, no te has dejado llevar por la codicia.

—¿Para qué? —replica ella—. La codicia es un engañabobos. Nunca conoce topes. Cuanto más se tiene, más se desea. Lo que importa es renovarse, airear la vida, no permitir que la abulia nos inmovilice.

—Y eso, ¿cómo se consigue?

—Huyendo de los tópicos, dejando de ser «manada». —Y como ve que Eladio no acaba de entenderla—: Es muy sencillo: procurando llevarle la contraria a lo que se denomina moda. De hecho la moda no es más que un reflejo de los modos. Y los modos actuales son bastante grotescos. Por eso yo siempre me he decantado por lo que no se estila. En cierto modo la originalidad es eso: llevar la contraria a lo que todo el mundo adopta. Además, ¿dónde está la elegancia en eso que llaman transparencias? O ¿por qué diantre, cuando se sirve una comida, hay que añadirle el consabido «regado con el vino tal y tal»? ¿Qué pretendemos regar? ¿Esa mezcla repugnante que esconde nuestros estómagos? O ¿con qué finalidad, cuando se menciona un traje que puede ser atractivo, hay que decir que es un traje muy «sexy»? ¿Puede el sexo ser elegante? Será excitante, burdo y hortera. Pero ¿elegante? No. Eso es una inmensa falacia. La verdad es que no soporto las frases hechas. Siempre me han parecido roceras, vulgares, impropias de figurar en mis trabajos publicitarios.

Durante unos instantes los dos permanecen callados, inmersos en la tarea de desmenuzar los alimentos que ingieren.

—¿Y cómo se te ocurrió meterte en el negocio de la publicidad? —pregunta él.

—La estética siempre me ha atraído. De niña me gustaba imaginar bellezas fantásticas. En cuanto pude hice un curso de diseño, pero no me valió para ganarme la vida. Así es que, como carecía de medios económicos, trabajé como camarera en una cafetería de lujo. Allí conocí al hombre que va a ser mi marido: era productor publicista. Tiene una gran talento y llevaba ya varios años realizando *spots* publicitarios con gran eficacia. Le expuse entonces algunas ideas que le gustaron. No tardó mucho en proponerme que trabajara con él.

—¿Y accediste?

—No. Sólo organicé un montaje para su empresa. No quería sentirme atada ni esclavizarme a unos criterios que pudieran diferir de los míos. Preferí trabajar por mi cuenta y demostrarme a mí misma que mis ideas no eran descabelladas. —Y adoptando una sonrisa algo burlona—: Siempre he sido reacia a someterme a los grilletes de los favores ajenos.

—Eso tiene mucho mérito.

—No sé si es mérito o simple soberbia. Quizá las dos cosas a la vez. La cuestión es que, aunque no me faltó ayuda desinteresada, siempre he trabajado por mi cuenta. —Daniela se encoge de hombros y continúa troceando el solomillo—. Lentamente fui conquistando eso que llaman prestigio y al final conseguí ser la directora de mi propia empresa.

Eladio asiente como dándole a entender que aprueba y admira sus esfuerzos:

—Tu novio es un hombre afortunado —comenta él sin dejar de comer.

—Gracias.

—Lo digo en serio. Pocas mujeres son capaces de conseguir lo que tú has conseguido: tener su propio negocio, valerse por sí mismas y no dejarse vencer por la atonía.

—En Norteamérica esa situación es frecuente. Las mujeres crecemos sabiendo que no debemos depender del hombre.

—A pesar de todo, tu trayectoria es admirable.

—Sin embargo, debo confesarte que, aunque haya alcanzado lo que me propuse, no he llegado a sentirme verdaderamente a gusto. Cuántas veces me habré preguntado: «¿Qué es mejor, sabernos dueñas de nuestras propias acciones o depender de alguien que las apoye y las proteja?»

—Si ese alguien merece tu confianza, el apoyo puede ser gratificante —comenta él—. La fusión que tú y tu futuro marido habéis proyectado, seguramente tendrá repercusiones de gran alcance.

Daniela no lo contradice. Tampoco lo mira. Tiene la vista fija en la carne troceada que pincha su tenedor:

—Ya no soy una niña y sé muy bien a lo que me expongo. Como ya te he dicho, quiero mucho a mi futuro marido, pero no estoy enamorada de él. Tampoco puedo asegurar que el enamoramiento que él ha sentido por mí durante años conserve la intensidad del principio. Pero a veces duran más los acuerdos empresariales que los acuerdos amorosos. Por eso me caso con él. —Lo ha dicho fríamente; la sinceridad de sus teorías desechando dudas. Pero enseguida aclara—: Eso no quiere decir que haga una boda de conveniencia. Nunca lo haría. Nuestro proyecto matrimonial no se basa exclusivamente en los bienes materiales. A nuestro modo, nos queremos y nos admiramos. Esos puntales son esenciales para cimentar una unión que pretende durar toda la vida.

En estos momentos Eladio trata de separar el ala de la pechuga con el cuchillo. Y por el modo que tiene de hincar el cubierto, se comprende que la afirmación de Daniela no le convence. De improviso deja su tarea y se vuelve hacia ella:

—Falta saber si además de esas premisas que me has nombrado existen otras razones capacitadas para evitar que vuestro matrimonio no se desmorone. —Y con gesto severo, le pregunta—: ¿Os gustáis lo suficiente para dormir juntos? —Y como ve que la pregunta desconcierta a Daniela, trata de explicarse—. Con frecuencia son esas pequeñas cosas que nadie calibra las que pueden acabar con el famoso «toda la vida».

—No acabo de captar lo que intentas decirme.

—Me refiero a esas mil insignificancias que no consideramos esenciales pero que contribuyen poderosamente a destruir las uniones más sólidas. Por ejemplo: ¿te convence su voz? ¿Te molesta su manera de toser? ¿Te gustan sus corbatas? ¿Te atrae su manera de andar, de comer, de reír? ¿Sabe utilizar los cubiertos como está mandado? ¿Bosteza de un modo ruidoso? En cuanto a los tics, ¿son constantes o sólo esporádicos? Luego están los arrebatos repentinos; las pequeñas diferencias de criterio, los malos humores gratuitos, las indiferencias, las manías crónicas, las obsesiones insistentes, las muecas repetidas hasta la saciedad. —Y recobrando su aire entre desenfadado y bromista—: No me mires así. Estoy hablando en serio. Con frecuencia son esas cosas que denominamos minucias las que van minando, sin darnos cuenta, el tinglado más sólido de la felicidad mejor cimentada.

Daniela no puede evitar lanzar una carcajada. Decididamente, su compañero de viaje no le parece una persona corriente. Hasta entonces nunca había pensado que semejantes naderías pudieran quebrar la solidez de una decisión adoptada tras una meditación que ha durado años.

Pero Eladio no se apea de lo que ha expuesto:

—Aunque en vuestro acuerdo parece ser que el enamoramiento brilla por su ausencia, los surcos que provocan ciertas sorpresas, por muy insignificantes que nos parezcan, difícilmente pueden rellenarse. Por lo común siempre se quedan ahí, medio escondidos por tierras blandengues, dispuestos a darnos el batacazo. —Y tras un lapso breve—: No hay que hacerse ilusiones, Daniela: aunque vuestra comunicación sea solvente, la perfección, que tanto anhelamos, es prácticamente imposible.

—Sin embargo, tú has sido un hombre feliz —alega ella algo molesta.

Eladio cambia de expresión. El ceño se le acentúa y el miedo a que su verdad salga a flote parece envararlo:

—Sí —contesta con voz grave—, he sido muy feliz.

Y zanjando de cuajo la conversación, sigue comiendo sin dar pie a que su compañera de viaje le haga más preguntas.

Cuando la vi llorar de aquel modo mientras se aferraba a mi cuerpo, tuve la impresión de que mi forma de hacer el amor con ella la había decepcionado.

El llanto de Antonia era sordo pero quejumbroso, de lágrimas abundantes y sollozos con doble resuello. En vano intentaba yo preguntarle por qué lloraba. El jadeo le impedía contestarme. Sólo me miraba con ojos acuosos que clareaban aún más el azul de sus pupilas y que, según se miraban, parecían hechos de cristal. Pero de sus labios no salía una palabra.

Opté por abrazarla. Le di a entender que la comprendía, que suponía que su inocencia se había sentido malherida y que, en adelante, procuraría ser menos efusivo.

Poco a poco se fue sosegando. Se agarró entonces a mi cuerpo con fuerza y acercando sus labios a mi oído con voz muy queda y un poco avergonzada me dijo: «Estoy llorando de felicidad.»

Aquella noche nos dormimos así; escuchando en sueños la palabra mágica que había causado aquel llanto.

El despertar fue glorioso. Bastó mirarla para que Antonia fuera para mí un pedazo de cielo convertido en mujer. El sueño, lejos de afearla la había embellecido. Ni siquiera el alboroto de su larga melena rubia, o el ligero embotamiento de sus facciones, destruía la perfección de aquella criatura angelical que parecía haber sido arrancada de algún lugar mitológico.

Nunca hasta entonces me había yo sentido tan exultante de felicidad.

Así empezamos nuestro viaje de novios; agrupando armonías sin suspicacias ni recelos; considerándonos el matrimonio más dichoso de este mundo y anhelando avanzar juntos para fundirnos en la convivencia futura sin notarnos ligados por servidumbres, desasosiegos o desconfianzas.

Todo era perfecto en aquel viaje. Mahler se había encargado de que en los hoteles donde nos hospedábamos nos sintiéramos como en casa.

Allá donde recalábamos, alguien adiestrado en atender a las parejas recién casadas, se ocupaba de nosotros con la dedicación más detallista y eficaz.

El viaje que se había programado abarcaba dos meses. Dos meses de sentirnos unidos durante las veinticuatro horas del día.

Los lugares que visitábamos servían para acumular recuerdos que tanto ella como yo sabíamos que jamás podríamos olvidar.

Juntos vimos mares encalmados, tierras lejanas palpitantes de exotismo; magnitudes de infinidad de novedades que, de puro desconocidas, parecían ficciones.

Fueron muchas las ciudades que conocimos. Qué bien lo recuerdo todo: aquel andar cogidos de la mano por calles hinchadas de luces, o por caminos mal pavimentados que nos obligaban a pisar cautelosamente. Aquel escuchar voces con ecos desordenados que provocaban risas. Y aquellos silencios que sólo admitían los perfiles de nuestras palabras.

Todo era vivir instantes plagados de prodigios, de miradas rezumando complicidad, de roces sobrecargados de cariño.

A veces dialogábamos como si no nos conociéramos. Antonia me hablaba de su infancia, vivencias que jamás me había explicado durante nuestro breve noviazgo: «Nunca te lo he dicho, Eladio, pero mi madre era morfinómana. Trataron de ocultármelo pero yo lo supe porque escuché una conversación que mi tía mantuvo con mi padre.» Al parecer aquella circunstancia la había dejado marcada. La idea de tener una madre drogadicta era para ella una lacra difícil de asimilar: «Me dijeron que había muerto cuando yo nací. Pero la verdad es que estaba muy enferma. —Y tras una pausa provocada por algo parecido a un sollozo reprimido, añadió—: Es muy duro ser huérfana de madre.»

Al verla tan compungida la atraje hacia mí y la abracé con fuerza: «Olvida el pasado —le dije—, de ahora en adelante yo haré todo lo posible para que seas feliz.»

Me habló también de su padre: «Dicen que me quiere, pero no es cierto. En cuanto puede me deja a merced de mi tía. Lo único que sabe hacer es colmarme de regalos, y darme todos los caprichos que se me antojan. En el fondo es una forma de tranquilizar su conciencia.»

Y agarrando mi cara con fuerza me miró suplicante: «Prométeme que tú también vas a ser un padre para mí. —Y tomando a broma su súplica—: Bueno, un padre un poco incestuoso, pero adorable.»

Pensé entonces que nuestra diferencia de edad podía haber sido un factor importante en la atracción que Antonia sentía por mí: «También como padre procuraré no defraudarte», le prometí.

En cierta ocasión me habló de sus amigas del colegio: «Eran mayores que yo. Mis notas eran superiores a las suyas y eso las predisponía a envidiarme. No podían aceptar que una discípula menor que ellas las aventajara en los estudios.»

No obstante no lo decía dándoselas de niña sabionda. Al contrario; todo cuanto me exponía lo hacía sin pizca de vanidad, como si fueran conjeturas desapasionadas propias de una explicación sincera.

«A pesar de todo, yo las quería —me decía—. Me llevaba bien con ellas y jamás tuvimos un roce.» Y al oírla mi admiración por Antonia crecía. Parecía imposible que una muchacha de dieciocho años tuviera tanto discernimiento y fuera capaz de dar carpetazo a los malos recuerdos para evitar tensiones que carecían de valor.

Cuanto más la trataba más iba creciendo la admiración que sentía por ella. Sobre todo lo que me impresionaba era aquella sencillez que demostraba en sus formas de actuar, y su ecuanimidad ante los inconvenientes del día a día y, por encima de todo, aquella madurez con que enjuiciaba los errores de los demás: «En el fondo, aquellas amigas no eran malas. Creo que yo en su lugar también hubiera envidiado a una compañera capaz de ensombrecerme.»

Le pregunté si continuaba tratándolas: «Por supuesto. Para mí la amistad siempre ha sido algo sagrado.»

No tardó mucho en ponerme al corriente sobre la relación entre la mujer que le había hecho de madre y ella: «Es una buena persona, pero no demasiado lista. Vive influida por un tiempo que ya no existe. Ésa ha sido mi cruz. Su forma de tratarme ha sido difícil de soportar. Siempre anda con la cantinela de la disciplina, de "el deber" según santa tía Luisa

—bromeó—. Me tenía muy sujeta; me acorralaba. —Y como viera que yo no la interrumpía—: A pesar de todo, yo la quiero mucho. No obstante, ¿por qué voy a negarlo?, cuando abusa de mi paciencia siento una especie de tendencia malsana que me impulsa a odiarla. Sí, ya sé que eso no está bien. Pero no puedo evitarlo. Han sido muchas las veces que me ha sacado de quicio. Nadie tiene derecho a coartar la libertad ajena sólo para fastidiar. ¿No te lo parece a ti? En fin de cuentas los tiempos han cambiado.»

Le pregunté a qué se refería cuando decía que su tía recortaba sus libertades. «Eran bobadas —me dijo— cosas sin importancia pero que me dolían. Por ejemplo, me prohibía ver según que programas que daban en la televisión, tampoco me permitía tratar a ciertas amigas con la excusa de que la educación que habían recibido de sus padres distaba mucho de parecerse a la mía.»

Pero todo cuanto me iba exponiendo lo expresaba sin rencor, restando importancia a lo que ella denominaba «excentricidades arcaicas»: «Por supuesto, mis amigas no venían a mi casa, pero yo me las arreglaba para continuar tratándolas. No era justo que por culpa de una mujer con la mentalidad cerrada y obtusa yo dejara de verlas.»

También me habló de su perro *Heráclito*. «Le puse ese nombre porque era un perro con categoría. Tenía el genio algo alterado pero yo lo sosegaba; sabía tratarlo y me quería. A quien detestaba era a mi tía Luisa. Incluso llegó a morderla.»

Y cuando le pregunté cuál había sido la reacción de la víctima al verse atacada por un perro, se encogió de hombros y me dijo que ya no se acordaba: «Fue un incidente sin importancia.»

Sin embargo, la obsesión por la hermana de su madre rara vez la abandonaba. Cuando menos lo esperaba, la sacaba a relucir: «Siempre andaba a vueltas con la pérdida de valores. Es una fanática de la vida espiritual y no se da cuenta de que el mundo evoluciona, no asimila que todo lo que en su juventud eran principios inviolables, hoy son meras reliquias sin más valor que el de una antigualla.»

De cualquier forma, no era únicamente la tía Luisa lo que rellenaba el hueco de sus obsesiones. Tal vez la que más destacaba era aquella fijación suya sobre la muerte que le esperaba: «Te lo aseguro, Eladio. Yo moriré aplastada».

Ya en la época de nuestro noviazgo me había insinuado varias veces aquel peligro. «Procura sortear ese balcón —solía decirme cuando andábamos por calle con edificios algo desvencijados—: El día menos pensado, puede desprenderse.»

Recuerdo que, poco antes de casarnos, comenté aquella fijeza con su tía: «Son niñerías. Desde pequeña lleva a rastras esa idea. No hay que hacerle mucho caso. Antonia es como un pollito recién salido del cascarón. Necesita que se ocupen de ella; que le hagan caso; que la ayuden a "ser mayor".»

Qué bien recuerdo a aquella mujer en el día de nuestra boda. Ahí está otra vez con su traje de encaje negro, su elegancia innata y su aire de persona madura y experimentada, mirándome con ojos entre suplicantes y agradecidos: «Procura hacerla feliz, Eladio. Y sobre todo, trata de comprenderla. Todavía no ha madurado completamente.» Y ante mi respuesta llena de extrañeza, volvió a insistir: «Parece una mujer segura de sí misma pero sigue siendo una niña. Es fantasiosa y sus fantasías suelen deformarle la realidad. Cualquier detalle mal interpretado puede ser muy doloroso para ella. A veces enjuicia a su modo lo que la rodea; por eso es preciso que la encauces y la obligues a razonar.»

Debo admitir que las advertencias de la tía Luisa, en aquellos momentos, me salieron por una friolera. Para mí entonces, Antonia carecía por completo de cualquier desviación o defecto. Por eso la insistencia de su tía se me antojaba totalmente innecesaria. «Mi sobrina es buenísima —continuó diciendo ella— pero, según se tuercen las cosas, su criterio la convierte en su peor enemigo. De improviso se enfurruña, sin embargo no explica la razón de su enfado. Se limita a esquivar respuestas, se enzarza en silencios y por supuesto se niega a admitir que los demás pueden tener razón.»

Pero sus palabras me sonaban a integrismos trasnochados. Nada de lo que aquella mujer me explicaba se me antojaba propio de la Antonia que yo conocía. Le dije entonces que yo jamás había visto a su sobrina en aquellas circunstancias. Pero la tía Luisa no se apeaba: «Suele ocurrirle cuando le llevan la contraria. Quizá la culpa es mía: probablemente la eduqué con excesiva rigidez.»

Lo cierto es que no puse demasiada atención a sus advertencias ni a sus explicaciones. Aunque nuestro noviazgo había sido corto, tanto ella como yo teníamos la impresión de que nos conocíamos a fondo desde hacía mucho tiempo.

En ocasiones, Antonia me hablaba de nuestro futuro: «Me gustaría tener muchos hijos», decía. Y se recreaba imaginando para aquellos hijos mundos perfectos, arrancados de extraños ambientes inmunes al mal: «Serán los niños más felices de la Tierra. ¿Verdad, Eladio? Pase lo que pase, no permitiremos que sufran.»

Su forma de expresarse me encandilaba. Era asombroso que, siendo Antonia tan joven, fuera capaz de recrear tantas y tantas cuestiones plagadas de sensateces: «Tú serás un padre perfecto; sabrás quererlos como me quieres a mí.» Y me abrazaba como si aquellos hijos que tanto deseaba estuvieran ya entre nosotros.

También le gustaba discurrir sobre temas artísticos. Aseguraba que la estética era la «comodidad» del arte. Y añadía que sólo la comodidad visual que nos propiciaba el arte podía generar bienestar. «No te quepa duda, Eladio: la estética es importante.»

Parece que la estoy viendo: su belleza arrasando todas las estéticas del mundo y su forma de hablar con aquella seguridad entre lírica y surrealista, encandilando aún más mis sentidos.

A menudo le preguntaba de dónde había sacado tantas ideas. Pero no me contestaba. Se ceñía a mi cuerpo y me abrazaba con fuerza: «¿No te das cuenta de que lo que te estoy diciendo son frases inventadas para impresionarte?» Y añadía que lo único que pretendía era que yo nunca la olvidara.

También le gustaba hacer cábalas sobre el destino. Aseguraba que todos nacemos con una trayectoria y que salirse de ella era imposible.

Yo le argumenté que Dios no era un dictador y que nos daba libertad para elegir: «No podemos negar el libre albedrío.» Pero ella insistió: «Eso del libre albedrío es lo que nos permite ayudar al destino, pero no cambiarlo.»

Entonces yo le hablé del tiempo. Le dije que lo que llamamos libertad y destino son aforismos acomodaticios para justificar nuestros actos y caminos dentro del tiempo. «Pero si razonas a fondo te darás cuenta de que el tiempo, tal como lo imaginamos nosotros, no existe. El tiempo es sólo una medida inventada por el hombre porque ignoramos la forma de medir la Eternidad.»

En aquellos momentos, Antonia dejó de mirarme con mansedumbre. Comprendí enseguida que mi descripción no le había convencido: «Si el tiempo es un invento de los hombres normales, la Eternidad es un invento de los fanáticos —me contestó con cierta aspereza—. Yo no creo en eternidades, ni en vidas mejores después de la muerte. Lo importante es aprovechar al máximo esa parcela de vida que, no se sabe por qué, nos ha tocado disfrutar. Lo demás son patrañas para coartar nuestra libertad.»

Fue aquella la única vez que, sin llegar a discutir, estuvimos rozando el terreno de las discrepancias. «¿Y por qué imaginas que los que creemos en la Eternidad tratamos de coartar libertades?»

Tampoco aquella vez quiso contestarme.

Su rostro adquirió un tinte sombrío, el azul de sus ojos pareció oscurecerse y, agarrándose a mí, clavó su voz en mi oído como hacía siempre: «No quiero pensar en lo que puede separarme de ti. La Eternidad es sinónimo de muerte. Y yo quiero vivir. Soy demasiado joven para aceptar la posibilidad de otra vida. Quizá cuando sea mayor me interese pensar en esas cosas. Pero ahora lo único que me importa es vivir contigo en la Tierra y dejarme de historias propias de viejos. —Y con los ojos angustiados me suplicó que no la dejara caer en el vacío de la nada—: No quiero morir joven —me dijo—. Por favor, Eladio, no me hables de eternidades desconocidas. Quítame ese terror de encima. Déjame disfrutar del tiempo.»

En cuanto las azafatas han recogido las bandejas de la comida, se disponen a cubrir las ventanillas con las correspondientes cortinas para amortiguar la luz natural y facilitar claridad a las pantallas de los pasajeros que intentan adentrarse en el tema de la película que han elegido.

No obstante, la mayoría presta atención al carrito de *duty free* que ofrece bebidas, chocolate, alhajas de alta orfebrería, *foulards*, e infinidad de objetos libres de impuestos.

Daniela contempla el carrito con indiferencia, mientras Eladio, curioso, se interesa por lo que la azafata está enseñando a los pasajeros. Ella, distraída, se ladea hacia la ventanilla y descorre levemente la tela que la cubre: abajo se perciben núcleos de nubes densas que apenas dejan huecos para vislumbrar el mar, son nubes espesas, enrojecidas por un sol cada vez más estridente, que sin embargo cubren la tierra de sombras y lluvia.

Obedeciendo a la rutina, tanto Eladio como Daniela instalan sus pantallas y repasan las películas que pueden proyectarse.

Casualmente los dos eligen la misma: *Un hombre normal.* Se trata de una comedia que apunta comicidades propicias a aligerar las turbiedades del vuelo.

No obstante, cuando la película empieza, los dos han dejado los auriculares en la mesita y tratan de acomodarse como si fueran a dormirse.

Pero el sueño no parece atraparlos. Daniela se rebulle en el asiento y se dirige de nuevo a Eladio:

—Sería bueno echar una siesta. La llegada a Nueva York tendrá prácticamente la misma hora que marcaba el reloj de Barcelona cuando salimos de allí y el trastoque desorienta el ritmo del cuerpo.

—Hay que resignarse. El día de hoy es un día largo. En el fondo, esa dilatación no me desagrada. En cuanto llegue a Nueva York podré empezar mi trabajo.

—¿Sin descansar?

—Descansaré cuando haya conectado con las personas que van a colaborar conmigo —comenta él—. La tarea que voy a emprender no es fácil. Por eso no puedo permitirme ocios acomodaticios.

—¿En qué va a consistir exactamente tu trabajo?

—En algo muy parecido a lo que hacía en España: la empresa Woultmand & Starky quiere que reestructure Editorial Frederichstal de Estados Unidos. Al parecer ha caído en las mismas trampas que entorpecieron la buena trayectoria de Editorial Otoño y además vamos a fusionarnos con otra editorial importante.

Daniela intenta ahondar algo más en el futuro trabajo de Eladio, pero él se adelanta a su intención:

—Me espera un trabajo ingrato. Deberé despedir empleados para aumentar la plantilla con gente preparada. Reestructurar no consiste sólo en modificar conceptos y cambiar esquemas; hay que volcarse en engrandecer la empresa con personal capacitado, ofrecer oportunidades distintas y cimentar bases sólidas que no entorpezcan los planteamientos que vamos a proponer.

Y mientras habla, Daniela asiente como dándole a entender que está de acuerdo con sus directrices.

—Naturalmente, las gestiones deberán seguir un ritmo poco acelerado. Las precipitaciones acaban desbordando las estructuras más sólidas —continúa Eladio—. La administración de cualquier negocio requiere sosiego; permitir que las bases se asienten sin forzarlas. Únicamente, cuando todo funcione, será oportuno utilizar la agresividad. Pero nunca antes.

—Por lo que me has explicado supongo que tú vas a ser el consejero delegado de esas dos editoriales americanas.

Eladio asiente:

—Ha sido mi propio suegro el que ha querido que yo ocupara ese puesto.

—Lo comprendo. En cierto modo tú representas para él una parte importante de su hija.

En estos momentos la pantalla se ilumina y, tras los anuncios, la película empieza.

—Creo recordar que tienes amigos en Nueva York.

—Bastantes.

—Me alegro por ti. Ellos y el cambio de ambiente te ayudarán a recuperar las fuerzas perdidas.

—Espero que también me ayuden a conquistar olvidos —remata él.

Lo dice con la mirada puesta en la mesita vacía. Su mente acosada por la imagen de aquellos ojos abiertos y aquellos labios ensangrentados que constantemente tiene presente.

—Lo peor —continúa diciendo él— son los remordimientos.

Daniela lo mira ahora con sonrisa intrigante:

—No irás a decirme que coleccionas secretos inconfesables.

Eladio respira hondo, evita su mirada y contesta como si hablara con la mesita:

—Todos escondemos algo más allá de nuestras apariencias. —Y procurando dar un tono festivo al resto de su frase—: A lo mejor, a pesar de lo que te he contado, yo no he sido un buen marido. Haber conocido la felicidad no garantiza nada.

—Es inútil que te tortures con esa clase de fantasías. Si no hubieras sido un buen marido, no andarías dándole vueltas al vacío que te ha dejado tu mujer.

—A veces los vacíos conducen a pozos demasiado hondos para escalarlos y recuperar la altura perdida. A lo mejor no merezco salir del pozo.

—No es tu caso. Basta echarte una ojeada para comprender lo mucho que has sufrido.

—¿Cómo lo sabes?

—Lo deduzco por la letra pequeña de tu vida. Esas letras que a menudo esconden lo que la letra normal no aclara. No me preguntes cómo lo he descubierto. Lo ignoro. Seguramente lo he captado en tus gestos, en tu modo de comportarte, en tu discreción, en la manera de exponer tus ideas, en tus problemas o en tu tristeza.

—Jamás hubiera dicho que también los seres humanos tenemos letras pequeñas capaces de delatarnos.

—Nadie escapa de ellas. Tarde o temprano, siempre salen a la luz.

Indiferentes los dos, contemplan ahora la película que se proyecta, pero ni él ni ella se han colocado los auriculares en los oídos y lo que están mirando carece de sentido.

De pronto los dos se miran y rompen a hablar a la vez. No obstante las palabras se desintegran al choque imprevisto de las voces.

—¿Qué ibas a decirme? —pregunta él.

—Nada especial. Probablemente sólo intentaba romper el silencio. De pronto he perdido el hilo.

—En cambio yo sí recuerdo lo que iba a preguntarte. Supongo que, a estas alturas ya no te importará que me inmiscuya en tu vida. Tal como hemos convenido anteriormente, las amistades que, de antemano, sabemos que van a morir, son las más sólidas. Aunque nos lo propusiéramos, ni tú podrías traicionar mis confidencias ni yo las tuyas. Así es que tanto tú como yo podemos explayarnos sin temor ninguno.

—Estoy de acuerdo contigo. Una amistad de siete horas no puede ser ni dañina ni traicionera —dice Daniela esbozando un gesto jocoso.

—Depende —comenta él con guasa—. El número siete, según la Biblia, puede significar algo parecido a una eternidad.

—Tienes razón. Lo había olvidado. Sin embargo, a ras de tierra, «el siete» de este viaje, terminará en Nueva York. Yo embarcaré rumbo a Los Ángeles y tú te quedarás en la ciudad de los rascacielos —confirma ella.

—Quién sabe —responde Eladio—. La vida tiene sorpresas inverosímiles. A lo mejor de repente, un día inesperado, podemos volver a encontrarnos. Además, nada me impide ir a Los Ángeles. También esa ciudad tiene aeropuertos y aviones; y sobre todo un cielo claro que invita a la comunicación.

Daniela niega con la cabeza:

—Ya no sería lo mismo —confiesa con voz muy queda.

—¿Por qué?

—Las cosas cambian.

Y sin esperar respuesta, Daniela finge un carraspeo y se apoya en el respaldo del asiento como si no quisiera continuar hablando.

—Queda una solución —bromea él—. Olvidarnos de que nuestra amistad empezó en el aire. Volverla terrícola. Seguir tratándonos y acabar tirándonos los trastos a la cabeza el uno al otro, como suelen hacer aquellos que llegan al hartazgo que se produce cuando los tratos se alargan demasiado. —Y al ver que Daniela no presta atención a su broma—: A todo esto, todavía no te he revelado lo que iba a preguntarte cuando los dos nos hemos interrumpido —acaba diciendo él.

—Adelante, te escucho.

—Quería preguntarte hasta qué punto crees que tu matrimonio va a llenar los huecos de tu vida. ¿No eres feliz en tu trabajo? ¿No has triunfado sin necesidad de tener un hombre a tu lado? ¿Por qué vas a casarte sin estar enamorada?

Daniela cierra los ojos, y aprieta los labios. Por su actitud se comprende que la pregunta que acaban de hacerle no le gusta. Pero no la rehuye:

—Muy sencillo. Quiero tener hijos. Sin duda te parecerá absurdo que a estas alturas se me haya despertado la vocación de ser madre. Pero la tengo. —De pronto se detiene. Parece dudar. Y enseguida prosigue—: Bueno, quizá no sea exactamente eso. Tal vez lo que me horroriza sea llegar a vieja sin tener al lado a alguien que se ocupe de mí. En Norteamérica, el final de las mujeres «solas» es lastimoso.

—Entonces te casas para tener hijos.

—Eso he dicho.

—Pudiste tenerlos sin estar casada.

—Por supuesto. Pero ya te he apuntado antes que soy católica practicante. Por eso no entra en mis cálculos ser una madre soltera.

—Entonces tu matrimonio viene a ser algo parecido a un negocio.

—Desde tu punto de vista es posible que lo sea. Pero yo no lo veo así. Además, cuando se roza la madurez, hay que decidirse. El tiempo apremia y la posibilidad de ser madre tiene un límite.

Eladio no contesta. Recuerda. Escucha la voz del niño y recobra la imagen de la tumbona junto a la piscina.

—Probablemente nuestro matrimonio, tan poco entusiasta, acabe en una clamorosa indiferencia

—prosigue diciendo ella—. Todo es posible. Pero si tenemos hijos valdrá la pena haber desafiado la indiferencia.

—La palabra «indiferencia» no es precisamente lo que tú inspiras —exclama Eladio.

—Puede que estés en lo cierto. No lo sé. Lo único que sé con certeza es que todo se acaba. Somos mutantes, no lo olvides. Pasamos la vida esperando. Siempre esperamos algo. Los días pasan y nosotros continuamos pensando que aún no hemos empezado a vivir. Y es que en el fondo, vivir es eso: esperar. Incluso los viejos esperan. Dejar de esperar es morir.

—¿Te has detenido a pensar en lo que esos hijos que tanto anhelas pueden cambiar tu vida? No basta tener un niño en los brazos, quererlo muchísimo, darte a él todos los días y pensar que para ti siempre será lo más bello de tu existencia. Los niños, aunque nos parezca extraño, crecen, segregan ideas, intenciones, rebeldías. De pronto los genes que llevan dentro se desbocan, se despiertan y hasta pueden convertirse en nuestros peores enemigos.

—Me lo estás poniendo muy negro, pero no importa. Yo confío en la educación. Los defectos pueden amortiguarse.

Eladio ladea la cabeza, aprieta los labios, frunce el entrecejo y no parece dispuesto a contestar.

—Probablemente hablas así porque no has tenido hijos —comenta ella— con cierta tirantez en el acento.

Durante unos instantes, Eladio parece dudar. Las palabras que acaba de oír lo están hiriendo como si le hubieran atravesado el cuerpo con una espada. Al final confiesa:

—Te equivocas. Tuve un hijo. —Daniela lo mira perpleja, pero no se atreve a preguntar. Eladio continúa hablando—: Murió cuando iba a cumplir cuatro años.

—Dios mío, siento mucho haber sido tan inoportuna.

Pero Eladio no la escucha. El niño vuelve a estar allí, sonriendo, sus ojos claros tan parecidos a los de Antonia, mirándole como si fuera a ser eterno:

—Fue una muerte sin lógica. Una de esas muertes que nadie espera, que surgen sólo para dejarnos destrozados. —Y tras un silencio impuesto por un ligero ahogo de su voz—: Creo que nunca he querido tanto a nadie como le quise a él. A veces me extasiaba mirándolo. Me bastaba analizar sus gestos, ver su sonrisa y saber que estaba allí, a mi lado, para ser el padre más feliz de la Tierra. Ni siquiera pensaba que, andando el tiempo, podía llegar a ser un hombre como yo, cargado de defectos, de problemas, de errores. Sí, no me mires así —insiste Eladio esbozando una sonrisa que parece una mueca casi despectiva—. Si el destino existe, tengo la impresión de haber hecho todo lo posible por estropearlo.

Daniela es ahora una pura desorientación envuelta en asombro:

—Así que tuviste un hijo.

—Jamás he sufrido tanto como cuando lo vi muerto.

Daniela aguarda inútilmente a que Eladio siga hablando. Durante unos instantes lo único que se oye es el sonido del motor.

Al final Eladio se decide a hablar:

—Sin embargo y, aunque lo que voy a decirte te parezca monstruoso, agradezco a Dios que se lo haya llevado.

No recuerdo exactamente cuándo comencé a comprender que la muerte era algo más que una obsesión para Antonia. También era una pesadilla. Más de una vez la oí hablar en sueños como si la muerte fuera un ente vivo y corpóreo que estuviera amenazándola con un arma contra la que no podía defenderse.

Cuando ocurría aquello, la despertaba, la rodeaba con mis brazos y procuraba calmarla. Sollozando, ella me decía entonces que, por mucho que la defendiera, «aquel ser» acabaría con ella: «Me agrede constantemente, Eladio; quiere matarme.»

Sus pesadillas se incrementaron cuando regresamos a Barcelona.

Mahler había dado órdenes para que amueblaran un piso para nosotros, no muy lejos del suyo: «Así podremos vernos con frecuencia.»

Pero nada más entrar en aquella casa, Antonia empezó a encontrar reparos, como si la vivienda, lujosamente acondicionada, estuviera embrujada.

Todo le parecía un peligro: las vigas que habían sustituido las paredes maestras: «Cualquier día pueden quebrarse y provocar el derrumbamiento del edificio.» También sufría por las espitas del gas: «Si no cerramos la llave de paso, cuando nos durmamos podemos despertarnos en el otro mundo.» Asimismo el brillo del pavimento era una amenaza: «Una amiga mía resbaló al entrar en el salón de su casa, con tal mala fortuna, que al caer se torció el cuello y murió al instante.»

Lo cierto es que en todo veía peligros, amenazas, trampas, motivos inesperados de truculencias mortales y horrores que no sabía explicar.

Luego estaban los signos. Aquellos signos de mal agüero que según ella nos perseguían: gatos negros, saleros caídos, miradas de gente desconocida decididamente peligrosas. «Esas miradas propias de los que echan mal de ojo», decía siempre.

Sin embargo no era hipocondríaca; las enfermedades no

la asustaban. Sus terrores venían siempre condicionados por causas externas y tanto podían consistir en fuegos repentinos como en tormentas devastadoras, o en terremotos, o en vientos huracanados, o en desbordamientos de ríos. Cualquier inseguridad hipotética, en ella se convertía en una cercana e inevitable posibilidad.

Al principio, aquellos temores suyos, me parecían lógicos. Su juventud, hasta entonces mal arropada por un padre que se desentendía de ella y una tía que la tenía demasiado sujeta, era un factor propicio a mantenerla en un estado permanente de infantilismo que, sólo su inteligencia y aquella forma que tenía de analizar las cosas con ironías de mujer madura, conseguían ocultar.

Fueron varias las veces que yo intenté tranquilizarla, pero nunca lo conseguía. «Lo que ocurre, Eladio, es que no eres consciente de los riesgos que nos rodean», me reprochaba.

Pronto comprendí que lo que influía a que sus miedos adquiriesen, día a día, mayor relieve, era, sobre todo, su terror a quedarse sola.

Por eso, durante nuestro viaje de novios, al verse continuamente acompañada, aquellas supuestas amenazas no la torturaban como la torturaron más tarde.

En alguna ocasión, cuando su padre nos visitaba, Antonia no ocultaba sus miedos. Eran nimiedades que a veces incluso resultaban ridículas. «Pero hija, así no es posible que disfrutes de la vida.»

Pero Antonia no parecía escucharlo.

En cuanto Mahler se iba, le entraba la neura de hija abandonada: «¿Cómo voy a disfrutar de la vida con un padre como el mío, siempre desconectado del cariño que me debe?»

Cuando se expresaba de aquel modo, hasta cierto punto me sentía obligado a darle la razón: «Para cariño ya tienes el mío», le decía mientras la besaba. Entonces se agarraba a mí suplicándome que jamás la abandonara.

De todos modos, la instalación en nuestra nueva casa,

consiguió mantenerla durante algún tiempo alejada de sus temores. Aunque inexperta en acondicionamientos caseros, Antonia poseía una gran intuición decorativa; le gustaba ir de tiendas con sus amigas para demostrarles su condición de dueña y señora de lo que ella denominaba «nuestro hogar».

Un hogar indudablemente alegre, decorado al estilo de las viviendas norteamericanas que Mahler siempre había apreciado, especialmente si intercalaba en las habitaciones muebles y objetos franceses. «Francia es el país más bello del mundo —aseguraba—. Especialmente por la finura de sus estilos.»

También el servicio había sido minuciosamente adiestrado para que Antonia, en su inexperiencia, no se arriesgase a dar órdenes torcidas o a convertir nuestra casa en un gallinero.

Afortunadamente, la tía Luisa nos visitaba con frecuencia. Era ella la que departía con la cocinera, la que adiestraba al servicio y la que se adjudicaba el peso de la responsabilidad con decisiones bien aplomadas.

Pero aquella forma de actuar no satisfacía a su sobrina: «Es pesadísima. Ni siquiera casada me deja en paz. La cuestión es meterse en todo y mangonear a su placer lo que no le va ni le viene», se quejaba.

Sin embargo, no tardé mucho en comprender que si aquella mujer no hubiera intervenido en el fluir cotidiano de «nuestro hogar», el desmadre hubiera sido grande.

Antonia no sabía mandar. Ni cocinar. Ni tratar al servicio. Ni organizar las limpiezas. En su inexperiencia, pasaba de explayarse con la servidumbre, y tratarla como si fueran gentes allegadas a nuestra familia, a dar órdenes con tonos altaneros como si se tratasen de esclavos. El término medio no existía en su convivencia doméstica.

Aquellas tiranteces solían ser paliadas por Berta, la niñera que, desde el nacimiento de Antonia, se había ocupado de ella y que automáticamente pasó a formar parte de nuestro servicio.

Berta era una mujer sensata; en cuanto comprendía que las cosas se ponían tirantes, no vacilaba en intervenir para remansar las aguas agitadas y evitar que los sirvientes tomaran las de villadiego.

No obstante, en aquella época la desorganización de Antonia no me preocupaba. Lo único que deseaba era su felicidad, que no se dejara llevar por sus miedos y que fuera consciente de que yo siempre estaba dispuesto a ayudarla en todo.

A veces su padre me reprochaba aquella dedicación mía: «La estás acostumbrando mal, Eladio. Antonia necesita que le den alas y sepa valerse por sí misma.»

Lo decía convencido, aunque de sobra sabía que su hija no estaba preparada para llevar una casa.

Antonia se levantaba tarde. Dormía mucho y nunca desayunaba. Sólo saltaba de la cama cuando barruntaba que yo estaba a punto de llegar de la oficina.

En cuanto me veía atravesar la puerta, se lanzaba a mis brazos como si yo llegara de un largo viaje. «Te he echado tanto de menos», me decía siempre.

De tarde en tarde me hablaba de sus amigas. Decía lo que en varias ocasiones me había apuntado: «Me envidian; no pueden remediarlo.»

Sin embargo, aquella circunstancia no le producía grandes desalientos. El hecho de estar casada conmigo, ser hija del todopoderoso Mahler y vivir a lo grande le compensaban del desprendimiento amistoso provocado, según su criterio, por la envidia. «Ninguna tiene lo que tengo yo, y eso les duele», se justificaba.

Además, aunque sus amigas parecían distanciarse de ella, no por ello se producían rupturas irreversibles. Por aquel entonces abundaban los festejos particulares entre la gente que tratábamos. Eran reuniones abrumadas de elegancias, de relumbres sociales que pretendían siempre sorprender a los invitados y que Antonia (ayudada por la tía Luisa y por Berta) conseguía realizar con éxitos indudables.

En ocasiones también mi madre intervenía en la preparación de aquellas reuniones, pero jamás formaba parte de los invitados. Decía que ella no estaba hecha para tanto boato, y que lo único que pretendía era ayudar a los sirvientes y aligerar sus tareas.

Antonia se lo agradecía pero sin demasiado entusiasmo. Incluso habían momentos en que daba la impresión de que los trabajos que mi madre realizaba eran en cierto modo una forma de pagar el privilegio de ver a su hijo casado con ella.

No obstante, esas minucias no horadaban el amor que yo sentía por mi mujer. Era imposible dejar de quererla.

Por descontado, había momentos en que su forma de reaccionar me desconcertaba. De repente y sin venir a cuento, algo inexplicable me producía la impresión de que por mucho que la tratara no la conocía, que en su forma de reaccionar existía una indeterminada faceta totalmente ajena a las que configuraban su personalidad. Pero lejos de preocuparme, aquel misterioso interrogante me acercaba más a ella. Era algo así como descubrir un tesoro oculto con el que no se contaba. Y me decía a mí mismo que el amor era eso: encontrar facetas escondidas en los seres que nos atraen; sorprendernos y quedarnos atónitos ante las reacciones que ni siquiera sospechábamos que podían realzar sus características.

Recuerdo que al entrar en las casas donde se ofrecían reuniones de altos vuelos, Antonia se crecía. Sabía que nadie podía superar, no sólo su belleza, sino aquella simpatía, entre irónica e inocente, que desplegaba si decidía llevar la voz cantante y romper las barreras de la discreción, para plantear las mil ideas que se le ocurrían cuando lanzaba al aire informaciones y chismes subidos de tono, siempre expresados con el talento que esconde la exageración.

Reconozco que cuando la observaba, tan eufórica y admirada por todos, también yo me sentía crecer. Nada podía halagarme más que verla a ella halagada.

Al llegar a casa, tras las veladas donde ella era la reina, la euforia no la abandonaba. Al contrario, inmersa en su categoría de persona cotizada, más de una vez la vi colocarse ante el espejo de su vestidor mientras se contoneaba, como si estuviera bailando al son de una música que sólo ella escuchaba: «Te parezco bonita, ¿verdad Eladio?» le preguntaba al espejo donde yo también me reflejaba tras ella. Y al volverse hacia mí me tendía los brazos. Quería que la estrujara, que le repitiera mil veces que la quería, que no podía vivir sin ella.

Y yo, por supuesto, nunca la defraudaba.

Sólo en una ocasión me resistí a seguir el juego de la seducción.

Fue una noche en que yo andaba preocupado por cierto problema relacionado con la oficina y las monerías de Antonia en su vestidor, tras una fiesta donde el alcohol había sido generosamente repartido entre los comensales, se me antojaron fuera de lugar y poco susceptibles de ser atendidas.

Además, me sentía cansado y atosigado por la idea de que al día siguiente debía madrugar.

Recuerdo que Antonia se quedó frente a mí estática, tensa, la mirada sombría: «¿Qué te ocurre, Eladio? ¿Ya no me quieres?»

Me di cuenta enseguida de que mi actitud la había ofendido. De pronto la vi encogerse, dolida, angustiada: «O es que ya no te gusto», añadió.

Su forma patética de mirarme me dejó perplejo. No entendía aquella repentina afirmación ajena por completo a lo que yo sentía por ella. «Vamos, Antonia no seas niña», le dije.

Comprendo ahora que lo peor fue llamarla «niña». Pero en aquellos momentos lo único que se me ocurrió fue darle a entender que estaba muy cansado, que debía madrugar y que los problemas que habían surgido en la editorial debían resolverse rápidamente.

«Me estás despreciando», fue lo único que dijo, con los ojos llenos de lágrimas.

Inmediatamente me acerqué a ella; pero, esquiva, retrocedió rápidamente para que no la tocara: «Me has despreciado», volvió a decir entre sollozos.

El resto de la noche la pasó en silencio. Una vez en la cama se volvió de espalda y no consintió que la acariciara.

Fue una noche incómoda y en cierto modo me dejó un raro sabor a culpabilidad que tardé mucho en perder.

Cuando me levanté, ella dormía. No quise despertarla. Pensé que probablemente la noche anterior ella había bebido demasiado y que a veces el alcohol trastoca las personalidades y las vuelve agresivas, o proclives a perder el norte del sentido común.

A media mañana la llamé por teléfono. Su voz, al contestarme, parecía arrancada de un pozo: «¿Se te ha pasado ya el enfado?», le pregunté con aire festivo.

Me contestó que no estaba enfadada, que sólo estaba dolida. «Me hiciste mucho daño.»

Al oírla tan decaída procuré estar amable: «Si me he comportado mal, te ruego que me perdones.»

Pero ni siquiera aquel perdón que yo le pedía conseguía liberarme de aquella rara culpabilidad que me incomodaba.

De nuevo oí su voz: «Nunca imaginé que fueras capaz de tratarme con tanto desprecio.»

Nos despedimos sin aclarar la situación: «Hablaremos cuando llegue a casa», le dije.

Recuerdo que cuando salí de la oficina mi cabeza era una noria. Por más vueltas que daba al asunto, no conseguía adivinar qué debía hacer para granjearme de nuevo su confianza.

Afortunadamente, todo cambió cuando abrí la puerta. Antonia me esperaba en el vestíbulo con los brazos abiertos. La abracé. Le volví a suplicar que me perdonara y de nuevo insistí en que si la había ofendido lo había hecho sin intención de dañarla. «Tú sabes cuánto te quiero», le repetí insistentemente.

Pero su forma de actuar, aunque pretendía ser cariñosa, arrastraba un deje de rencor que no podía disimular.

Aquel día su tía nos hizo compañía durante el almuerzo. La conversación fue seca: Antonia se mostró molesta con ella porque de nuevo opinaba que aquella mujer se metía demasiado en los asuntos domésticos de nuestra intimidad: «Crees que soy tonta y que no sé cumplir con mi obligación de ama de casa», le reprochó.

Pero su tía no pareció inmutarse. Continuó hablando conmigo de cosas que nada tenían que ver con lo que su sobrina insinuaba.

Y de repente Antonia, furiosa, se levantó del asiento, dio un puñetazo a la mesa y corrió a nuestro cuarto para encerrarse en él dando un portazo sonoro.

Ante mi perplejidad, la tía Luisa continuó comiendo como si nada hubiera ocurrido, pero, cuando yo me levanté para ir en busca de Antonia, me hizo señas para que volviera a sentarme: «No lo hagas, Eladio —me dijo—, cuando se pone farruca es mejor dejarla. Pronto se dará cuenta de que su reacción no es normal. —Y como viera que yo continuaba indeciso—: Probablemente tiene la regla —me confesó—, algunas mujeres, cuando menstrúan se vuelven insoportables.»

Aquella forma de hablar me dejó atónito. Mis contactos con las mujeres que había tratado en mi vida de soltero, jamás me habían sumido en semejantes ambigüedades.

Por eso hice caso omiso de su advertencia y corrí tras Antonia con ánimo de calmarla.

La encontré tumbada en la cama llorando a moco tendido. La abracé con fuerza, le susurré al oído palabras cariñosas y le aseguré que comprendía su sensibilidad herida: «Nunca he dudado de tu capacidad para llevar la casa —le dije—. No te preocupes por las bobadas de una tía maniática.»

Aquella vez Antonia se sintió de nuevo arropada: «Siempre me ha hecho la vida imposible, Eladio. No quiero volver a verla.»

Llegué a pensar que tenía razón.

«Si me lo permites mañana hablaré seriamente con ella —le prometí. Mi actitud complaciente pareció sosegarla—. De ahora en adelante todo va a cambiar», insistí.

Cuando los dos volvimos al comedor, su tía ya no estaba allí. Sobre la chimenea había dejado un papel escrito: «No te hagas mala sangre, Antonia. Te dejo vía libre. Me voy para siempre de tu casa. Me niego a ser un obstáculo para tu felicidad.»

Al día siguiente, Antonia se quedó en la cama. Según ella el disgusto que se había llevado le había cortado la digestión. «Mi estómago se ha resentido. Siempre me ocurre lo mismo cuando me tratan mal.»

Pero la tía Luisa estaba en lo cierto: Antonia tenía la regla.

Daniela seguramente no esperaba que su compañero de viaje fuera tajante respecto de la muerte de su hijo. No acaba de comprender por qué motivo un padre normal puede agradecerle a Dios que se haya llevado lo que más quería.

Durante unos instantes duda entre preguntarle la razón de aquella afirmación tan radical o dejar que los pensamientos de ambos se diluyan en la ambigüedad de lo que es ya pasado.

Por la expresión que refleja ahora el rostro de Eladio, se deduce que según qué preguntas o razonamientos pueden dolerle demasiado y, ante la duda, Daniela se abstiene de seguir indagando.

Instintivamente, los dos parecen ahora reacios a continuar abordando el tema para no caer en indiscreciones.

Pero las distracciones en un avión son muy limitadas y resulta difícil encontrar ingredientes eficaces que salven situaciones incómodas. Para no caer en equívocos, ambos contemplan ahora la pantalla donde se proyecta una película con indudables visos cómicos, pero sin colocarse los auriculares.

Por la forma de actuar de los personajes, se comprende la comicidad de lo que observan.

De momento, los protagonistas están en la cama: el hombre ronca desaforadamente, mientras la mujer, desesperada, trata en vano de chascar la lengua, dar palmadas o taparse los oídos para fulminar, de una vez, el odioso sonido y evitar el acoso nocturno del sueño desueñado.

Daniela lanza un bufido que pretende ser una risa apagada:

—¿No te parece curioso que en las películas cómicas, cuando se pretende demostrar la desunión de las parejas, se recurra siempre a los ronquidos, mientras que, en las películas serias o dramáticas, los ronquidos campan por sus respetos y nadie los saca a relucir? En fin de cuentas, tanto en las parejas enamoradas como en las que ya no lo están, los ronquidos son una tortura constante en los matrimonios.

—Jamás lo había pensado, pero no hay duda de que tu observación es real. El cine todo lo distorsiona. Sin embargo, es evidente que no hay nada más prosaico que tener a la persona querida a nuestro lado lanzando gruñidos desaforados, mientras nuestro sueño se va desintegrando por culpa de las malévolas parcas del insomnio —exclama él, procurando recobrar el tono festivo de la conversación.

Daniela capta su intención y vuelve a sonreír irónicamente:

—No es justo —sigue diciendo—. Las verdades prosaicas también deberían intercalarse en lo que llamamos películas dramáticas. ¿Para qué vamos a engañarnos? Tanto si se trata de una pareja cómica como de una pareja seria y compenetrada, los ronquidos existen, incordian y, si mucho me apuras, llegan a exasperar incluso al enamorado más ferviente de la persona que los emite.

Eladio vuelve a mirar a Daniela con cierto escepticismo en el gesto.

—Me pregunto si eso que acabas de exponer ha sido meditado por ti antes de proyectar tu futuro matrimonio.

—Naturalmente: Charles y yo hemos decidido dormir en habitaciones separadas. No queremos que nuestras miserias puedan arruinar el equilibrio que ha venido imperando entre nosotros desde que nos conocimos.

—Buena medida. Hay que ser precavidos y situarnos al borde de esas crisis tontas a las que los humanos siempre estamos expuestos. Querámoslo o no, cualquier cosa puede provocar un cataclismo. —Y reanudando su expresión jocosa—: Hay que velar por la catarsis del matrimonio.

De nuevo la película. Y los auriculares en la mesita. Y las miradas de ambos fijándose en las actuaciones sordas de los protagonistas.

En estos momentos ya no son los ronquidos lo que sulfura a la mujer inmersa en el insomnio; ahora es la desaliñada presencia del marido (obeso, despeinado y con evidentes muestras de haber conseguido un plácido y satisfactorio descanso nocturno) lo que provoca la desazón de la protagonista, especialmente cuando lo ve rascarse insistentemente la cintura, arrugando la camiseta y dejándola hecha un guiñapo.

Cuando se encuentran apenas se miran. Indolentemente, ella trajina en el fogón cociendo huevos revueltos, mientras las tostadas saltan del tostadero y el gordo, dando evidentes muestras de indiferencia, se sienta a la mesa con la intención de leer el periódico al tiempo que aguarda a que su mujer le prepare el desayuno. Por supuesto, al margen de lo imprescindible, los dos se ignoran. Por el movimiento de los labios se supone que se han deseado mútuamente un «buenos días» cargado de rutina.

Daniela de nuevo se vuelve hacia Eladio:

—He ahí la muestra más preclara de lo que nunca debe ser un matrimonio. Querer a una persona no nos evita el peligro de poder odiarla si la cotidianidad nos hunde en vulgaridades como la que estamos presenciando.

—Pero la mayor parte de la gente lo ignora. Todo el mundo cree que lo que estamos viendo es una circunstancia natural que no perjudica la estabilidad sentimental.

—Hay una solución —dice ella—: tratar a la persona que tenemos al lado como si acabáramos de conocerla. —Y al darse cuenta que su respuesta bordea el malestar de Eladio, trata de rectificar—. Eso no presupone necesariamente que todos los matrimonios acaben destrozados por la rutina. También existen uniones que llegan al final de sus días manteniendo el mismo amor que sintieron cuando se casaron.

Eladio asiente. Sin embargo, por la seriedad que ahora refleja su rostro, se comprende que algo confuso torpedea su mente con imágenes ingratas.

De nuevo se sumerge en esos silencios que, de puro glaciales, intrigan a Daniela y que, en algún momento, han llegado a agobiarla. Por eso intenta otra vez recuperar el tono festivo que sus comentarios han deteriorado:

—No me hagas mucho caso. Seguramente lo que acabo de exponer es exagerado. Si el amor es verdadero, las garantías no fallan y los elementos prosaicos se diluyen como azucarillo en el agua.

Eladio acepta amistosamente su respuesta y parece estar totalmente de acuerdo con la rectificación:

—Lo malo es que, por muy molestos que nos sintamos por culpa de los demás, no reflexionamos sobre lo mucho que podemos molestar nosotros.

—¿Te refieres a que todos somos egoístas?

—No. Estoy hablando de la indiferencia ignorante. Ésa es nuestra verdadera lacra: la desidia. El olvido de lo mucho que podemos herir a la persona que más queremos.

—Si nuestra intención es buena, no debemos preocuparnos.

—La cuestión es saber hasta qué punto nuestras intenciones pueden ser buenas o malas. Las certidumbres a veces se equivocan. —Eladio carraspea, se rebulle en el asiento y trata de parecer ecuánime—. Cuando ocurre eso, surgen los remordimientos. —Y cómo si los remordimientos que ha mencionado suscitasen en él versiones de su vida poco gratas, respira hondo y bandea la mano al modo de quien sacude una mosca—. Afortunadamente al empezar una vida lejos de España, quizá pueda olvidar los míos.

—¿Crees que América podrá ayudarte a sacudir las rémoras que dices llevar a cuestas?

—Cambiar de continente es cambiar de vida.

—De cualquier forma, nunca dejarás de ser europeo. Se te nota a la legua —bromea ella.

—No lo creas. En estos momentos solamente soy un superviviente de la Tierra.

Daniela no le responde. Probablemente piensa que la comicidad tópica de la película que proyectan es la causa de la seriedad que está dominando la conversación. En el fondo, todas las escenas de los guiones jocosos se apoyan en las miserias humanas. La cuestión es incitar a que el espectador se ría de sí mismo, de sus propios errores, de sus pequeñas veleidades: caídas grotescas, ahogos inoportunos, toses desafortunadas, vestidos rajados que dejan al descubierto partes anatómicas ridículas.

—Todos lo somos —dice ella refiriéndose a la supervivencia.

La cortinilla, algo retirada de la ventanilla, acuchilla en estos momentos el rostro de Eladio, con un rayo de sol.

—Resulta curioso contemplar esos proyectiles solares, mientras abajo se está desarrollando una despiadada tormenta.

—Y un mar encabritado.

—Y acaso navegue un barco metido en apuros, aunque nuestro avión circule por la lisura del vacío sin sortear tempestades.

—A pesar de todo, nadie está a salvo. En cualquier momento puede surgir un imprevisto y acabar con nuestras expectativas.

Y, al escucharla, Eladio tiene la impresión de que la que le está hablando no es Daniela sino Antonia. Una Antonia distinta pero acosada por los inevitables temores que tanto la atosigaban.

—Sería una lástima que nuestra amistad de siete horas se quedara en un simple balbuceo helado. Porque el agua del Atlántico debe de estar muy fría —dice él— procurando disminuir, con optimismo, el peligro de naufragar.

—En efecto —responde ella—, sería una lástima.

—¿Puedo hacerte una pregunta indiscreta?

Ella se encoge de hombros:

—Puestos a correr el riesgo de precipitarnos al mar, puedes preguntar lo que sea.

Eladio, estimulado por la respuesta, no vacila en cambiar de postura y colocarse frente a ella sin moverse del asiento:

—¿Te has enamorado alguna vez en serio?

Daniela esboza una risa que se queda en soplido:

—Sí. Creo que ya te lo he dicho. Fue hace muchos años. Me enamoré de un hombre que apenas conocía.

La verdad es que no tenía motivos para quererlo. Sin embargo lo quise con ese tipo de amor que arrolla y que no tiene lógica.

—Y eso, ¿cómo se explica?

—No lo sé. Nunca lo he sabido. Sencillamente surge. Arrolla. Pero no deja de ser una alucinación.

—¿Duró mucho?

—Lo bastante para comprender que aquel amor era absurdo. Sentir amor por las personas que no conocemos a fondo es una magnífica sensación casi siempre impulsada por lo inverosímil. Algo tan efímero como estúpido.

—Pero tú lo querías.

—No. Solamente estaba enamorada. Es imposible sentir amor por las personas que no conocemos. En cualquier caso podemos practicarlo. Es decir: cumplir con el mandamiento que nos obliga a querer al prójimo como a nosotros mismos. Pero practicar no supone sentir.

—¿Fue por eso que te bajaste del tren? —pregunta Eladio medio en broma.

—Es muy posible. Pero jamás lo sabré. El tren siguió su camino con él dentro y yo bajé al andén para aferrarme a mi trabajo.

—¿Has vuelto a verlo alguna vez?

—Nunca. A decir verdad, casi no recuerdo sus facciones. Lo único que conservo en la memoria son pequeñeces: su forma de sonreír, su modo de mirarme, su manera de andar. Qué sé yo. Bueno también recuerdo las ilusiones que supo comunicarme.

—Supongo que te habrás arrepentido alguna vez de la decisión que adoptaste.

—Sí. Pero me consolé al pensar que el hecho de haberme casado con él sin más motivo que aquel enamoramiento «a primera vista», me hubiera arrastrado a un arrepentimiento mayor.

—No hay duda que eres una mujer pragmática.

Daniela frunce los labios como si dudara:

—Cuántas veces me he preguntado si el pragmatismo es un acierto o un error.

—Quizás abarque las dos cosas.

—Lo cual viene a ser lo mismo que caer en el fracaso. Nada antagónico puede subsistir. Tarde o temprano ser práctico puede conducirnos a la rutina. El agua siempre apaga el fuego.

—No obstante el fuego puede calentar el agua.

—No. Cuando el agua hierve, quema, duele. No merece la pena exponerse a morir escaldado —termina diciendo ella.

Al mes siguiente de aquella escena, Antonia quedó embarazada.

Cuando lo supo, pareció arrepentirse del comportamiento que la había impulsado a pelearse con su tía Luisa el día que se levantó de la mesa hecha un mar de lágrimas. «Por favor Eladio, necesito que me acompañes a verla para pedirle disculpas. En aquellos momentos yo estaba muy nerviosa. Lo reconozco. Además quiero comunicarle que vamos a tener un hijo.»

Aquella misma tarde fuimos a su casa. La encontramos sentada frente al televisor; la postura serena, la mirada neutra, y completamente inhibida del recuerdo de aquel almuerzo cuya aridez había contribuido a que todo en nuestra casa se trastocara.

Veo ahora a las dos mujeres abrazándose como si entre ellas no hubiera existido la menor sombra de una alteración. El sentido común y la ecuanimidad imperando en las palabras que pronunciaban: «Te he echado mucho de menos, tía.» Y ella: «No te preocupes, cuando me necesites siempre me encontrarás.»

También creo recordar que Antonia, en un arrebato de generosidad, le dijo que «nuestro hogar» no era el mismo desde que ella no intervenía en las tareas domésticas: «Berta hace lo que puede, pero el servicio no la respeta como te respetaba a ti y yo me encuentro demasiado cansada para ocuparme de tanto pormenor doméstico.»

Era su manera de pedirle disculpas por el arrebato que le había entrado mientras departíamos durante el almuerzo y al mismo tiempo demostrarle su deseo de que continuara ayudándola, en las tareas de la casa.

Sin embargo, Luisa no le dio mayor importancia a las disculpas de su sobrina. Aunque apagó el televisor, producía la impresión de seguir inmersa en lo que se proyectaba. Y aunque el arrepentimiento de Antonia parecía evidente, nada en ella reflejaba el menor resquemor; ni daba muestras de recordar la violencia que la había enfrentado a su sobrina.

Cuando ahora recuerdo aquella escena, comprendo que seguramente la indiferencia de aquella mujer era producto de una serie de situaciones parecidas y olvidadas que a fuerza de repetirse, ya no la inmutaban.

La tarde transcurrió plácidamente. Antonia tenía un día alegre y todo se le iba en hacer proyectos por la criatura que debía nacer. «¿Me ayudarás a preparar el ajuar?», le preguntaba a su tía.

Y ella asentía con aquel aire neutro que siempre la caracterizaba cuando hablaba con su sobrina.

Para alguien que ignorase la verdadera relación que siempre había existido entre aquellas dos mujeres, la actitud de la tía Luisa hubiera podido parecer ligeramente despótica y tal vez desinteresada de las ilusiones de Antonia. No obstante, yo, que ya empezaba a barruntar lo que la cuñada de Mahler había tenido que bregar a lo largo de su vida para enderezar las veleidades infantiles de su sobrina, su actitud no me asombraba.

En cierta medida, por mucho que Luisa la quisiera, y pese a bandear con paciencia la responsabilidad que le había tocado en herencia al morir su hermana, estoy convencido de que estaba inmunizada contra sus reacciones irascibles.

Sin embargo, aunque ella, dentro de su capacidad, hacía todo lo posible por disimularlo, se la veía cansada de aquellas continuas luchas.

«Habrá que comunicarle a tu padre la buena noticia», decía. Pero, aunque intentara darle un toque de entusiasmo a su frase, no podía evitar demostrar lo mucho que aquel acontecimiento la abrumaba. Seguramente tenía la impresión de que el nacimiento de aquel nuevo ser iba a constituir para ella otra carga gratuita añadida a su ya agobiada espalda.

En cuanto a Mahler, el hecho de saber que su hija iba a convertirlo en abuelo, suscitó en él tales muestras de entusiasmo que llegaron a rozar el ridículo: «Será un chico. Se parecerá a mí y heredará la belleza de su madre», repetía constantemente.

Recuerdo el abrazo que me dio en cuanto llegó a Barcelona tras uno de sus interminables viajes: «Era lo que os faltaba para que vuestra felicidad fuera completa», me dijo.

La euforia fue contagiándose a todos los empleados, sobre todo porque Mahler, para celebrar de algún modo la buena nueva, acentuó su júbilo organizando un almuerzo (para toda la plantilla de la multinacional Woultmand & Starky), presidido por él, Douglas Raft y todos los ejecutivos de las distintas ramificaciones dependientes de la empresa.

En cuanto a su hija, lo primero que hizo fue enviarle un ramo de flores en cuyo centro destacaba un envoltorio que cubría un estuche que, a su vez, escondía un broche engarzado con brillantes y rubíes: «Para que comprendas la felicidad de ser madre, antes de que nazca tu hijo», rezaba la tarjeta firmada por él.

A partir de aquel día, yo fui para Mahler mucho más que un hijo y un ejecutivo importante. También fui un valor establecido con el que hasta entonces no había contado.

Al margen de un substancioso aumento en mis ingresos mensuales, desde que supo que iba a ser el padre de su nieto, le dio por considerarme una especie de Douglas Raft: alguien incapaz de defraudarlo y preparadísimo para incrementar la importancia de Editorial Otoño, ya de por sí considerablemente mejorada desde que yo me había hecho cargo de su organización financiera.

Incluso las dificultades que a veces surgían (provocadas casi siempre por la rapidez con que el mundo evolucionaba y convertía en antiguallas las novedades recién implantadas), dejaban de ser para Mahler motivos de malestar: «Confío en tu buen criterio, hijo mío. Seguro que sabrás salir adelante.» Y me ofrecía ayuda desinteresada para sortear algún atasco imprevisto.

No obstante, yo jamás aceptaba colaboraciones que, según mi criterio, podían dificultar mi trabajo: «No es necesario, Anton. Podré arreglármelas yo solo.»

Y es que en el fondo me dolía que, por ser su yerno, me abrumara con ventajas que no sólo minimizaban mi trabajo, sino que podían suscitar recelos en mis compañeros. «No me gusta aprovecharme de mi situación. Quiero que me trates como tratas a los demás ejecutivos.»

No niego que aquella forma de reaccionar, lo que en realidad conseguía era incrementar la buena opinión que de mí tenía el padre de mi mujer: «Ni con lupa hubiera encontrado un yerno como Eladio», se hartaba de comentar a todo el mundo.

Pero de algún modo también me perjudicaba. Las elocuencias demasiado positivas, no tardaron mucho en convertirse en desagrados generales: «Chico, ni que fueras el único hombre con semilla estimulante», me decían los compañeros. No lo expresaban con aire intolerante o al modo de enjuiciamientos hirientes, pero era un hecho seguro que la actitud de Mahler respecto de mis cualidades despertaban en ellos ciertas suspicacias que hubiera preferido evitar.

Por supuesto también a mí se me antojaban exageradas las reacciones de aquel hombre. Sólo las admitía porque venían impulsadas por el amor que sentía por su hija.

En cuanto al planteamiento de nuestra casa, desde el primer momento en que se supo que Antonia iba a ser madre, dimos por hecho que la encargada del pequeño iba a ser Berta. También la tía Luisa aprobaba aquella decisión. «Nadie como Berta para atender al bebé —aseguraba—. Es ducha en la materia y sabrá cuidarlo como nadie.»

Por aquellas fechas todo era positivo. Y ni por asomo se ventilaban secuencias dolorosas. La vida se nos iba en fugacidades de un futuro próximo que jamás era adverso. Bastaba imaginar la llegada de aquella criatura para que nuestra existencia fuera algo parecido a un milagro que auguraba instantes mágicos y certezas sublimes incapaces de empañar nuestras ilusiones.

Para estar siempre cerca de Antonia, con frecuencia procuraba robarle horas al trabajo y sorprenderla con presencias mías que no esperaba: «Me aburro tanto cuando no estás conmigo», solía decirme.

Era difícil para mí hacerle comprender que mis deberes empresariales eran imprescindibles: «En fin de cuentas, trabajo para tu padre. No tengo derecho a escamotearle esfuerzos.»

Pero ella no atendía a razones: «Le diré a papá que no te mantenga tan atado. A menudo pienso que lo tuyo, más que trabajar para vivir, es un continuo vivir para trabajar. Y eso no es justo.»

Por descontado, Anton Mahler nunca estuvo al corriente de aquellos tejemanejes de su hija. Ya me cuidaba yo de que no se enterase. Probablemente le hubiera dolido aceptar que aquel empeño posesivo de su hija de mantenerme constantemente a su lado podía ser el inicio de una obsesión enfermiza.

Por eso, cuando Antonia ponía morritos y bordeaba el enfado si la dejaba sola, yo procuraba hacerla entrar en razón. Como podía, y del modo más suave posible, le repetía una y otra vez que, en la vida matrimonial, no todo se reducía a pasar las jornadas largándonos miradas amorosas, repitiendo palabras encomiásticas o prodigándonos caricias permanentes: «También las ausencias pueden ser nexos de amor», le decía.

Pero Antonia no prestaba atención. Lo que privaba en ella era el hecho de que, desde que habíamos regresado de nuestro viaje de novios, todo entre nosotros había cambiado: «Ya no te ocupas de mí como solías hacerlo.»

Para tranquilizar mi conciencia, pensaba que probablemente aquella especie de inconformidad se debía a la pérdida de su esbeltez. Antonia no soportaba ver su cuerpo tan deformado: «Este niño me está convirtiendo en un globo —se quejaba enfurruñada—. A saber si podré recuperar la silueta cuando haya nacido.»

A veces la tía Luisa, al verla tan alterada, no podía evitar ser algo adusta con ella: «Deberías pensar más en tu hijo y menos en tu anatomía.»

Fueron varias las ocasiones en las que tuve que moderar las diatribas de aquella mujer contra su sobrina: «Procura no herirla —le suplicaba yo—. Sus salidas de tono no son conscientes. A pesar de todo Antonia es todavía muy niña.»

No obstante me quedé perplejo cuando un día Luisa me lanzó a boca de jarro: «Pero ¿no te das cuenta, Eladio, de que aunque la barriga le crece, el resto de su cuerpo es un esqueleto?»

En efecto: Antonia, a pesar de su embarazo, continuaba siendo una mujer casi escuálida.

Lo peor del caso era que el médico aprobaba aquella delgadez: «Los partos son mucho más sencillos cuando la madre es una mujer delgada», se hartaba de repetir.

No obstante, Luisa se mantenía en sus trece: «Pero hay que nutrirse. Y eso es lo que Antonia no hace.»

Pensé que se refería a sus constantes vómitos. «Ese fenómeno es propio de todas las embarazadas.»

Cuando dije aquello, Luisa dejó traslucir cierta ironía y me dio a entender abiertamente que aquellos vómitos eran provocados: «Deberías ser menos incauto, Eladio. Muchos de esos vómitos son producidos por el miedo a engordar demasiado.» Y cuando yo le dije que Antonia comía mucho, su tía rompió a reír con cierto sarcasmo y me confesó que si se atiborraba de comida era para echarla fuera enseguida: «No irás a decirme que Antonia es bulímica. Hasta ahí podíamos llegar. Siempre quiso tener hijos. No la creo capaz de cometer ese tipo de barbaridades», le repliqué casi enfadado.

Y como viera que Luisa negaba con la cabeza y ponía cara de persona experimentada, insistí: «Con razón Antonia se queja de que tú la desprestigias.»

Aquella vez Luisa no me dejó terminar: «Jamás intentaría desprestigiarla, Eladio. La quiero como si fuera mi hija. Lo único que procuro es no cegarme y hacer todo lo posible para que el niño nazca sin complicaciones.»

Su modo de hablar me confundía. Pero ella insistió: «Así que apresúrate a abrir los ojos y vigila. En fin de cuentas el hijo que lleva tu mujer en el vientre es también hijo tuyo. Por favor, protégelo.»

Y sin permitir que yo tratara de llevarle la contraria, salió de la habitación donde nos hallábamos, dejándome inmerso en un mar de confusiones.

Decididamente me negué a creer que Antonia se preocupara más por su cuerpo que por su hijo. Pero de improviso me entró la duda. No me cabía en la cabeza que Luisa fuera capaz de lanzar advertencias tan graves, sin una razón de peso.

Pero también me costaba mucho imaginar que todo lo que me había dicho fuera verdad.

Fueron muchas las cavilaciones que me obligaron a formular conjeturas y manipular ideas.

Llegué incluso a suponer que Luisa experimentaba por su sobrina una extraña envidia por haber conseguido lo que ella, durante su larga vida de solterona, no había conseguido.

Pero de repente sus afirmaciones me fulminaban, especialmente cuando el humor de Antonia se alteraba o se volvía taciturno sin motivo aparente. De nada servía que yo exagerara mis demostraciones de afecto hacia ella: «No quieras engañarme, Eladio: sé que te parezco horrible», me reprochaba furiosa consigo misma.

En cierta ocasión, llegó a decirme: «A saber qué mujer te habrá conquistado mientras yo me sacrifico tratando de traer al mundo a tu hijo.»

Al principio aquellas salidas de tono me dejaban al pairo. No me cabía en la cabeza que Antonia creyera que yo era capaz de engañarla mientras ella sorteaba su embarazo con evidentes molestias. Por eso cuando sus acusaciones (siempre acompañadas por apatías o indolencias provocadas por su falta de nutrición) se volvían insistentes, lejos de enfadarme, me producían risas espontáneas; la estrechaba contra mi cuerpo y le reiteraba que nadie jamás suplantaría mi cariño. «¿No lo comprendes, Antonia? Estoy loco por ti.»

Sin embargo, aquellas afirmaciones iban perdiendo consistencia a medida que el tiempo pasaba.

Lo grave ocurrió a raíz de una inesperada visita que ella hizo a mi oficina. Recuerdo que yo andaba trasteando con mi secretaria ciertos papeles que, por causas inexplicables, acabaron por convertirse en jeroglíficos. Lo cierto es que en ellos había anomalías importantes que ninguno de los dos éramos capaces de encajar y descubrir.

Me estoy viendo ahora junto a aquella muchacha cotejando números, frases y resultados, sentados los dos muy juntos a una mesa de espaldas a la puerta.

Invadidos ambos por las dudas de aquel embrollo, nada contaba salvo dar con el error que lo había causado.

Ni siquiera oímos que la puerta se abría y que unas pisadas suaves se acercaban a nosotros.

De pronto surgió la razón de aquel problema y, en mi entusiasmo, agarré el hombro de la muchacha y comencé a sacudirlo con evidente alegría. «Lo conseguimos. Ya podemos respirar tranquilos», le dije.

La muchacha se volvió hacia mí con aire alegre, satisfecha por haber ganado una batalla maratoniana: «Era lógico —me dijo— así no podíamos continuar.»

Dominados por aquella especie de victoria burocrática, volví a pasar mi brazo por su espalda y la empujé hacia mí con cierta euforia acaso demasiado espectacular.

La secretaria era una muchacha poco agraciada, pero muy dotada para ejercer su trabajo. Lo cierto es que para mí siempre había supuesto algo así como mi brazo derecho, pero jamás me sentí atraído por ella, ni en ningún momento hubo entre nosotros mayor complicidad que la propia de un trabajo estrictamente profesional.

Eso sí: bastaba echarle una ojeada para comprender que, pese a la grisura de su apariencia, se trataba de una persona muy inteligente; jamás desentonaba y si, por exigencias del guión, se veía en la obligación de opinar, jamás lo hacía pontificando; antes al contrario, dejaba caer sus ideas como si desconfiara de ellas, humildemente y sin darle el valor que tenían.

Pero aquel día, cuando los problemas que nos habían mantenido tanto tiempo preocupados, dieron en clarificarse, tanto ella como yo nos sentimos impulsados a magnificar de algún modo el triunfo de nuestros esfuerzos.

Sin alharacas; sin la menor intención erótica, pero con la traslúcida euforia que producen los aciertos.

En aquellos momentos oímos la implacable voz de Antonia tras nuestros asientos. Fue algo parecido a un pistoletazo. Y su voz: «Conque era "eso" —la oímos gritar altiva y desesperada—. De modo que lo que yo presentía estaba precisamente aquí, entre estas malditas paredes.»

Al principio, ni mi secretaria ni yo entendíamos lo que Antonia estaba recriminando. Su forma de expresarse, altanera y severa, nos impedía captar lo que insinuaba. Imposible asociar nuestra limpia satisfacción con la desordenada algarabía de sus voceos. «Y eso es lo que tú llamas trabajar: deshojar margaritas con tu secretaria; arrimarte a ella donde nadie pueda sospechar vuestras tropelías. Y mientras tanto yo convertida en un tonel, como si tú no tuvieras la culpa.»

Vacilante, se dejó caer en el sofá: el pecho agitado, la voz ronca, lanzando llamaradas sonoras de improperios desordenados, la mirada extraviada por el odio que la dominaba brotándole por los poros de su cuerpo sin que nada pudiera aplacarla.

Al oír los gritos, la habitación se llenó de gente. Nadie comprendía lo que estaba ocurriendo. Tampoco yo lo comprendía.

Afortunadamente mi suegro, como estaba fuera de la ciudad, no presenció la escena. Pero supongo que llegó a enterarse, porque los empleados que la contemplaron no vacilaron en divulgarla, sazonándola con toda clase de ingredientes desafortunados.

De nuevo estoy viendo ahora a mi mujer tumbada en el sofá: su vientre dilatado, el rostro desfigurado por una piel casi verdosa, los labios entreabiertos intentando inhalar un aire baldío que los que la rodeábamos le estábamos negando.

Ya no hablaba. Medio desvanecida, emitía resoplidos casi hemipléjicos como si se ahogara.

De improviso vi a Douglas Raft abriendo los balcones y ordenando a todos que salieran de allí. «No te preocupes —me dijo—. no es la primera vez que le dan esos ataques. —Y como yo continuaba sobrecogido y asustado—: Conozco esos síntomas; le suelen ocurrir cuando algo la altera. Probablemente ha tenido un arrebato de celos.»

Todavía intenté defenderla: «Pero se ha desmayado, Douglas: los celos no suelen desmayar a la gente.» Y me emperré en que llamaran a un médico.

De nuevo Douglas procuró quitar leña al fuego: «Mira Eladio, lo de Antonia no tiene importancia. Ni se ha desmayado ni leches. Lo que tu mujer tiene es un cabreo de padre y muy señor mío.» Y sin que me diera tiempo a evitarlo, se acercó a ella, enderezó su espalda y le dio dos cachetes en las mejillas.

Antonia no tardó en reaccionar. En cuanto me vio me echó los brazos al cuello: «¿Qué me ha ocurrido, Eladio? ¿Por qué estoy aquí? ¿Qué es lo que he hecho, Dios mío?»

Quería disculparse, pero, según aseguraba, había olvidado la razón de su culpa.

De pronto vio a mi secretaria. La pobre muchacha continuaba aterrada, incapaz de asimilar aquel arrebato tan tontamente teatral que mi mujer había provocado.

Alguien, a instancias de Douglas, trajo un vaso de agua. Antonia sorbió un par de tragos y volvió a fijarse en la secretaria: «Perdóneme. He actuado como una tonta —le dijo—. Pensaba que usted era distinta. La he confundido con otra persona.»

Fue su forma de darle a entender que yo no podía engañarla con una mujer tan poco atractiva como ella.

La secretaria no se dio por ofendida. Pero al día siguiente dejó de presentarse en la oficina. No tardó mucho en encontrar empleo en otra editorial.

La película cómica que se proyecta en el avión, continúa causando risas entre los espectadores. El protagonista está diseñado sin duda por sus guionistas para dar vida al hombre corriente de hoy; ese que adopta las maneras tópicas de la mayoría, y que apoya su importancia en cosas tan triviales como formar parte de manifestaciones (por lo que sea), añadir centímetros a las colas que ni siquiera saben para qué sirven, desfilar con cara compungida ante cadáveres ilustres, contemplar con aire complacido, programas basura en la televisión y escribir cartas al director de cualquier periódico para ver su firma con letras de imprenta.

En suma, un «nadie» que desde niño soñó con ser «alguien», pero que la vida condenó al ostracismo y a la vulgaridad.

—Parece una película divertida —comenta Daniela.

—Siento que por mi culpa no hayas podido verla.

—También yo he contribuido a que tú te la perdieras.

Sin embargo, los auriculares continúan en las mesitas y ninguno de los dos ha hecho ademán de colocárselos.

—A juzgar por lo poco que he visto, parece ser que el protagonista es un fiel reflejo de esa mayoría que caracteriza nuestra humanidad —comenta Daniela con cierta ironía.

—A pesar de todo, siempre es la mayoría la que se hace con las riendas del poder.

Daniela no parece estar conforme.

—No lo creas. Del mismo modo que existen silencios que gritan elocuencias convincentes, pueden existir mayorías dictadas por egoísmos minoritarios.

—Entonces tú crees que todo en esta vida puede ser una farsa.

—Tanto como lo que tiene de farsa la vida de ese personaje —contesta ella señalando la pantalla—. Queráoslo o no, siempre es esa minoría medio camuflada la que suele manejar la mayoría establecida. La cuestión consiste en saber vender a la gran masa lo que unos pocos quieren imponer a toda costa. —Y como si pretendiera adornar sus ideas con algún ejemplo lírico—: Contempla el mar. Parece inofensivo; es como una minoría dilatada que no influyera.

»Sin embargo, a veces el mar llora y ríe, duerme y despierta, además puede ser femenino y masculino, se enfada y ataca cuando se enfurece y la tierra se resiente a pesar de ser precisamente la tierra la que se considera con derecho a decidir y a dominar.

—Por tu forma de expresarte supongo que te estás refiriendo al famoso proyecto de la discutida globalización.

—En cierto modo sí —responde ella—. Si estuviera bien reestructurada, no me preocuparía. Pero tal como la presentan, es terriblemente peligrosa. Una vez más la equidad corre el riesgo de convertirse en un negocio para los poderosos y eso no deja de ser una corrupción tan vergonzosa como injusta.

—Entonces tú crees que la vida está hecha de complicidades secretas que los mortales comunes no captamos.

—Probablemente. Nada es producto del azar.

Eladio esboza de nuevo una sonrisa:

—¿También nuestro encuentro?

—No sé qué contestarte —exclama ella riendo—. No soy adivina.

—Por ejemplo: la mancha de tomate. ¿Quién la provocó? ¿Fue una casualidad fortuita o una razón programada? Según tu criterio algún motivo debió de impulsar la mano de la azafata para que, al rozar la mía, el tomate se vertiera en tu vestido.

—Quizás en el otro mundo comprenderemos la causa de esos pequeños acontecimientos a los que aquí no damos importancia —responde ella—. En la Tierra casi todo es un misterio.

—¿Crees entonces que cuando la vida se acabe comenzarán las sorpresas? —pregunta él medio en broma.

—Estoy convencida. —Y antes de que Eladio responda—: Será en esa dimensión que ahora no conocemos donde nos daremos cuenta de la importancia de todas las insensateces que cometemos, de las oportunidades desaprovechadas, de los trastornos que pudimos evitar y no evitamos, de los errores que consideramos aciertos. Y sobre todo del mal que podemos hacer.

Eladio no contesta. Lo que Daniela está exponiendo parece incomodarlo. De nuevo carraspea, finge buscar una postura más cómoda y da la impresión de que algo en él lo está mortificando.

—Ver las cosas con excesiva claridad puede constituir uno de los peores castigos —comenta Eladio en voz baja. Pero el tono con que se expresa conmueve a Daniela:

—Según parece habrás soportado un mundo de infortunios muy dolorosos. Debes perdonarme. Sin darme cuenta con frecuencia me inmiscuyo en lo que no tengo derecho a juzgar. —Y sin ánimo de hurgar en llagas demasiado hirientes, procura darle a entender que en cierta medida comparte su malestar—. Imagino que lo peor debió de ser para ti la muerte de tu hijo. —Y como Eladio no parece inmutarse—: ¿De qué murió? —pregunta ella repentinamente.

—Murió ahogado. Cayó a una piscina y cuando lo sacaron era ya demasiado tarde. No pudieron hacerlo reaccionar.

Lo extraño es que Eladio se haya expresado serenamente como si la muerte de aquel hijo no le hubiera afectado.

—Dios mío, debió de ser terrible.

Eladio asiente, pero no habla. Tampoco la mira. Y Daniela tiene la impresión de que en estos momentos las palabras sobran, que «decir algo» es violar las leyes de la desesperación, de todo lo que el ser humano, pese a sus limitaciones, puede llegar a soportar cuando los soportes se desmoronan.

—¿Cómo se llamaba?

—Se llamaba como su madre y como su abuelo: Antón.

—Imagino lo que esa pérdida debió de suponer también para tu mujer.

Pero Eladio elude hablar de Antonia. En estos momentos es el niño lo único que llena sus recuerdos:

—Era rubio. Tenía los ojos azules y cuando sonreía era como si Dios sonriera con él. Le gustaba correr cuando yo iba a su encuentro. Me echaba los brazos al cuello y el aire que lo envolvía olía a sudor de niño.

Qué bien lo recuerdo. Los sudores de los niños huelen siempre a perfumes. ¿Lo sabías? —De pronto Eladio se detiene, como si despertara de un sueño—. Perdóname, Daniela. Estoy divagando. El recuerdo de mi hijo siempre me obliga a divagar.

Daniela intenta disimular la emoción que le ha ocasionado la descripción desgarradora de su compañero de asiento. Aunque el tono de su voz ha sido ecuánime, es evidente que en el trasfondo de lo que ha dicho anida un dolor que lo está minando:

—Perdóname —suplica él repentinamente—. Te estoy amargando el viaje de nuevo con mis problemas. No hablemos de mi hijo. Hablemos de los que tú probablemente vas a tener.

—El caso es que no estoy muy segura de saber comportarme como una madre perfecta —alega ella como restando importancia a lo que Eladio propone—. Llevo tantos años pensando sólo en mi misma. —Y torciendo la cabeza al modo de una persona que duda—: Pensar siempre en uno mismo no es precisamente un comportamiento adecuado para ser madre.

—Pero reconocerlo es ya ponerte en el buen camino —alega él recobrando la sonrisa—. Suele decirse que el oficio de madre se aprende en cuanto nace el hijo.

—¿Y tú estás conforme con esa teoría? A mí no me acaba de convencer. Hay madres que no saben serlo. Conozco a varias.

Eladio se vuelve hacia ella y la mira fijamente. Y recuerda. También él ha pasado por el trance de conocer a una madre incapacitada para asumir sus obligaciones. Pero está convencido de que su compañera de viaje, aunque todavía inexperta, lleva dentro de sí misma la raíz adecuada para cuidar a un hijo como es debido.

—Me gustaría conocerte mejor —confiesa él espontáneamente—, es una pena que el final del trayecto nos separe para siempre. Hay algo en ti que se me escapa, y me incomoda pensar que, en cuanto aterricemos, la posibilidad de saber qué es se esfumará definitivamente.

Daniela se encoge de hombros y mueve la cabeza como si lo que acaba de decirle Eladio careciese de importancia:

—Todos llevamos a cuestas alguna faceta escondida. También tú pareces un hombre cargado de dilemas y discordancias. —Y buscando un símil distendido, añade—: Uno de esos hombres que siempre dicen «adiós», sin moverse del lugar. —Eladio rompe a reír, motivado por la ocurrencia, pero ella, aunque sin abandonar la sonrisa, insiste—: No sé por qué, pero tu verdadera personalidad se me escapa, se vuelve cada vez más lejana.

—No lo tomes como una derrota psicológica. Es precisamente lo que consideramos lejanía el motivo que más puede aproximar a las personas. Me parece que ya te he dicho algo parecido hace unos instantes. Aunque tú y yo no nos hemos visto hasta que nos hemos instalado en este avión, no sé por qué tengo la impresión de que entre nosotros existía ya, desde antiguo, un nexo muy sólido que nos unía.

Daniela asiente con la cabeza. Sus ojos se agrandan como si acabara de hacer un descubrimiento importante:

—¿No te has preguntado nunca si lo que consideramos algo personal puede ser común a todos? —De pronto rectifica—. No, no me estoy expresando bien. Lo que intento decirte es que a veces creo que, todos, en este mundo, somos una sola persona. —Y al darse cuenta de que Eladio parece extrañarse por lo que acaba de exponerle, se afana por ser más explícita—. Ya sé que lo que te estoy diciendo parece una insensatez, pero muchas veces he llegado a experimentar la sensación de que todos somos un solo ser con millones de cuerpos, rostros, facetas y categorías distintas, pero dotados de una única entidad humana.

—¿Te refieres a que, por muy diferentes que podamos parecer, nadie puede considerarse exclusivo? —pregunta él con expresión divertida—. O dicho de otro modo, ¿te preguntas acaso "Por qué yo soy yo y no tú", como si ser distinto nos impidiera ser sólo uno? ¿O quizá, puestos a rizar el rizo, creas que yo soy tú y tú eres yo, aunque no lo sepamos?

Ahora es Daniela la que rompe a reír sin dejar de mirarlo:

—Pues sí, más de una vez he pensado algo parecido. Tal vez sea ése el motivo que contribuya a que las influencias sean tan impositivas.

Eladio frunce el entrecejo, baja la vista y vuelve a posarla en los auriculares que descansan en la mesita:

—Lo que tú pretendes es darme a entender que a pesar de las diferencias que nos separan, o de los comportamientos que nos enfrentan, todos somos «uno». Si así fuera quedaría justificado lo que vosotros, los creyentes, consideráis a menudo que los pecados ajenos vienen a debilitar la fuerza de toda la humanidad.

—No es exactamente eso. Pero no te quepa la menor duda de que todo lo que hacemos o dejamos de hacer activa mecanismos negativos o positivos en todos los seres humanos. Por eso nadie puede presumir de ser perfecto. Nuestra presunta perfección puede ser minada gracias a millones de resortes que manejan otros.

—En resumidas cuentas, si las cosas son así, la culpa personal dejaría de serlo.

—Al contrario, la culpa personal se acumula a las restantes culpas. Pero sigue siendo personal.

—Tus puntos de vista no acaban de convencerme —replica él—, suenan a utopías.

—Porque sólo ves la parte negativa. También los méritos personales pueden paliar los dolores ajenos.

—¿Cómo?

—Aplicándolos al sufrimiento de los demás.

Eladio niega con la cabeza:

—Para empezar, yo no puedo entender una religión que tiene como base prioritaria el sufrimiento.

—Tampoco yo la entendería si Aquel que vino a la tierra para sacarnos del pozo hubiera venido a este mundo para ser feliz. Pero no lo hizo. Su grandeza y generosidad consisten precisamente en eso: en permitir que nuestras cruces se parezcan a la suya. Es una forma de darnos a entender que nuestras torturas no son gratuitas, sino que tienen una razón de ser.

Eladio ya no la mira. Ladea la cabeza. Lo que Daniela le explica no acaba de encajar con todo lo que la vida le ha arrebatado.

—Vivir tiene que ser algo más que sufrir —exclama él sin mirarla.

—En efecto, vivir es mucho más que eso. Y también mucho más que aspirar a conseguir metas temporales: dinero, poder, éxitos, aplausos, títulos, premios, admiraciones. En suma: pequeñas miserias que parecen grandes galardones.

—Sin embargo tú no has vacilado en entrar también en el juego de esas metas que denominas miserias.

—No lo niego. Tampoco niego haberme equivocado.

—Entonces lo que tú propones es vivir estando muerto; dejar a un lado las ilusiones.

—Al contrario. Lo que yo pretendo es utilizar la libertad sin esclavizarnos. Si mal no recuerdo el propio Sartre dijo algo parecido: «Ser libre es estar condenado a ser libre.» Pero yo me niego a aceptar esa condena. Lo que pretendo es encontrar esa libertad que algún día perderá sus límites.

Eladio quiere replicar, pero no encuentra la fórmula adecuada. Las ideas de Daniela parecen agobiarlo.

—Creo que nos estamos volviendo demasiado trascendentales —comenta ella. Y para aligerar el ambiente propone—: ¿Por qué no pedimos otra copa de champán?

Alguien me dijo una vez que cuando ponemos nuestra mirada en una persona determinada, aunque sea involuntariamente, algo nuestro queda en ella para siempre.

Y es posible que tuviera razón. Por eso ahora, cuando en los repliegues del recuerdo, reproduzco la escena de Antonia echada en el sofá de mi despacho, la mirada extraviada, su palidez mortuoria y recobro las bofetadas que Douglas Raft le dio en las mejillas para hacerla reaccionar, tengo la impresión de que fui yo quien la abofeteó como si, lejos de haber querido reanimarla, le hubiera pegado despóticamente para vengarme de la escena que acababa de representar.

Recuerdo que al llegar a nuestra casa, Antonia era ya unas puras mieles. No sabía cómo sacudirse la vergüenza que la dominaba: «No entiendo lo que me ha ocurrido, Eladio. Jamás he dudado de ti.»

Sin embargo, sus disculpas empezaban a sonarme a tañidos lejanos de campaneos inmotivados. En realidad no era la primera vez que los «prontos» de Antonia habían contribuido a desorientarme. Cualquier cosa podía ponerla en trance de agresividad desde que estaba embarazada. Eran reacciones absurdas, que venían impulsadas por despechos y furias sin motivos concretos. Cosas extrañas que en vano trataba yo de darles alcance para justificarlas.

Parecía imposible que aquella criatura a la que yo tanto había admirado por su dulzura y suavidad pudiera, sin ninguna razón, provocar, repentinamente, tormentas verbales y sacar a flote odios subterráneos que ni ella misma entendía.

A todo ello había que añadir el incremento de sus absurdos miedos a morir aplastada: «Ese balcón va a caerse» o «Ese farol se ladea, procura alejarte de su entorno».

También los contenedores de basura eran armas terroristas: «No te arrimes a ellos, Eladio: a veces las ruedas, sin saber por qué, rompen a correr para agredir a los transeúntes.»

Cuando yo, alarmado, comentaba aquellas salidas de tono con Berta, la buena mujer se lanzaba siempre a defender a «su niña». «Son miedos de embarazada», me decía.

Únicamente Luisa argumentaba de una forma distinta: «Desengáñate, Eladio, en lo que se refiere a tu mujer, hay que andar siempre de puntillas. Para ella cualquier cosa puede convertirse en una catástrofe.»

En cierta ocasión, ocurrió algo que me dejó perplejo. Mientras almorzábamos en nuestra casa, alguien me llamó por teléfono. Como entonces los inalámbricos no existían, fue preciso levantarme para atender la llamada. La persona que me requería lo hacía desde Nueva York y era imposible dejar de atenderla.

Cuando regresé al comedor encontré a mi mujer llorando. Le pregunté qué le ocurría. Pero ella antes de contestarme, con aire de persona ofendida, se levantó del asiento, dijo que los almuerzos eran sagrados y que por nada del mundo debían interrumpirse. «Y mucho menos por conectar con una ciudad donde casi todos son negros.»

La incongruencia de semejante argumento me dejó sin habla. Incluso llegué a pensar que Antonia estaba bromeando. Así es que dejé que se fuera y yo continué comiendo como si nada hubiera ocurrido.

Recuerdo que aquella vez Berta procuró suavizar la situación con deducciones sentimentales: «Mi niña Antonia es muy susceptible, señor. Pero le quiere. No lo olvide: le quiere mucho.»

Berta la conocía a fondo y estoy seguro de que no mentía:

«Tenía que haberla visto cuando la pusieron en mis brazos a poco de nacer. Era un ángel, señor: siempre sonreía.»

Sin embargo, sus sonrisas eran ya muy escasas.

Sólo se mostraba alegre cuando participaba de aquellas reuniones sociales que siempre estaba dispuesta a aceptar porque en ellas podía lucirse y mantener su fama de mujer indispensable, no sólo por sus ocurrencias, sino por la forma que tenía de enjuiciar a su modo los asuntos escabrosos que tanto encandilaban a la gente que tratábamos.

También Antonia había adoptado la costumbre de organizar cenas y reuniones para compensar de alguna forma su tedio cotidiano que mis ausencias, según decía, le proporcionaba.

La gente que invitaba eran personas hechas de tintes llamativos que al menor roce perdían su color para dejar al descubierto la insulsez que ocultaban. Gentes con apariencias relevantes cuyas pasiones se reducían a presumir de coches caros, televisores de pantallas grandes y planas, barcos espectaculares, casas decoradas con estilos grandilocuentes; aficionadas a jugar al póquer y al bingo y desligadas por completo de aquellos que leían o dedicaban sus ocios a pensar y a ponerse al día en cuestiones intelectuales.

En suma, seres cuyas preferencias se decantaban hacia el sexo, a corear chistes subidos de tono, a presumir de vestir sólo con trajes «de marca» y a calzar zapatos italianos porque los españoles no elegantizaban lo suficiente.

Cuando Mahler se encontraba en Barcelona, casi nunca aceptaba asistir a las reuniones que su hija organizaba. Las excusas que daba se parecían mucho a las que yo hubiera dado de no haberme sentido obligado a formar parte de ellas: «Tengo trabajo y no puedo acostarme tarde.»

Pero en el fondo a Mahler parecía satisfacerle que su hija estuviera continuamente organizando cócteles o cenas que la mantenían entretenida y le disipaban aquel mal humor que empezaba ya a ser crónico en ella.

«Afortunadamente, se ha casado contigo —me decía mi

suegro—. Tú sabes manejarla, Eladio. Tienes un don especial para mantener su estabilidad.»

Aquella forma de hablarme no me gustaba. Aunque Mahler no se diera cuenta, cuando se expresaba de aquel modo, venía a confirmar que el estado normal de mi mujer no era el que yo había imaginado, sino que, en el fondo de ella, anidaba cierta desviación emotiva que gracias a mis atenciones había podido encalmar.

Pero Mahler no es tonto y en cuanto se daba cuenta del lapsus añadía siempre que se estaba refiriendo al embarazo de Antonia: «En cuanto nazca vuestro hijo dejará de preocuparse por cosas sin importancia.»

También yo necesitaba creer aquello. Especialmente cuando recobraba la sensatez y hablaba de aquel hijo como una madre normal: «Estudiará una carrera, vivirá con nosotros hasta que se case, y será el niño más querido de este mundo.»

Cuando estábamos solos no hablábamos de otra cosa. Todo se nos iba en imaginar que el pequeño estaba ya allí, correteando por la casa, lanzando risas y sonidos alegres o jugando con aquel arsenal de juguetes que día a día íbamos acumulando para él. Y llegó el parto.

Fue sencillo y, contrariamente a lo que yo esperaba, Antonia supo dosificar los dolores con inexplicable paciencia.

Sus energías no se debilitaban, al contrario, producía la impresión de que cada dolor sumaba en ella fuerzas que la endeblez de su cuerpo obviamente debía negarle.

Por supuesto, ni un solo momento dejó de soltar mi mano. Su obstinación en evitar que me fuera de su lado era la única exigencia que el sufrimiento le dictaba. «No me dejes ahora, Eladio; no te vayas, por favor.»

¿Cómo iba a dejarla? Creo que nunca la quise tanto como en aquellos momentos. Años de vida hubiera dado para compartir sus dolores y amortiguarlos con los míos. «¿Cómo puedes pensar que voy a dejarte? Se trata de nuestro hijo, de ti, de todo lo que es primordial.» Y la besaba en la frente, húmeda de sudor caliente que aumentaba la suavidad de su piel perfumada.

Por primera vez tuve conciencia de que, pese a su apariencia de niña, Antonia era una mujer adulta, capaz de personificar ese dogma civil, fértil y vigoroso, que consistía en parir.

En aquellos momentos, nada de todo lo que me había desorientado durante su embarazo tenía ya consistencia. Ni sus miedos absurdos, ni sus celos tontos, ni los llantos fáciles por cosas sin sentido, tenían ya una entidad. Lo importante era aquel «modo heroico de ser madre», sin lanzar quejas ni dejarse llevar por el pánico que acaso producían los dolores.

Hasta Luisa parecía arrepentirse de sus viejas teorías sobre las incongruencias de su sobrina: «La verdad, Eladio es que Antonia se está portando como una mujer excepcional.»

Y nació el niño.

Lo estoy viendo ahora en los brazos de su madre: los ojos azules intentando asimilar la luz de la habitación; su pelambrera todavía húmeda, augurando futuros rizos, como los de Antonia y sus mejillas rosadas alboreando sonrisas que entonces eran suspiros, pequeños llantos y pucheros que escondían Dios sabía que extraños temores, que Antonia y yo inmediatamente tratábamos de paliar cogiéndolo en brazos y arropándolo con nuestro cariño.

Imposible entonces maliciar congojas, ni inventar premuras para evitar que su vida (menguada por infortunios inesperados) pudiera dejarnos algún día sumidos en la desesperación.

En aquellos momentos era inútil concebir sospechas adversas o destinos malogrados. Los días que transcurrieron tras su nacimiento tenían horas largas, y soles estridentes, y luces continuas de mil colores. Ninguna cara era triste, ni las palabras herían. Ni siquiera las noticias de los periódicos (siempre envenenadas de miserias) podían desbaratar el discurrir de aquellos instantes tan llenos de sosiegos, flores y alegrías.

Incluso mi suegro, siempre reacio a visitarnos, no vacilaba en presentarse en casa todos los días para analizar y admirar los progresos del nieto, escuchar sus pequeños gemidos y asombrarse de la placidez que lo caracterizaba: «No se parece a su madre. Antonia siempre lloraba —aseguraba en contra de lo que Berta decía—, cualquier cosa la alteraba. —Y para que su hija no se ofendiera añadía siempre—: La pobre era tan sensible.»

También mi madre parecía feliz con su nieto. Como tenía por costumbre cuando iba a verlo, nunca entraba por la puerta grande. Siempre lo hacía por la puerta de servicio. Aunque lo intentaba, le costaba adaptarse a su nueva versión de abuela importante y se medio escondía cuando las amigas de Antonia iban a verla. Su compañía grata era Berta: la niñera de Antón. Con ella departía, se explayaba, casi se volvía locuaz. Y Berta le contaba mil anécdotas de cuando Antonia era niña y ella la cuidaba: «Su pobre madre, murió al dar a luz», insistía. Pero se guardaba muy bien de explicarle a mi madre que las drogas la habían matado.

En vano le insistía yo para que formara parte de las visitas que llenaban el salón: «No me marees, hijo —me respondía cerrando los ojos y negando con la cabeza—. Déjame quedarme con Berta. Con ella me entiendo muy bien.»

En lo que se refiere a Luisa, continuaba inmersa en aquella forma de ser, plácida y descafeinada, como si de antemano supiera que tanta euforia siempre acababa convirtiéndose, en el mejor de los casos, en borradores de desesperanzas.

Alguna vez, cuando la veía tan desligada de lo que para todos era entusiasmo, me atrevía a decirle: «Pero Luisa, ¿qué demonios te pasa? En fin de cuentas es como un nieto tuyo. No acabo de comprender tu pasividad».

A lo que ella, con su característica actitud de mujer fría, o no respondía o me decía que lo que al principio impresionaba acababa siempre por ser engullido por rutinas cotidianas: «No hay que exagerar, Eladio; todo lo que nos impacta, por mucho que se envuelva de cualidades que parecen apasionadas, tarde o temprano se transforma y se desgasta.»

Aquella vez de buena gana hubiera tachado a la famosa tía Luisa de agorera y malintencionada. ¿Cómo podía hablarme de aquel modo cuando todo en torno a nosotros era una provocación de alegrías?

En cuanto a mi suegro, impresionado por lo bien que se desenvolvían las cosas, tanto en el negocio como en la buena marcha de mi casa, no se retractaba de insinuarme que «mi talento merecía una recompensa que no iba a tardar mucho en recibir».

Entonces ignoraba aún lo que me reservaba. Pero aunque el lenguaje misterioso de Mahler hacía entrever grandes destinos, en aquellos momentos a mí nada me parecía tan importante como ver a Antonia feliz y a mi hijo sonriendo en su cuna.

En alguna ocasión también Douglas Raft dejaba caer frases misteriosas que me auguraban apasionantes ascensos: «Cuando llegue el momento, tendrás que afrontar la situación, quieras que no, con el aplomo de los diplomáticos bien adiestrados y también con la falsa sinceridad de las prostitutas.» Y aunque lo decía bromeando, no podía evitar darle un cierto toque de veracidad: «Las conspiraciones que producen la envidia, aunque con el ritmo de las hormigas, pueden llegar a ser mortales.»

Las propuestas de Mahler no tardaron en salir a flote. Sin embargo, yo me resistía a aceptarlas. A veces ciertas prebendas pueden ser peligrosas: «Es mejor dejar pasar el tiempo y ganarme a pulso lo que me propones», le dije.

Aquellas respuestas mías impresionaban a Mahler. No concebía mi modo de pensar. «Parece que estés hecho de algodón en rama, Eladio. Cualquiera en tu lugar estaría dando saltos de alegría.»

No concebía que a veces los retos pudieran ser cargas: «Lo que esta empresa necesita son cabezas pensantes como la tuya, y no técnicos colegiados sin ideas preclaras», me repetía.

Al contarle a Antonia lo que su padre me había propuesto, pareció alegrarse. Pero me dijo algo que me dolió: «Mi padre siempre me concede lo que yo le pido. Basta una pequeña insinuación mía para que el milagro se produzca.»

Aquel comentario me dejó intranquilo. Tal como Antonia se había expresado, era un modo directo de desvirtuar la causa de aquel hipotético ascenso mío. «No irás a decirme que has sido tú la que ha convencido a tu padre en el asunto de Woultmand & Starky. »

Pero Antonia no quiso responderme. Se limitó a sonreír. En vano le insistí para que me dijera la verdad: «Por favor, Antonia; es esencial para mí saber la verdad.»

La miré fijamente. Me sentía humillado. La expresión ambigua de mi mujer me alarmaba. «¿No comprendes que yo no puedo aceptar ese tipo de favores sólo por haber tenido un hijo contigo?»

Pero ella continuaba callada. Y repentinamente volvió a ser aquella adolescente medio mujer que vivía inmersa en caprichos jamás negados por su padre.

Recuerdo que me acerqué a ella y la sacudí levemente sujetándola por los hombros: «Por favor, Antonia —insistí—. ¿Has sido tú la que le ha pedido a tu padre ese maldito ascenso? Necesito saberlo.»

De pronto rompió a reír. «Y te lo has tragado —me dijo—. ¿Serás incauto? ¿Cómo voy a suplicarle a mi padre que te suba el sueldo nombrándote consejero de Woultmand & Starky?»

Le dije entonces que lo del sueldo no tenía importancia. Que lo importante era el nombramiento de consejero de aquella multinacional. Y que tanto una cosa como la otra, si hubiera sido por su causa, afectaba gravemente mi dignidad.

Antonia dejó escapar una risa floja y besó mi mejilla: «¿A qué le llamarás tú dignidad?» Y sin permitir que yo hablara, salió de la habitación para hablar por teléfono con sus amigas.

Recuerdo que su silueta parecía una anguila gigante atravesando el pasillo. Continuaba riendo como si le divirtiera dejarme en el extravío de la duda.

Aquella tarde mi madre vino a visitarnos. A pique estuve de desahogarme con ella. Pero no lo hice porque no quería indisponerla con Antonia.

Mi madre era una de esas personas que desde lejos hedía a tristezas propias de la pobreza que había tenido que soportar durante años y años. Nunca pudo ser feliz. Desde que mi padre muriera, las humillaciones no cesaron de acosarla, sufrió desprecios, hostilidades y esfuerzos sobrehumanos para sacar adelante a su hijo. Por eso me resistía a agrandarle el fardo de sus miserias.

Sin embargo, ahora que ya no está en este mundo, me entra el desasosiego, sobre todo al desmenuzar los avatares que tuvo que soportar cuando yo era un adolescente.

Incluso a veces tengo la impresión de que no supe expresarle lo mucho que la quería. No obstante, aunque con ella nunca fui demasiado afectivo, siempre procuré ocultarle lo que podía dolerle.

Por eso, cuando aquella tarde la vi entrar en mi casa, consideré baldío inquietarla con las dudas que Antonia me había provocado.

No obstante, fue la propia Antonia la que sacó a relucir el tema: «Debes felicitar a tu hijo —fue lo primero que le expuso—, he hablado con mi padre y lo van a nombrar consejero de Woultmand & Starky.»

Lo dijo con una sonrisa sarcástica que mi madre supo asimilar sin dar muestras de entusiasmo. «Me alegro —contestó—. Eladio merece que tu padre haya aceptado tu proposición. Será un consejero eficaz.»

Pese a todo, la voz de mi madre no era normal. Parecía acartonada, como emitida por una mujer extenuada.

Enseguida empezó a toser. Con frecuencia, cuando algo la afectaba, se escudaba en la tos para desviar el tema.

Eso era lo que yo creía entonces. No obstante no tardé

mucho en saber que aquella tos (que yo consideraba impuesta) eran reservas destempladas de unos bronquios muy enfermos. Y que cuando algo la alteraba, la tos se le recrudecía.

Quizás es el champán lo que ahora está abrillantando la mirada de Daniela. La película ha terminado y al retirar la cortinilla del ventanal la luz chispea en sus ojos convirtiéndolos en dos diamantes oscuros.

—¿Te han reprochado alguna vez que tus ojos son como taladros? —indaga Eladio sin dejar de mirarla.

Daniela no entiende la pregunta:

—Jamás me han dicho semejante cosa. —Y acaso recelando suspicacias extrañas, se lanza a reír como si el comentario la hubiera dejado impasible.

—Podría decirte que tus ojos son bonitos, que asombran por su tamaño, que tienen brillos acariciantes. También podría calificarlos de ojos provocadores, o fascinantes o mil cosas más. Pero no acertaría a dar con lo que en realidad son.

—¿A qué te refieres?

—A lo que acabo de decirte: tus ojos taladran. Se meten dentro de los ojos que los miran.

—¿Y eso qué tiene de particular?

—Resulta difícil explicarlo. Es algo así como si quisieras agujerear la mente de la persona que te observa.

Daniela toma a guasa lo que escucha y trata de ahogar una carcajada.

—No acabo de captar si lo que me estás insinuando es un cumplido o una impertinencia.

—Ni una cosa ni la otra. Los cumplidos no encajan en una conversación como la nuestra, relajada y distante. En cuanto a la impertinencia, tampoco forma parte de mis esquemas. Nunca me ha gustado ser impertinente. Lo que intento decirte es que ha hecho falta mucho tiempo para darme cuenta de que tu mirada taladra, que se mete sin pedir permiso en las conciencias ajenas.

—Nunca imaginé tener ese tipo de poderes —continúa bromeando ella.

—Es muy posible que de haberlo imaginado, no los tuvieras.

Daniela mueve la cabeza de un lado a otro dándole a entender que nada de lo que oye la está afectando seriamente.

Probablemente piensa que el champán que han pedido está sacando de quicio la conversación. Los estímulos alcohólicos suelen ser factores capacitados para vigorizar la imaginación, y hasta pueden crear genialidades que se borran en cuanto el alcohol se esfuma.

—Ahora dime, ¿qué clase de evocaciones han taladrado mis ojos en tu conciencia? —pregunta ella—. Porque yo lo ignoro.

Eladio no aparta la vista de la suya. Es un raro columbrar sosegado, que no parece dispuesto a ponerse en trance de conquista; antes al contrario, casi la está mirando con la tibieza que caracteriza la curiosidad.

—No lo sé. Pero tú deberías saberlo. No pareces una mujer que se deja engañar fácilmente por las apariencias.

—Nunca me he jactado de ser un lince. —Bromea ella—. ¿Cómo voy a saber lo que ese taladro está hurgando en esa conciencia tuya?

Eladio se lleva la mano a la frente y trata de esbozar una sonrisa:

—Recuerdos escondidos.

—¿Buenos o malos?

—En cualquier caso no son nostálgicos. Tal vez algo tensos. Pero están siempre dispuestos a ser absorbidos por el olvido.

—Lo siento —exclama ella— entonces no son recuerdos buenos.

Al final Eladio parece recobrar su talante ecuánime y confiesa abiertamente que lo del taladro ha sido una excusa.

—No sabía cómo abordarte. Y me ha parecido que lo mejor era inventar lo del taladro. Pero lo cierto es que de repente necesito conocerte mejor; saber más cosas de ti. No me preguntes la causa porque no sabría contestarte. Pero me ha parecido que la mejor manera de meterme en tu verdadera personalidad era obligarte a creer que tú te habías metido en la mía.

—¿Con el taladro?

—No exactamente. Con tu rara forma de ser. Con tus apabullantes ideas. Con esa ética casi estricta tan poco común en las mujeres liberadas.

—Creo que estás equivocado. Lo cierto es que tengo muy poco de qué enorgullecerme.

—Quizás «ese poco» sea lo que más te enaltece. —Y tras un breve lapso, Eladio continúa mirándola como si la viera por primera vez—: Lo que yo quisiera saber de ti son cosas tontas; minucias sin importancia. Por ejemplo: ¿eres puntual? ¿Te gusta el orden? ¿Te divierte romper moldes? ¿Eres posesiva? ¿Te dominan las obsesiones? ¿Sabes coser? ¿Te gusta cocinar?

De pronto Eladio deja de preguntar. Y por su forma de mantenerse callado se comprende que no espera respuestas. Como si las preguntas que acaba de hacer fueran condicionadas a respuestas pretéritas definitivamente perdidas.

Daniela prescinde ahora de la seriedad de su compañero:

—Vamos, que lo que te acucia es la curiosidad. —Y enderezando su busto parece tomar aliento—. Así sois los hombres: os gusta indagar, averiguar, dar vueltas en torno a una persona determinada sólo por el placer de satisfacer vuestras intrigas. Y luego decís que las mujeres somos curiosas.

—No es curiosidad lo que siento. Es interés.

—¿Qué interés puede tener para ti una desconocida?

—Ninguno. Pero tú, para mí ya no eres una desconocida. ¿No hemos quedado en que nuestra comunicación, precisamente por la brevedad que la caracteriza, se presta a airear nuestras confidencias con mayor relieve que las que se plantean en las amistades convencionales?

—Si así fuera, adónde puede llevarnos nuestro mutuo conocimiento? —pregunta ella como si hablara consigo misma—. En fin de cuentas, cuando nos despidamos, será como si nunca nos hubiéramos visto. El tiempo seguirá separándonos cada vez más.

—¿Eso te satisface?

—No lo sé. Pero lo acepto. Quizá de momento me moleste, sin embargo no alterará mi vida.

—¿No serás una de esas personas hurañas que se bastan a sí mismas para ser felices?

—Yo no he hablado de felicidad. Hablo de comunicación. De solidaridad. Tampoco hablo de crear una amistad. No nos engañemos: las amistades arrastran siempre una dosis de egoísmo, especialmente cuando entran en ellas los celos, las exigencias, los reproches. En cambio, la solidaridad es inamovible: desconoce el egoísmo, los enfados, las susceptibilidades, las exigencias; procura ayudar y nunca traspasa el cerco de la serenidad.

—En el fondo vienes a decirme que en la amistad nada es estable, que las personalidades se modifican, que por mucho que pretendamos compenetrarnos unos con otros, los cambios inevitables acaban por desconectar a las personas más unidas.

Daniela continúa moviendo la cabeza negativamente sin desplegar los labios. Luego, como si quisiera retractarse:

—No quieras engañarte, Eladio, todos somos «apariencias» o, dicho de otro modo, «parecemos ser aquello que los demás creen que somos».

—Pero «los demás» pueden ser multitudes.

—También nuestras personalidades pueden serlo. —Y como si sacudiera una idea molesta levanta la mano y la balancea como si le estorbara—. No me hagas mucho caso. Mi padre siempre decía que yo era una fantasiosa incorregible. A lo mejor tenía razón.

—Para fantasear es preciso tener ingenio, imaginación, talento. Todo eso es positivo.

—Entonces debo de ser positiva —dice Daniela tomando a broma la teoría de Eladio—. Te agradezco que procures aumentar mi autoestima. Sin embargo, no me considero lo bastante positiva para ser optimista. Nunca he sido extremadamente confiada ni me he dejado llevar por emociones ocasionales.

—Eso no deja de ser una cualidad. Casi todos los batacazos que nos damos a lo largo de la vida vienen condicionados por una emoción repentina, por un torpe exceso de confianza o por imaginar llanuras donde sólo hay pantanos.

De nuevo se hace el silencio entre ellos. Las evocaciones no perdonan. Regresan. Se instalan en la mente y tuercen las conciencias. Y los errores se agrandan. Y las equivocaciones se multiplican. Y las inoportunidades se imponen. Por eso hablar ahora acaso fuera una equivocación. «Lo mejor —piensa Eladio— es callar.» Aunque las palabras se acumulen en la boca y lo que sólo es vaguedad se empeñe en imponerse con la realidad de lo que se explica, hay que seguir soportando el maldito mutismo. No obstante, a veces callar también puede suponer delatarse. Por eso Eladio rompe el silencio a modo de defensa:

—Volviendo a la utopía de las personalidades, ¿crees que una persona buena puede realizar actos malos? O dicho de otro modo, ¿es factible que un asesino pueda tener un alma bondadosa, completamente ajena a lo que consideramos maldad? —pregunta él repentinamente.

Daniela se encoge de hombros:

—Probablemente se precisa toda una vida para contestar a esa pregunta. Las cosas nunca son tajantes. Existen las circunstancias, las presiones, la educación, la cultura. Tantas y tantas cosas que pueden influir en las reacciones de los humanos.

—Tienes razón. Todo influye. La luz, el calor, la oscuridad, los colores, los efluvios, la gente que nos rodea, los equívocos, las euforias. Incluso los lugares donde se vive.

—¿También las ciudades?

—También. Y los idiomas. Y las calles y los peatones.

—En efecto, también las ciudades influyen —continúa diciendo ella—. Por ejemplo, yo vivo en Los Ángeles. Me gusta. Pero no dejo de reconocer que es una ciudad inhóspita, incapacitada para evitar esas soledades que la gente mayor tanto lamenta. No hay calles. Sólo carreteras, aceras, jardines, coches; muchos coches. En cuanto a los pocos peatones que circulan por las aceras, se desentienden los unos de los otros como si fueran figuras de cera. Más de una vez, cuando piso el asfalto, tengo la impresión de que lo que me rodea es un espejismo; una gran mentira, y que la ciudad es un gran desierto.

Eladio la escucha con atención, pero algo le incomoda:

—Todo eso está muy bien pero todavía no me has contestado la pregunta que te he hecho antes: ¿se puede ser malo siendo bueno o se puede ser bueno siendo malo? Tu teoría sobre la necesidad de soportar toda una vida para saberlo no me convence. «Toda una vida» puede ser un plazo demasiado largo.

Daniela vuelve a encogerse de hombros. Y él se fija en sus manos. «Así deben de ser las manos vírgenes», piensa sin saber por qué.

De pronto, las manos de Daniela se encogen, las venas ocultas por una piel lisa y blanca, al entrelazarse azulean hasta que los dedos se separan y las manos vuelven a posarse en el halda.

—Te he preguntado algo que para mí es importante —insiste Eladio—. Tiempo atrás tuve un amigo de fuertes convicciones éticas. Se dedicaba siempre a procurar el bien de los demás. Pero acabó en la cárcel acusado de un crimen.

—¿Era inocente?

—Lo era. Pero según la justicia era un criminal.

—¿De qué se le acusaba?

—De matar a su mujer.

—¿Y la mató?

—Sí. La mató.

—¿Por qué lo hizo?

Eladio tarda un poco en contestar. Pero al fin se decide:

—Por ser demasiado inocente. ¿Comprendes ahora lo que he intentado preguntarte?

Y como ve que Daniela está hecha un mar de confusiones, continua hablando:

—Nacemos, abrimos los ojos para asimilar lo que nos rodea. Creemos comprender. Pero no comprendemos nada. Nos ofrecen opciones dispares: el bien y el mal. Elegimos el bien. Luchamos para no profanar nuestras ideas. Batallamos contra los que las profanan e incluso tratamos de justificar a los que dejan malheridas nuestras esperanzas. Sin embargo, la guerra que nos declaran los otros nos obliga a defendernos, a convertirnos en algo parecido a una fiera. Me estoy refiriendo a la fiera humana: ese tipo de fiera que, por ser racional, debería ser más consecuente. No obstante, no vacila en convertirse en un animal mucho más reprobable y cruel que las fieras irracionales. —Durante unos instantes, Eladio permanece en silencio, traga saliva y se lanza de nuevo a continuar su discurso—. Tú me has hablado de ciudades, de viviendas, de calles desiertas con peatones de cera, de coches que circulan por carreteras fantasmas, pero no has sabido decirme si la verdadera personalidad es la que nos inclina hacia la serenidad o a la destrucción.

Daniela se siente incómoda. Probablemente no sabe qué responder. Al final se decide:

—Tal vez la personalidad no existe. —Y levantando la mano de nuevo le da a entender a Eladio que ha cambiado de opinión—. También es posible que nuestra verdadera personalidad surja cuando la vida se acaba.

—Y mientras tanto, ¿qué? —pregunta él.

—Mientras tanto no nos queda más remedio que dejarnos llevar por las apariencias. Acaso las apariencias, contrariamente a lo que pueda parecer, no engañan.

Me resulta difícil recordar cuándo empecé a sentirme incómodo en mi matrimonio. Tampoco puedo asegurar con exactitud cuáles fueron las primeras causas del deterioro que se avecinaba.

No era el tedio. Ni la insipidez. Ni la rutina. Sin embargo todo en torno a mí comenzaba a ser precario y como inutilizado por securas insospechadas, especialmente cuando al entrar en mi casa me invadía el miedo a encontrar a Antonia en su faceta de enojo.

Se trataba de enfados bamboleantes, jamás apoyados en razones concretas; ataques insípidos y displicentes que se diluían en vaguedades y que nunca conseguían orearse con explicaciones sensatas y sólidas.

Al principio solía disculparla apoyándome en su inmadurez: «Es tan joven e inexperta», decía Berta.

Por eso, cuando la veía deprimida, yo todavía procuraba calmarla, adularla, ejercer influencias físicas que a menudo surtían efectos positivos.

Pero cuando le afloraba el odio (provocado casi siempre por mis ausencias), era inútil tratar de calmarla.

Antonia no podía soportar que me apartara de ella ni un minuto más de lo previsto. Bastaba que por causas inevitables yo llegara a nuestra casa con algún retraso para que su hostilidad se convirtiera en un extravío de preguntas que me dejaban exhausto: «¿Dónde has estado? ¿A quién has visto? ¿Qué te ha preguntado? ¿De qué habéis hablado? ¿Por qué no me has avisado que ibas a llegar tarde?»

Sus indagaciones eran interminables. Y sus suspicacias, por supuesto irracionales, no parecían tener fin.

En vano intentaba yo sondearla cuando la veía en aquel estado para averiguar cuál era la raíz de aquellas alteraciones sin sentido.

Antonia no contestaba. Se limitaba a mirarme con desprecio como si yo le ocultara algo grave que le impidiera suavizar su conducta.

Aquel modo de comportarse, agresivo y disciplente, me obligaba a dudar sobre mi propia conducta. De improviso y sin venir a cuento, me notaba culpable. Era una culpabilidad sorda, que se debatía entre mis propias rebeldías y mis temores de no saber actuar como ella merecía.

Pero llegó un momento en que mis dudas dejaron de afectarme, especialmente cuando alguna vez comentaba con Mahler la conducta de su hija: «Quisiera complacerla en todo, pero no lo consigo —le decía—. Tengo la impresión de que la estoy defraudando.»

Mi suegro se mostraba siempre comprensivo: «No te preocupes, Eladio. Antonia es muy susceptible y cualquier cosa puede alterarla. Pero te sigue queriendo. No lo dudes, hijo mío.»

Tal vez fue en aquella época cuando empecé a sospechar que la insistencia de Mahler para que fuera su yerno tenía que ver con el modo de ser de su hija. ¿Hubiera podido otro hombre soportar lo que yo soportaba?

Pero de pronto, aquellas ideas se me antojaban descabelladas. Especialmente cuando Antonia, sin motivo aparente, recobraba su dulzura y se expresaba como la mujer de los primeros tiempos.

De improviso se acercaba a mí, me besaba, me acariciaba, y se comportaba como si fuera una esposa sumisa, humilde y abnegada.

Pronto me di cuenta de que aquella forma de actuar se debía casi siempre a la influencia que ejercía en ella la presencia de su padre. Era como si temiera que Mahler llegara a descubrir sus tendencias agresivas e incoherentes.

En cambio, con la tía Luisa, sus esfuerzos por mantenerse serena, se relajaban. Agarrándose a la excusa de que aquella mujer nunca había sabido comprenderla, no tardaba mucho en sacar a relucir su altanería y sus acusaciones, con frecuencia desmesuradas: «Nunca te has tomado la molestia de ayudarme. Siempre has sido una de esas madrastras que pintan en los cuentos.»

Pero Luisa jamás se alteraba. Era como si su sobrina hablase a la pared.

No obstante, aquellas escenas se esfumaban en cuanto intervenía el niño. Parece que lo estoy viendo, todavía incapaz de andar, arrastrándose por la alfombra del salón para conseguir agarrarse a la pernera de mi suegro, mientras intentaba gorgojear sonidos que imitasen la palabra «abuelo».

Para Mahler, aquel niño era un premio: la gran ambición

de su vida hecha realidad. Nada podía satisfacerle más que ver a aquella criatura pendiente de él, y observar aquella suma de cosas que poco a poco iba aprendiendo; sus pequeños descubrimientos, sus ceños cuando algo le preocupaba, sus risas lanzadas al aire cuando bromeaban.

Era un niño querido por todos. Por eso no vacilaba en volcar sobre cualquiera de nosotros aquel amor que recibía.

Incluso Antonia, cuando veía a su padre tan feliz con el pequeño, parecía alegrarse.

De pronto se olvidaba de sus caprichos para sentirse madre. Todo era poco para su hijo: «Es tan distinto a los demás niños, ¿verdad, Eladio?»

Sin embargo, su tendencia a los celos no tardó mucho en salir a flote. Especialmente cuando veía que el pequeño se arrojaba a mis brazos cuando yo entraba en la casa. «No entiendo cómo puede quererte tanto si estás siempre ausente», me reprochaba.

Tampoco admitía con agrado que Antón quisiera tanto a su abuelo: «Si te muestras demasiado cariñoso con mi hijo, acabarás por volverlo insoportable», le reprochaba.

Y Mahler, por no disgustarla, se apartaba del niño al tiempo que le daba la razón: «Estás en lo cierto, Antonia, no es bueno mimar a los niños.»

Aquella forma de reaccionar no encajaba con los continuos caprichos que había prodigado a su propia hija. Y es que en el fondo, estoy convencido de que Mahler «temía» a Antonia. Era un temor enfermizo, que seguramente venía de antiguo, cuando de niña acaso se fraguaran ya las tendencias ególatras que, al hacerse mayor, se agudizaron.

Lo cierto era que con ella actuaba como si se sintiera tan culpable como me sentía yo. Bastaba contemplarlo para darme cuenta de que, cuando su hija estaba delante, también él se esforzaba por mantenerla relajada: «Aunque no lo creas, si viajo continuamente no es por gusto. Todo lo mío será tuyo algún día. Por eso trabajo tanto», se hartaba de repetirle, como si pretendiera hacerse perdonar sus lejanías constantes.

Más de una vez llegué a pensar que la excusa de sus viajes eran tapaderas para aislarse de las preocupaciones que las rarezas de Antonia le causaban.

En lo que a mi mujer se refería, ella no daba muestras de descontento por las ausencias paternas, sin embargo, cuando menos se esperaba, si tenía algún problema, no vacilaba en reprocharle sin el menor reparo: «Otro gallo me cantara si mi madre viviera.»

Y en cuanto Mahler se achicaba, inmediatamente arremetía contra su tía: «Tú al menos me comprendes, pero mi querida tía, lo único que hacía durante mi infancia, era hartarse de acumular castigos cuando tú no estabas conmigo.»

También yo, al principio, había creído que la hermana de su madre había ejercido una influencia nefasta en la educación de Antonia.

Tardé bastante en darme cuenta de que la verdadera agraviada (y aún a costa de disimular su condición de «madrastra malévola»), era precisamente Luisa.

No había más que fijarse en la manera que tenía de reaccionar cada vez que mi mujer la atacaba. Jamás le reprochaba su conducta (a todas luces injusta), ni adoptaba aires victimistas. Sencillamente callaba, fingía no escucharla y se agarraba a cualquier excusa para abandonar la estancia dejándola con la palabra en la boca.

Aquel modo de proceder me fue abriendo lentamente las puertas de las casillas metafísicas que yo desconocía.

Eran puertas camufladas; réplicas de escondites ignorados, humos densos que ocultaban oscuridades acaso inconfesables. Cosas que aparentemente no existían o pasaban inadvertidas, pero que estaban allí y que no tardaron mucho en salir a flote.

Lo peor, sin embargo, no eran las olas encrespadas de su carácter, ni tampoco los miedos ilógicos de morir aplastada que constantemente la acosaban; lo peor era su obsesión de mantenerse delgada. Aquel mirarse al espejo y repetir mil veces que su gordura era escandalosa, que así no podía continuar y, que si no adelgazaba, acabaría por operarse del estómago para dejar de comer.

Inútil era que yo le repitiera mil veces que su delgadez era preocupante: «¿Cómo es posible que no te des cuenta de que te has convertido en un puro hueso?»

No me escuchaba: «El maldito embarazo me ha destrozado el cuerpo. Ya nunca más seré lo que era.» Y en cuanto podía se instalaba delante del espejo: «Fíjate, Eladio, ¿dónde ha ido a parar mi silueta?», me preguntaba con voz angustiada.

En vano le repetía yo que seguía siendo la misma, que no había otra mujer en el mundo más bonita que ella. Mis opiniones ya no la impresionaban. Las únicas adulaciones que le halagaban eran las de sus amigos.

De nuevo comenzaron las reuniones nocturnas, los cócteles propicios a facilitar estrenos de vestidos, chismes subidos de tono, ingeniosidades malévolas y bromas para resaltar los defectos ajenos.

En aquellas tareas, Antonia continuaba siendo la reina. Otra vez los aplausos, las risas, las genialidades calumniosas. Y ella en medio de todos los que la escuchaban, poniendo cara de niña inocente y presumiendo de superficialidades que pretendían ser profundas.

Cuando ocurría aquello, la euforia le duraba dos o tres días. Vivir ya no era una carga, ni lo que la rodeaba merecía ser criticado. Tampoco echaba de menos sus disciplencias habituales contra los sirvientes o contra la gente que ella consideraba «enemiga». En cuanto a sus manías de adelgazar, también parecían esfumarse. Y cuando paseaba por la calle, pocas veces levantaba la vista para cerciorarse de que los balcones no amenazaban ruina.

Lo único que la desequilibraba cuando se encontraba en aquel estado eufórico era la presencia de mi madre.

Inserta siempre en los fuegos fatuos de grandezas ridículas, la serena sencillez de su suegra la exasperaba. «Esa forma de aceptar la vida como si estuviera muerta me pone de los nervios —me decía—. Menuda manera de reaccionar tiene tu madre. Jamás se inmuta. A menudo la comparo con la tía Luisa. Naturalmente, guardando distancias porque, lo que es en cuestiones de elegancia, nada de nada.»

Aunque su manera de expresarse me dolía, procuraba dominarme para no exasperarla.

«Afortunadamente tú eres distinto —decía—. No pareces su hijo. ¿Estás seguro de que fue ella quien te dio a luz? ¿Cómo te las has arreglado para no heredar su vulgaridad? No acabo de comprender cómo, a su lado, te has convertido en un hombre importante.»

Cuando se expresaba de aquel modo, yo fingía no oírla. Pero sus palabras se me iban metiendo cuerpo adentro como cuchillos afilados.

¿Qué sabía ella de la magnitud que había caracterizado la vida de aquella mujer que, según Antonia, no merecía ser mi madre? ¿Dónde quedaban los equilibrios de su vida para salir a flote aceptando los trabajos que fuera, soportando tareas de quita y pon, que envilecían su afán de continuidad para que mis estudios nunca se interrumpieran? ¿Y sus simulacros de alegrías para ocultar aquellas continuas hambrunas que la dejaban exhausta? ¿Y los agradecimientos forzados que siempre eran pasto de desprecios?

No, Antonia hubiera sido incapaz de valorar lo mucho que cuesta subir peldaños cuando la vida sólo ofrece declives. Por eso no comprendía a mi madre. O mejor dicho: no la aceptaba. No podía concebir que sus ecuanimidades fueran sinceras y que sus puntos de vista se redujeran a soportar desprecios sin exigir disculpas.

Obstinada en sus teorías de niña mimada, no admitía que mi madre fuera la gloriosa antítesis de todo lo que ella representaba. Para Antonia, el mundo de mi madre no existía. Era sólo un punto insignificante en la grandiosidad del mundo que la rodeaba. ¿Cómo podía admitir que su suegra hubiera rehabilitado trajes pasados de moda que la gente para la que trabajaba le regalaba? ¿Y aquella ropa interior zurcida mil veces, y aquellos bolsos, aprovechados por ella, antes de ser lanzados al cubo de la basura por sus dueña y aquel dolor de pies encallecidos y deformados de tanto patear la ciudad para ahorrar el coste de los transportes?

A veces Antonia, cuando mencionaba a mi madre, la tachaba de fantasma: «Habla tan poco. Nunca se sabe lo que piensa.» Y yo debía hacer esfuerzos sobrehumanos para no insultarla. ¿Cómo explicarle que aquel estreno de una vida opulenta (que para ella siempre había sido una lejanía inexpugnable), era tal vez la prueba más difícil que había superado a lo largo de su existencia? Tampoco hubiera sido fácil hacerle entender que lo que ella llamaba «descuido físico» por no haber conservado una figura aceptable a pesar de ser todavía joven se debía al afán de recuperar (con las sobras del día a día) lo que su pobreza le había negado durante años y años.

En su mentalidad deformada por la opulencia, no podía comprender la costumbre de mi madre de consumir la comida sobrante antes de que caducara. Por eso se alimentaba más de la cuenta: para no tirar lo que en otros tiempos hubiera supuesto un banquete.

Tampoco aceptaba que se comprara trajes sólo en las tiendas que estaban de rebajas, y que nunca se dejara llevar por caprichos inservibles, aunque su posición económica fuera ya desahogada.

En cuanto a sus amigas, ni siquiera permitía que entrasen en nuestra casa. Si querían ver al niño, que fueran al parque donde Berta se instalaba con él.

Antonia consideraba que las amigas de mi madre eran «marujas» castradas por alergias tontas. Tertulianas de temas sin fondo que se reunían en cafés de segunda, donde la importancia social no tenía cabida ni las conversaciones interesaban de puro mediocres.

Aunque se trataba de mujeres venidas a «más», para Antonia sólo contaba aquellos «menos» que en su juventud habían contribuido a fomentar en ellas costumbres mezquinas de poca importancia. Personas apacibles que analizaban la bruma de los hechos pasados con la serenidad y sencillez de los que han traspasado la barrera de lo que parecía imposible traspasar.

Probablemente, también aquel evidente desdén de Antonia por las amigas de mi madre la obligaba a distanciarla de nosotros.

Sin embargo, en cuanto Antonia no estaba en casa, mi madre no dejaba de visitar a su nieto. «No sé si te das cuenta del hijo que tienes —me decía radiante de felicidad—. Es una criatura excepcional.» Y lo abrazaba, lo besaba, jugaba con él.

Jamás la había visto yo tan eufórica como cuando Antón se lanzaba a su encuentro en cuanto la veía entrar en nuestra casa.

Sin embargo, sus visitas eran cortas. Bastaba que Antonia regresara para que mi madre se fuera. Sin quejarse. Sin levantar polvaredas. Nunca tuvo en cuenta los desplantes de su nuera. Incluso la disculpaba: «Lo que un matrimonio requiere, es intimidad», se excusaba.

De cualquier forma, en aquella época, Antonia ya no se quedaba en casa como hacía al principio. Sus costumbres habían cambiado radicalmente. De repente le dio por ocuparse de su físico como jamás lo había hecho. Al margen de su afición a lo que yo denominaba «tendear», para hacerse con trajes, abrigos, zapatos y toda clase de objetos que pudieran realzar su elegancia, también dedicaba horas al gimnasio y a los masajes faciales y a visitar doctoras especializadas en adelgazamientos: «Estoy engordando, Eladio. De ahora en adelante voy a dejar de cenar.» Y para no caer en tentaciones, se quedaba en el salón mientras yo apuraba la cena solo en el comedor.

A veces me preguntaba de qué vivía. Lo cierto es que aquel cuerpo, que tanto me había impresionado cuando la conocí, era ya un esqueleto que caminaba.

Lo peor de aquella obsesión era que no sólo dosificaba su comida, sino que se empeñaba también en menguar la mía y la de nuestro hijo: «Nada más peligroso que un niño gordo.

Cuando sea mayor podría convertirse en un elefante», aseguraba. Y para evitarlo daba órdenes tajantes a la cocinera: «Nada de grasas. Nada de hidratos de carbono. Nada de pasteles, ni donuts, ni besameles.» Lo decía tajante, con la solemnidad de los que se consideran responsables de algo fundamental.

Afortunadamente, la cocinera no le hacía caso. Berta era la primera en alterar aquellas incongruencias. «Que el niño coma cuando su madre no lo vea», exigía. Y bajo mano le daba lo que Antonia le negaba.

Por supuesto, en aquella época, el amor que yo había sentido por Antonia era ya un sentimiento extramuros: algo que se había quedado fuera de mi capacidad sensitiva.

Especialmente me noté vacío de ella cuando descubrí su decisión de no tener más hijos: «Sólo dan preocupaciones y además deforman el cuerpo», me confesó abiertamente.

Ya no recordaba las veces que durante nuestro noviazgo nos habíamos propuesto crear una familia numerosa: «Quiero ser madre de muchos niños», me había confiado insistentemente.

Lo cierto era que Antonia, tras su empeño en convertirse en la mujer más delgada del mundo, ya no se acordaba de casi nada.

—No lo niego, a veces las apariencias no engañan —le contesta Eladio—, pero siempre existirá la posibilidad de extorsionarlas.

—Supongo que te refieres a que, por las causas que sea, cabe la manipulación y la inclinación a fingir lo que no somos.

Eladio confirma la respuesta de Daniela reforzándola todavía más:

—Incluso podemos convencernos a nosotros mis-

mos de que lo que fingimos para producir buena impresión, lejos de ser una flagrante mentira, es una realidad.

—Eso sería engañarnos. No, no me convence el hecho de llegar a esos extremos. ¿Para qué fingir algo que no se corresponde con la verdad? ¿Qué importa producir impresiones buenas si en realidad son falsas? En fin de cuentas, las buenas impresiones no siempre son necesarias para vivir normalmente.

Eladio parece abstraído, alejado de lo que Daniela le está insinuando. Ensimismado frunce el entrecejo y se vuelve a mirarla:

—A veces sí. A veces es necesario aparentar lo que no se es.

Pero Daniela no acepta la rotundidad de su amigo:

—¿Cuándo?

—Por ejemplo cuando tenemos miedo.

—Miedo, ¿de qué?

—En primer lugar, de soportar la vergüenza de reconocernos en falso y también de perder el aprecio de la persona que confía en nosotros.

De pronto sus miradas se cruzan, pero cierta incomprensión los distancia y desconecta. Algo que no saben definir les está molestando, les inquieta y los acusa de no se sabe qué inexplicables inculpaciones.

Lo mejor sería tomar a broma lo que están planteando, pero ni él ni ella parecen dispuestos a echar mano de esa alquimia ventajosa que puede ser reír.

Al final Daniela rasga el cerco del silencio con una afirmación espontánea:

—De cualquier forma, estoy convencida de que lo que tú aparentas no puede ocultar facetas negativas.

—Gracias. Pero sigo pensando que, a lo mejor, lo que tú ves en mí es deliberadamente falso.

—¿Por qué? No imagino la razón que pueda impulsarte a engañarme.

Eladio endereza el busto y lleva su mano al nudo de la corbata:

—El ser humano es muy avaro de sus simulaciones. Todo el mundo necesita que los demás nos enjuicien positivamente.

—¿Aunque esos enjuiciamientos no tengan una razón explícita que los haga necesarios?

—A nadie le gusta que los otros se muestren reacios y desconfiados por culpa de lo que parecemos ser.

Daniela vuelve a sonreír y roza con su mano el brazo de Eladio:

—Tranquilízate. Fingida o no, tu apariencia es muy positiva. Ignoro la causa, pero lo cierto es que yo confío en ti. A lo mejor me equivoco. Tal vez estás valiéndote de maniobras ocultas y malintencionadas. Pero las planteas tan bien que das el pego. Naturalmente, puedo llevarme un chasco. Pero sería un chasco inteligente.

—¿Y eso bastaría para no sentirte burlada?

—Creo que sí. Lo malo sería verme chasqueada por una torpeza mía; por cerrar los ojos a la evidencia. Pero cerrarlos por haberlos tenido abiertos durante muchas horas al lado de una persona que juega a ser sincera no conseguiría hacer que me sintiera burlada. En cualquier caso, me sentiría entristecida.

De nuevo, Eladio se fija en las manos que descansan en el halda de su compañera. En estos momentos las ve distendidas, como adormecidas y vagamente desmayadas.

—¿Te han dicho alguna vez que tienes manos de monja laica? —comenta él bromeando mientras con el índice señala el dorso de una de ellas. Y enseguida—: No deja de ser agradable que una persona como tú se sienta inclinada a confiar en mí. En cualquier caso, si mi forma de ser no se ajustara a la que tú consideras que me corresponde, puedes tener la seguridad de que a ti jamás te engañaría.

—Te lo agradezco. ¿Y por qué yo?

—Porque tú eres incapaz de engañar, y si yo lo hiciera me consideraría un canalla.

Daniela lo mira ahora con reservas propias de una guasa incontenida:

—¿Y en qué te fundas tú para estar tan seguro de que soy incapaz de engañarte?

—Tengo un sexto sentido que nunca me falla —responde Eladio bromeando—. Aunque te considero inteligente, no te veo capacitada para utilizar tu inteligencia para mentir.

—Y eso, ¿cómo se descubre?

—Está en el halo que te rodea. En tu voz, en tu modo de expresarte. Tienes lo que yo denomino «un decir suave» sin estridencias ni resortes postizos. ¿Sabes, Daniela?, las frases que se pronuncian con una voz como la tuya, nunca son fraudulentas. También cuenta la manera de comer, de sorber la sopa, de dejar los cubiertos bien unidos perpendiculares a los cuerpos; el cuchillo a la derecha y el tenedor a la izquierda. Por supuesto puede ser un factor adverso cortar los huevos con cuchillo o comer lentejas con cuchara, o trocear los croissants con cubiertos, pero estoy convencido de que todo eso a ti no te afecta. Dirás que soy un maniático, pero no te quepa duda que ese tipo de cosas influyen en los caracteres de las personas. Siendo como eres, nunca darías un beso a la persona que acabas de conocer, ni tutearías a la gente mayor que no hubieras visto antes.

—Jamás había imaginado que esas naderías fueran importantes, pero tienes razón, todo lo que has mencionado no forma parte de mis esquemas.

Daniela se rebulle en el asiento. La perorata de Eladio no la deja indiferente. Probablemente piensa que, aunque algo exagerado, todo lo que Eladio le ha dicho, por exangüe que parezca, no deja de tener que ver con la difícil convivencia de una pareja:

—Tendré que preguntarle a mi novio si también él piensa como tú. Hasta ahora no se me había ocurrido que esas pequeñeces pudieran ser esenciales.

—Luego está la forma de reaccionar cuando las cosas de la vida se tuercen —continúa Eladio—. Evitar los altibajos, «comprender» sin rencores, escuchar sin interrumpir, preguntar sin sarcasmo, contestar sin recochineo, dejar a un lado los ramalazos propios de la soberbia, las imputaciones directas, las burlas hirientes y sobre todo los impulsos de agredir, de hacer daño, de humillar.

—Pues ahí debo confesarte que más de una vez he fallado. Y por mucho que me empeñe en mantener latente ese «decir suave» que tan amablemente me has adjudicado, cuando me enfado puedo convertirme en un papel de lija.

—Pese a todo, estoy seguro de que tus enfados no son gratuitos. Lo malo es enfadarse sin motivo, simplemente porque por causas ajenas a muestra comprensión, las furias que llevamos dentro estallan con la fiereza de los dementes.

—En eso estoy de acuerdo contigo. Nunca he sido amiga de levantar polvaredas sin motivos concretos ni me he dejado llevar por el rencor. ¿Para qué? Lo único que se consigue es alterar los ritmos de nuestras funciones corporales y ponernos en trance de hacer el ridículo. Las incongruencias casi siempre suelen ser patéticas.

Eladio ya no contempla las manos de Daniela. Lo único que en estos momentos evoca es el panorama de su vida pasada: las incoherencias de Antonia, sus arrebatos por minucias inconcretas. Y aquel modo de lanzarse a hablar entre sus amigos sobre las torpezas humanas ajenas al ambiente que la rodeaba y que siempre le permitían desplegar sus dotes de «mujer divertida» aunque para ello fuera preciso despellejar sin escrúpulos los prestigios más sólidos.

—Lo sabía —insiste Eladio—. No sólo tu voz delata esa serenidad lúcida que demuestras, también cuenta tu forma de exponer tus ideas, tus avatares, tus conclusiones.

—Todos nos delatamos. También yo he detectado en ti cosas que tal vez ni siquiera imaginas.

—¿Por ejemplo?

—Tu tristeza.

Eladio baja la cabeza. Contempla los auriculares y pregunta sin mirarla:

—¿Crees entonces que soy un hombre triste?

—Es lógico. Has perdido a la mujer que querías, y has perdido a tu único hijo. Lo anormal sería que, después de lo que has sufrido, fueras un hombre rebosando alegría. —Y como Eladio no parece dispuesto a contestar—: ¿Estabas muy unido a tu mujer?

—Estábamos atados.

La respuesta desorienta a Daniela. No acaba de entender lo que le ha dicho:

—En los matrimonios no sólo cuenta la unión —exclama Eladio—. También cuentan las ataduras.

—¿Qué clase de ataduras? —pregunta ella.

—Los hijos, el ambiente, los intereses creados, las esperanzas, la costumbre.

—Por lo que deduzco, imagino que jamás has sido infiel a tu mujer.

—Nunca. —Lo ha dicho tajante—. No hubiera podido.

—De cualquier forma, siempre he sostenido que la infidelidad más o menos esporádica, aunque reprobable, no presupone necesariamente dejar de querer a la persona que supuestamente ha sido engañada.

—Entre nosotros nunca hubo una tercera persona —responde Eladio secamente.

Daniela comprende que la conversación está adquiriendo matices poco gratos para Eladio. De pronto, él la aborda con cierta impaciencia, como si esos recuerdos todavía demasiado recientes estuvieran hurgando la parte más sensible de su conciencia:

—¿Por qué no hablamos de ti? —pregunta él procurando mostrarse amable.

—Creo que te lo he contado todo.

—Me has contado las reacciones de tu vida, pero has silenciado los hechos.

—También tú los has silenciado.

—Es posible. —Y volviendo a su anterior planteamiento—: Imagino que alguna vez te habrás sentido defraudada, acosada, castigada. Todos en la vida hemos sido espectadores o actores de algún mal comportamiento ajeno. Basta echar una ojeada a los periódicos para comprender que la vida no es un lecho de rosas sin espinas. Madres que matan a sus hijos, hermanos que violan a sus hermanas, maridos que disfrutan torturando a sus mujeres, asaltos sexuales por el placer de humillar. Tantas y tantas aberraciones.

—Tal vez sea una privilegiada, pero jamás he tenido que enfrentarme con problemas de ese tipo.

—Teniendo en cuenta tu físico, es inverosímil que nunca te hayas visto acosada por un hombre enloquecido.

—Jamás me he puesto a tiro. Siempre he procurado ser precavida.

—¿Crees entonces que lo malo que ocurre se debe a los comportamientos de las propias víctimas?

—No. No creo eso. La mayoría de los casos es la tendencia machista o la creencia de que la mujer es un ser inferior lo que causa esas tragedias. Sin embargo a veces la culpa está en la desidia femenina. Hay que ser cauta; estar prevenida y sobre todo evitar la provocación. A veces las mujeres, sin darnos cuenta, exigimos que los hombres rechacen lo que, al mismo tiempo, les estamos ofreciendo de un modo ostentoso, y eso ni es justo ni garantiza nuestra seguridad. Al contrario, la desconecta de nuestras defensas.

—Tampoco hay que desechar el factor «mala suerte».

—Ni las drogas.

—Ni la ignorancia.

Daniela asiente. Más de una vez ha comprobado hasta qué grado de peligrosidad puede llegar la ignorancia.

—También ella conduce al desastre, no sólo a las mujeres sino a los hombres —afirma.

Eladio permanece callado. La insinuación de Daniela se le estanca en el recuerdo.

—En efecto, la ignorancia puede ser el factor principal de los mayores desastres; la línea recta hacia la verdadera crueldad.

—La ignorancia es un gran peligro —continúa ella—. Confunde, engaña. Nos obliga a creer que el instinto es sentimiento y que lo que nos deslumbra es una realidad.

Al oírla, Eladio tiene la impresión de que ya no navega en un mar de inseguridades. De pronto es como si la voz de Daniela lo estuviera liberando de esas ataduras psicométricas, que le obligan a fluctuar en miedos, en responsabilidades y sobre todo en ese desprecio crónico hacia sí mismo que viene arrastrando desde la muerte de Antonia.

—Por supuesto —exclama Eladio—. También nosotros podemos ser víctimas de acosos, de agresiones y de humillaciones.

—Sin embargo, casi nadie admite esa realidad.

—Porque airearla supondría dejarnos en ridículo. Por eso los hombres que sufren torturas psicológicas, y hasta físicas, suelen callar. —Y como Daniela continuara silenciosa—: Cuántos verdugos han podido ser víctimas —acaba diciendo él.

Aunque ha hablado en sordina, Daniela lo ha oído

claramente. Y de improviso todo le parece dar un vuelco. Eladio ya no es el hombre que flota en tristezas concretas. Su forma de expresarse lo ha cambiado, lo está aislando de una realidad que no se parece a la realidad que ella imaginaba.

—¿Conoces algún caso concreto? —inquiere ella con insistencia.

—Conozco bastantes. El sadismo no es sólo patrimonio del hombre. Puedo asegurártelo.

La respuesta de Eladio genera en Daniela un sinfín de preguntas que no se atreve a formular.

—Dime la verdad, ¿has sufrido tú algún acoso?

Eladio tarda en contestar. Al fin se decide:

—Siempre hay un juego de rol más o menos agresivo que afecta a todo hombre.

Pero la ambigüedad de la respuesta no convence a Daniela.

—Supongo que saliste airoso.

—No alcanzo a saberlo con exactitud. A lo mejor lo que consideramos positivo tal vez no lo sea. Además, tener razón puede consistir en lo contrario. Lo que hoy nos parece válido, mañana quizá no lo sea. —Y tras respirar hondo como si tomara aliento—. Vivir demasiado confiados no es bueno.

—Por eso yo siempre he procurado andar por la vida con pies de plomo —contesta ella sin alcanzar con exactitud lo que Eladio le ha explicado.

—Además, la razón casi nunca se adjudica a quien corresponde —continúa diciendo él— sino a aquel que sale airoso de la prueba. Desengáñate, Daniela: no somos perfectos. Siempre cometemos errores.

—¿Tan difícil te parece acertar?

—Depende de lo que llames aciertos. A veces se triunfa llevando dentro la peor de las derrotas.

—¿Y si eso que tú llamas derrotas fueran aciertos?

—Los aciertos no duelen, ni acobardan, ni tampoco quitan la ilusión de seguir adelante. No, no hay confusión posible.

—Y a ti, ¿te quitaron esa ilusión?

Un bache repentino y profundo corta de improviso la pregunta. La inutiliza. Instintivamente los dos se agarran de la mano. No obstante, el contacto dura poco. La estabilidad del avión se recobra y Daniela cambia el sentido de su pregunta:

—¿Tienes miedo de la muerte?

—No. La muerte no me asusta. Lo que me asusta es la vida.

—Sin embargo la vida puede ser maravillosa —comenta ella.

—No lo niego. —Y como queriendo dar por zanjado el matiz de la conversación, intenta reflejar una paz que no siente—. En estos momentos lo es. Lo malo es que los momentos duran poco. —Y tras una pausa muy breve—: Gracias, Daniela.

—¿Por qué me das las gracias?

—Por haber inventado una amistad de siete horas.

Poco a poco aprendí a defenderme. Eran defensas agostadas, como achicharradas por un sol sin ozono pero que servían para soportarlas. Trucos insignificantes que lograban actuar de escudo y me impedían dejarme abatir. Sobre todo cuando Antonia, inmersa en sus momentos difíciles, montaba escenas masoquistas para llamar la atención y ponerme en trances difíciles.

Lo cierto era que día a día nuestra convivencia empeoraba. Por el menor motivo creaba ella malestares escudándose en insignificancias que ampliaba como si fueran dramas. Todo podía ser un agravio, o una indirecta, o una asechanza imaginaria para sacarla de quicio.

Sin venir a cuento, de repente se notaba rechazada, incomprendida, y sobre todo vejada. Lo esencial consistía en convertirse en protagonista de algo; dejar que su ego fuera reconocido, aplaudido y admirado. Y para conseguirlo se valía de infinidad de ardides que casi siempre me afectaban. «Claro, como tú prescindes de mí, no tengo más remedio que recurrir a mis amigos.»

A primera vista, sus maniobras tenían poca importancia; miradas airadas porque las cosas no funcionaban como ella lo había previsto, quejas absurdas por nimiedades que ella agrandaba aposta con el fin de abatirme.

Pero no tardó mucho en ampliar sus tejemanejes procurando que sus escenas tuvieran espectadores proclives a convencerse de que sus salidas de tono eran razonamientos loables. Especialmente cuando ella, quejosa y entristecida, se esmeraba en dejar constancia de que yo dependía de ella y que, sin su intervención, yo no hubiera sido más que un pobre empleado en la empresa de su padre.

Su forma de expresarse ante sus amigos era tan cándida y apocada que nadie se atrevía a llevarle la contraria y yo, naturalmente, era un tirano que me había aprovechado de ella.

En ocasiones, cuando montaba escenas de aquel tipo, fingía seguirle la corriente para que la gente creyera que hablaba en broma.

Sin embargo también aquella forma de actuar podía ser peligrosa. Cuando se enfurecía, no sólo no aceptaba mi juego, sino que lo convertía en una prueba fidedigna de lo que ella me reprochaba: «¿Lo estáis viendo? Él mismo lo reconoce. Sin mí no sería nadie.»

Mi agotamiento llegó al límite cuando un día descubrí que su belleza ya no me impresionaba. Al contrario. No podía perdonarle que por culpa de aquella apariencia que tanto me había encandilado cuando nos encontramos en Marbella por primera vez, yo fuera ahora un esclavo de sus manías a menudo perversas.

Lo peor eran sus declaradas manifestaciones de desprecio. Aquella manera de citarme cuando hablaba con sus amigos como si lejos de ser su marido, yo careciera de nombre y sólo mereciera ser denominado como «el ejecutivo».

«¿Habéis visto al ejecutivo?» o «El ejecutivo ha decidido marcharse de viaje y dejarme sola».

Todo antes que pronunciar mi nombre.

Aquella forma de referirse a mí divertía a la concurrencia y pronto «el ejecutivo» fue el mote que predominó en las constantes reuniones que Antonia organizaba.

Por descontado nadie sospechaba que aquella forma de nombrarme era un insulto disfrazado de elogio, y que si hablaba de aquel modo era porque, en cierta medida, yo eclipsaba su personalidad.

Embebidos en la idea de que Antonia era una mujer divertida, graciosa y siempre dispuesta a llevar la voz cantante, no llegaban a captar la mala intención que entrañaba su manera de tratarme, entre displicente y jocosa.

A pesar de todo, antes de llegar a los extremos que habíamos llegado, yo había intentado mil veces recuperar la placidez de nuestros principios, procurando darle las explicaciones racionales a sus constantes extravagancias. Y lo hacía aún desde aquel conato de amor (algo maltrecho) que todavía sentía por ella.

Incluso a veces hasta me rebajaba a pedirle perdón por haber fallado en mi modo de actuar. Entonces ella, lejos de apreciar mis esfuerzos por apaciguarla, me vencía, me dejaba al borde de la cuneta y me obligaba a sentirme más culpable todavía. «Eres tú quien me está cambiando. Yo siempre he sido una mujer sensata. Nunca nadie me había atacado los nervios del modo que tú lo haces.»

Tardé algún tiempo en comprender que sus acusaciones no eran justas. Aunque Luisa jamás habló de su sobrina con ánimo de atacarla, cada vez que Antonia montaba una escena, me daba a entender que aquella forma de actuar venía perfilándose en ella desde la infancia.

También la actitud de Berta confirmaba sus constantes

diatribas cuando me veía sufrir: «La pobre nació con los genes estropeados por culpa de las dichosas drogas que consumía su madre. Pero es muy buena, señor.»

Lo cierto es que cualquier cosa la alteraba: Por ejemplo, jamás podía yo bostezar en su presencia: «¿De modo que te estoy aburriendo?» o pasar por su lado sin sonreírle: «No hay duda: para ti soy una muerta que camina» o no alabarle el traje que estrenaba: «¿Así que ya no existo?» La menor insignificancia que a ella le parecía una desatención importante se transformaba en tragedia.

Luego estaba la costumbre del «plato rechazado». Generalmente tenía lugar cuando salíamos a cenar con varios amigos. Emperrada en no perder su silueta y al mismo tiempo fingir que comía, en cuanto el camarero le ponía en la mesa lo que ella había elegido, se liaba a trocear con el tenedor el alimento en cuestión, mientras con cara de asco, levantaba la voz y se dirigía a mí con el rostro crispado: «Esto es intolerable, Eladio. Menuda porquería me han encajado. Haz el favor de reclamar enseguida. ¿Quién ha dicho que éste era un buen restaurante?»

La primera vez que presencié aquella escena pensé que tenía razón, tal era la convicción con la que se expresaba. Pero en cuanto aquellas salidas de tono se hicieron crónicas, comprendí que su forma de reaccionar era una excusa para dejar de comer: «Esa porquería me ha quitado el apetito. Que no me sirvan nada más.»

En ciertas ocasiones, para evitar que su enfado subiera de tono, cambiaba yo mi plato por el suyo. Entonces, ella fingía tragar las sobras que yo había dejado, pero en realidad no las comía. A lo sumo picoteaba lo que fuera con el tenedor y volvía a dejarlo en su sitio sin probar bocado.

Pero si yo alguna vez, harto ya de aquella comedia, fingía no enterarme de sus quejas, ella, despechada, echaba mano de otro recurso que inmediatamente me desmontaba.

De pronto ponía los ojos en blanco, se apoyaba en el respaldo del asiento y fingía un medio desmayo que me obligaba a levantarme del asiento, correr a su lado, darle aire con la servilleta y mostrarme cariñoso con ella para que volviera en sí.

A pesar de todo, aquellas excentricidades no alteraban la simpatía y la devoción que sus amigos le profesaban. Pese a todo, su indudable ingenio para manejar y rebajar prestigios ajenos, y derrumbar mitos por muy sólidos que fueran, parecía hipnotizar a los que la escuchaban como si lo que Antonia decía fueran verdades irreversibles.

Recuerdo que en los albores de aquellos comportamientos, cuando la veía actuar tan desenvuelta y segura, también yo suponía que tenía razón. Aunque escandalizado por su falta de escrúpulos, me divertía oírla inventar motes a la gente que trataba. Por supuesto, las personas nombradas nunca llegaban a enterarse. Las mencionaba siempre cuando las afectadas no estaban presentes.

Sólo había una excepción. El mote que me dedicaba: «Ahí tenéis al ejecutivo» o «¿Habéis consultado vuestras finanzas con el ejecutivo?» o «No os fiéis demasiado de los ejecutivos, siempre llevan un arma escondida para sacar provecho de lo que aconsejan. Atención con ellos. Son unos "tontilistos" muy peligrosos.»

Ignoro qué idea tenía Antonia de los ejecutivos pero era evidente que, para ella, aquella palabra acumulaba todos los desprecios del mundo.

Recuerdo que la primera vez que me encasquetó ese mote creí que bromeaba: «¿Nunca te han dicho que hueles a ejecutivo?» Y yo por seguirle la broma le respondí: «En cambio tú hueles a flores.»

No me di cuenta de que me estaba demostrando su vergüenza por haberse casado con un hombre que vivía de un sueldo. «Las flores no se afeitan, ni se ponen corbatas de Hermes, ni se casan con mujeres ricas como has hecho tú.»

La respuesta pretendía humillarme, pero lo que consiguió fue que yo le devolviera la humillación: «¿Te has olvidado ya de lo mucho que me provocaste? Yo no quería casarme contigo; no me consideraba a tu altura. Fue tu padre quien se impuso; decía que, si me negaba a ser tu marido, ibas a enfermar de pena.»

Antonia, ante mi respuesta, se defendió como pudo: «A los dieciocho años nadie sabe lo que hace. Tú eras mayor. Tú tenías experiencia: no debiste escuchar las bobadas de mi padre.»

Ni que decir tiene que para entonces nuestras relaciones eran ya soplos de aromas añosos con los estigmas de la muerte a punto de acabar con nuestras mejores intenciones. Las incertidumbres y las continuas perplejidades se habían convertido definitivamente en desganas decadentes; promesas rotas y disciplinas totalmente desflecadas por la desidia y la falta de respetos mutuos.

Aunque todavía no la aborrecía como la aborrecí más tarde, el hecho de verla suponía para mí un cansancio grande. Nunca se sabía cómo iba a reaccionar y el panorama que nos rodeaba se iba impregnando de miserias e incomprensiones.

Por eso, quitando las pocas veces que todavía fingía enorgullecerse de mí (sobre todo cuando su padre estaba delante) entre ella y yo nada conseguía reparar nuestra maltrecha felicidad.

Muchas veces he intentado analizar el motivo por el cual la presencia de Mahler era el sedante que la convertía en la mujer dulce y suave de nuestro noviazgo. Pero las razones se me escapan. Quizá la causa consistía en el temor de que su padre echara fuera secretos antiguos que yo desconocía sobre sus rebeldías y sus incoherencias, y se pusiera de mi parte.

De ahí su empeño en aparentar ser una mujer feliz y darle un sentido positivo a sus conatos de humillaciones: «Lo malo de Eladio es que carece de sentido del humor. No acepta que lo que él denomina "salidas de tono" sean únicamente juegos inocentes que yo suelo practicar para reforzar nuestra comunicación.»

No sé si su padre la creía. Pero fingía creerla. Era su manera de desentenderse de problemas desagradables que prefería pasar por alto.

Las únicas que recelaban eran Berta y la tía Luisa. Especialmente cuando los ataques de Antonia comenzaron a extenderse y a afectar a nuestro hijo.

De pronto, los gritos y los enfados también recayeron sobre él sin que mediaran razones. Lo cierto es que Antón iba convirtiéndose para ella en «algo» culpable que no lograba definir. Todo en aquella criatura le era adverso: lo mucho que se parecía a mí, sus risas exageradas, su modo de andar torpe e impropio de un «mocoso bien educado», el desorden que causaba cuando se «atrevía» a entrar en el salón sin pedir permiso.

Cualquier detalle relacionado con el pequeño era siempre desfavorable; contrapuesto a lo que debía ser. Parecía como si de un modo indirecto no le perdonara al niño «la deformación de su propio cuerpo» que por supuesto sólo existía en su imaginación.

Aquella forma de tratarlo afectaba a mi hijo. No entendía la rudeza de su madre. Parece que lo estoy viendo: asustado, buscaba en vano un soplo de calor en la ruda frialdad con que Antonia lo trataba. «¿Quién te ha dado permiso para salir de tu cuarto? Fuera, vete a jugar con tus dinosaurios.» Y lo empujaba hacia la puerta para que Antón se marchara.

En cuanto a nuestras discusiones, tampoco le importaba que el niño fuera testigo de ellas. Llegó un momento en que para Antonia aquel hijo no existía. Jamás se abstenía de dedicarme los insultos que le pasaban por la mente delante de él: «Cazafortunas, desgraciado de mierda, comerricos; hijo de zorra»; cualquier requiebro servía para desatar su lengua y aumentar el dolor que causaba al pequeño.

El niño sufría. Era demasiado inteligente para que los insultos que su madre me dedicaba no lo hiriesen como me herían a mí.

Dios mío, cuánta incomprensión en aquella mirada de adulto estancada en los ojos del pequeño. Parece que lo estoy viendo acercándose a mí, prodigándome caricias para consolarme. No lloraba. Antón casi nunca lloraba. Era un niño sin lágrimas. Seguramente las escondía en las heridas internas que su madre le causaba.

Por lo demás era un niño plácido. Jamás se rebelaba, ni se enfadaba, ni se dejaba llevar por instintos propios de su edad.

Sin embargo no había más que echarle una ojeada para comprender que en él se iba agrandando el cúmulo de tristezas que su entorno le provocaba.

Para evitar que sufriera, yo lo cogía en brazos, lo apretujaba contra mi cuerpo y le decía que lo quería, que jamás lo abandonaría, que pasara lo que pasara siempre estaríamos juntos.

Pero en cuanto oía los pasos de su madre, Antón se zafaba de mis brazos, saltaba de mi regazo y corría a esconderse en un rincón de su cuarto.

No obstante, a pesar de los incomprensibles arrebatos que presenciaba, Antón quería a su madre. Me di cuenta de ello cuando en cierta ocasión Antonia sufrió un pequeño accidente al entrar en la cocina. Se había quemado la mano y el niño, aterrado, la miraba con lágrimas profusas y sollozos que escasamente prodigaba.

Era evidente que el niño sufría. Sin embargo, no se atrevía a acercarse a ella. Sólo la miraba jadeante como si con su llanto pudiera curarla.

Pero lo único que el niño consiguió fue que Antonia, irritada, gritara desaforadamente: «Llevaos al niño de la cocina. Aquí no hace más que estorbar.»

Lo dijo mirando su mano; aquella mano de dedos largos y uñas postizas que tanto cuidaba: «A saber si esa quemadura va a tener arreglo.»

De nuevo la estética se imponía; nada era más importante que imaginar lo que aquella quemadura podía dañar la suavidad de su piel.

Mientras tanto, el niño, amedrentado, corrió a refugiarse en su cuarto como un animalito herido.

Afortunadamente, Berta sustituía con frecuencia las continuas ausencias y despropósitos de su madre: «No te preocupes, Antón, tu mamá está perfectamente.»

Pero el niño necesitaba algo más que aquellos consuelos tontos. Por eso, en cuanto podía, merodeaba en torno a la figura de Antonia, acaso esperando que ella intercambiara con él una pizca de aquel amor que cuando él tenía dos o tres años todavía le demostraba.

Tal era su indolencia que a veces llegué a pensar que nuestro hijo la estorbaba, que su presencia irritaba sus neuronas, que lo soportaba porque lo normal era soportarlo, pero que, de haber elegido, tal como había evolucionado, probablemente hubiera preferido que Antón no naciera.

Su obsesión por mantener un aspecto físico que, según ella, Antón había deteriorado, continuaba amargándole la vida.

Horas pasaba delante del espejo analizando minuciosamente sus presuntos desperfectos, ahuecándose la melena profusa y ensayando mímicas para estar más atractiva.

Todavía me estremezco al recordar la escena que organizó cuando ella (creyendo que nadie la veía) dio un beso al espejo, como si se besara a sí misma.

De pronto, al abrir los ojos vio al niño apoyado en el quicio de la puerta que daba a su tocador, se volvió hacia él y con aire agresivo le recriminó gritando: «¿Quién te ha dado permiso para salir de tu cuarto? ¿Cuántas veces he de decirte que me obedezcas? Fuera, sal de aquí. Vete donde tu padre. En este cuarto no se te ha perdido nada.»

Aquella vez, tras presenciar semejante escena, no pude reprimirme y me enfrenté a ella. Le dije que a veces se comportaba como un monstruo, que no merecía ser madre, que lo único que le importaba en esta vida era despertar la torpe admiración de sus estúpidos amigos, que sus tiranías gratuitas y egocéntricas lo único que conseguían era convertirla en la mujer más fea de este mundo. Y que, si seguía tratando a nuestro hijo con aquella tiranía displicente, acabaría por denunciarla por malos tratos.

Comprendo que perdí los estribos, que sin quererlo me desboqué y que salí de la ruta pacífica que me había trazado. Pero fue la tristeza del niño lo que me dejó inhábil para mantenerme sereno.

En aquellos momentos la odiaba. Y fue la expresión de Antón lo que me obligó a odiarla. No podía soportar contemplar a mi hijo inmerso en desorientaciones, en miedos y en un caos de dudas que no sabía explicar.

Sin embargo, pronto comprendí que mi reacción fue errónea. Antonia no me dejó terminar. Dominada por la furia que llevaba dentro, se acercó a mí; la mirada iracunda, el rictus de sus labios sombrío y sin pensarlo dos veces lanzó un frasco de perfume, que empuñaba en su mano derecha, para estrellarlo hecho añicos contra mi frente.

De pronto todo fue un aroma irritante, un escozor terrible en los ojos y un dolor punzante donde los cristales se incrustaron en mi piel. Como pude agarré sus brazos, la lancé contra el sofá y con el pañuelo fui restañando la sangre que brotaba de mi herida.

Enseguida oí los pasos del niño corriendo por el pasillo mientras gritaba aterrado: «Mamá ha pegado a papá. Mamá ha hecho sangre a papá.»

A pique estuve de correr tras él y fingir que su madre y yo estábamos jugando y que lo que él había presenciado era sólo una pantomima para divertirnos.

No obstante no tuve valor para seguir fingiendo. Me quedé allí, contemplando a Antonia caída en el sofá, el frasco roto en la alfombra, y la sangre de mi frente manchando mi pañuelo, mi corbata y la chaqueta: «Estarás satisfecha —le dije—. De nuevo has conseguido que nuestro hijo sufra.»

Antonia no contestó. Tampoco me miraba. De improviso la vi levantarse y acercarse a mí. Oscilaba. Se llevó la mano a la frente y comprendí entonces que estaba al borde de un desmayo verdadero. «Perdóname —me dijo. Y se dejó caer en mis brazos sin importarle que mi sangre la manchara—:

No sé lo que me ha ocurrido. Perdóname, por favor.» Y rompió a llorar desconsoladamente.

Fue entonces cuando por primera vez tuve conciencia de que me había casado con una pobre desgraciada, ansiosa de un cariño que jamás conoció en la infancia.

Y me dio pena. La abracé con fuerza y le rogué que también ella me perdonara.

Luego hicimos el amor. A veces el sexo mitiga las sensaciones adversas y acaba por transformarlas en sentimientos que parecen verdaderos.

Lo cierto es que aquella noche el sueño devoró el odio y, cuando desperté, el odio era ya olvido.

Durante un lapso más largo de lo previsto, Antonia fue de nuevo la mujer sumisa de nuestra luna de miel, como si entre nosotros nada grave hubiera ocurrido.

Lo peor fue afrontar mi llegada a la oficina con la herida en la frente.

Por supuesto mentí descaradamente. Expliqué a todo el mundo que había resbalado y me había dado contra el canto de la chimenea.

En aquellos momentos estaba convencido de que al inventar el origen de aquella herida estaba defendiendo el prestigio de Antonia.

Pero no era cierto. Ahora sé a ciencia cierta que lo que yo defendía era mi propio prestigio.

—Siete horas —repite Daniela—. De cualquier forma, Nueva York todavía queda lejos. —Y como si el correr del tiempo careciese de importancia—: Me pregunto si también allí estará lloviendo. Cuando salimos de España caían chuzos, ¿recuerdas?

En efecto, Eladio recuerda. El viento que soplaba era huracanado y los soplos de aire frío no tenían re-

paro en levantar faldas, agitar melenas y volver paraguas del revés.

También recuerda la esperanza que le impulsaba a salir de España y su afán de alcanzar descansos que venía anhelando durante años y años.

Y las promesas que se hizo a sí mismo de no dejarse dominar jamás por las apariencias. Y callar. Y sobre todo, acomodarse en la butaca, cerrar los ojos y procurar que los lastres de su vida se aminorasen durmiendo durante el largo trayecto, al arrimo de la nada.

—A lo mejor en Nueva York hace sol.

—¿Crees en la influencia del tiempo?

—No. El tiempo es la gran excusa para justificar nuestros cambios de humor —contesta ella—, esos cambios que a veces nos dominan y nos impulsan a comportarnos como animalitos salvajes.

—¿Te refieres a la violencia gratuita?

—Y a las perversidades inesperadas. Y a las actitudes agresivas propias de la crueldad.

En estos momentos, el niño enfermo se agarra a su madre, le susurra algo al oído y la madre lo acompaña al cuarto de aseo.

—¿Te has fijado en ese muchacho? A simple vista parece inofensivo. Pero ¿quién podría asegurar que en un momento dado pueda convertirse en un pequeño tirano?

—Su madre parece preocupada.

—Todas las madres se preocupan por sus hijos —exclama Eladio—. Todavía recuerdo lo mucho que se preocupaba la mía. No importaba que yo hubiera crecido, que ya fuera un hombre. Para ella yo seguía siendo su pequeño; un ser indefenso que necesitaba protección. Nunca me lo dijo, pero yo lo notaba. —Y tras un ademán que demuestra impotencia—: Mi madre era muy intuitiva; adivinaba las cosas como si las estuviera viendo. Enseguida detectaba las grandes mentiras que escondían las grandes verdades de la vida. Por lo demás, era una mujer sencilla. Tenía la sencillez de la inteligencia que no presume de serlo. Debió de sufrir mucho cuando murió mi padre. En aquella época no había seguros sociales en condiciones. Fue preciso que se espabilara trabajando en lo que fuera. No importaba que los de arriba le hicieran ascos a sus esfuerzos y la compensaran con sueldos ridículos. Jamás se dejó llevar por delirios de grandeza. Las grandezas las guardaba para su hijo. Quería convertirme en lo que ella nunca intentó ser.

—A la vista está que lo consiguió —responde Daniela—. Pero ¿cómo lo hizo?

—Aceptando lo que fuera: horas extraordinarias en servicios domésticos, velando enfermos que nadie quería velar, soportando rarezas de ancianos desahuciados, cosiendo para los que no sabían coser y, como era religiosa, rezando novenas para llegar sin deudas a final de mes —bromea Eladio—. Lo cierto es que nunca se dejó vencer por el desánimo.

Eladio se toma un respiro, se vuelve hacia Daniela y se queda unos instantes mirándola a los ojos como esperando que ella le conteste.

Pero Daniela no abre la boca. Enarca las cejas y le da a entender que continúe hablando.

—Nunca conoció lujos, creo que ya te lo he dicho. Ni siquiera cuando conseguí mi primer empleo importante salió de sus costumbres austeras. Sus ambiciones eran siempre apetencias desteñidas. Cuando viajaba, se alojaba en pensiones baratas y utilizaba billetes de tercera y sus amigas continuaban siendo personas anónimas, gentes humildes que aprovechaban, como había hecho ella, lo que los ricos desechaban. Así era mi madre.

—Pero tú la ayudarías.

—Naturalmente. A pesar de todo ella era reacia a

aceptar mi ayuda. Aseguraba que ser pobre era mucho más gratificante que enfangarse en riquezas. Como ya te he dicho, era muy religiosa y según ella las riquezas obstaculizaban las normas cristianas.

—Sin embargo contigo no fue muy consecuente —bromea ella—. Me refiero al puesto que ocupas en el mundo financiero.

—Sus teorías no eran tajantes. Decía que Cristo eligió la pobreza, pero no desechó el trato con la gente rica. Según mi madre, lo malo no es tener una posición desahogada, sino que esa posición desahogada pueda contribuir a destruir la fe.

—A ti, por lo visto, te la ha destruido.

Eladio mueve la cabeza negando y trata de explicarse:

—No ha sido mi posición lo que contribuyó a que mi fe se perdiera.

Daniela aguarda a que Eladio se explique. Pero en estos momentos todo en él es confuso, ingrato y como envuelto en una nube demasiado densa para disolverla fácilmente.

—Ella intentó educarme según sus criterios religiosos.

—Pero no lo consiguió.

—Al principio sí, ¿para qué voy a negártelo? Aunque te parezca increíble, yo iba para santo, pero me quedé en uno de esos sujetos tibios que Dios vomita de su boca. ¿No es eso lo que dice la Biblia? «Como no eres ni frío ni caliente...» Total los vómitos de ese tipo se secan, hieden y acaban por ser pasto de contenedores. No hay duda; la tibieza es peligrosa para los que se consideran creyentes.

—Seguramente tu madre sufriría al verte tan alejado de lo que intentó enseñarte.

—No llegó a saberlo. Murió antes de que mi hijo cayera a la piscina.

—¿Fue entonces la muerte de tu hijo lo que te alejó de Dios?

—No. Hubo algo más. Un conjunto de cosas dispares. Por ejemplo el éxito, las alabanzas, la ridícula convicción de que triunfar en nuestro trabajo es la única meta importante. Luego estaba mi mujer. Ella había sido educada al margen de la religión. Lo ignoraba todo. Vivía sin la menor noción de lo que da valor a la vida. Desconocía la ética. Y eso se contagia. Luego fue la muerte del niño. La rara impresión de que al perder a mi hijo las frialdades religiosas que yo experimentaba quedaban justificadas. Mi rebeldía contra Dios fue grande. No podía comprender por qué me había dato tanto para quitármelo enseguida.

Daniela levanta la mano para interrumpirle:

—Ése fue tu error, preguntarte «por qué».

—No te entiendo.

—En vez de preguntarte «por qué», debías haberte preguntado «para qué». Los porqués de este mundo no tienen respuestas. En cambio, si consideramos que nuestro dolor puede servir para algo, el consuelo acaba siendo grande.

—Eso es masoquismo.

—No, eso es lucidez. El masoquismo es buscar el dolor para conseguir el placer. En cambio el placer del cristiano está en la seguridad de que el dolor que experimenta sirve para amortiguar otros dolores. No hay que olvidar que todos nosotros estamos en deuda.

Eladio deja escapar un soplido entre agorero e irónico:

—¿Qué deuda? No entiendo tus juicios de valor. Ahora resulta que estamos en deuda.

Daniela baja la cabeza en actitud humilde. Probablemente considera que se está metiendo donde no la llaman. Pero no se arredra y continúa opinando:

—Perdóname. No pretendo darte lecciones. Pero

la deuda existe. La vida es un don. De algún modo hay que ganarlo.

—¿Y el sufrimiento?, ¿dónde dejas el sufrimiento? —insiste Eladio—. Cuántas veces he pensado que vivir es acumular agonías.

—Son precisamente esas agonías las que mantienen el equilibrio que la fe te pide.

—Y ese equilibrio, ¿en qué consiste?

—En acordarse, de vez en cuando, de la agonía de Cristo.

De nuevo el silencio. La azafata se acerca a ellos para preguntarles si desean tomar algo. Y de pronto el avión vuelve a ser una enorme estructura metálica que flota y avanza en el vacío, que arrastra convencionalismos, ocios, y sabores de bebidas enlatadas.

El niño y la madre han recuperado sus butacas, los ejecutivos parpadean con gestos somnolientos, el gordo se afloja el nudo de la corbata y la mayoría de los pasajeros han retirado las pantallas con desgana, probablemente inmersos en el sopor del aburrimiento.

Sólo Eladio y Daniela permanecen aferrados al diálogo, aunque entre ellos se ha filtrado ligeramente cierto toque de crispación.

—A todas éstas, no he conseguido que me hablaras de ti, no es justo —comenta Eladio—. Me gustaría conocerte mejor; nivelar algo, con lo que tú me cuentes, lo que yo te he contado a ti.

—Mi vida tiene poca importancia. Lo esencial ya lo sabes.

—No se trata de los hechos. Se trata de tus ideas, de esa forma especial de entender la vida. Tus puntos de vista no son corrientes. La mayor parte de la gente que yo trato no analiza la vida como tú la analizas.

—Puede que tengas razón. Pero yo me pregunto: ¿qué valor tienen mis puntos de vista para una persona que de antemano está dispuesta a rechazarlos?

—Nunca se sabe. Pese a todo lo que te he dicho sobre mis creencias, no voy a negarte que a veces me duele haberlas perdido.

—En cualquier caso, no creo que yo sea lo bastante importante para obligarte a cambiar de opinión.

—No se trata de ser importante. Se trata de irradiar seguridad. Y tú la irradias.

—No es exactamente «seguridad» lo que yo experimento.

—Entonces, ¿qué es?

—Paz. Descanso. Incluso algo muy parecido a la felicidad, especialmente cuando le doy vueltas a la conciencia.

—Eso es lo que yo quisiera: tener la conciencia tranquila.

—¿No la tienes?

Eladio elude la respuesta. En estos momentos todo en él es un mar de confusiones, de dudas, de autorreproches:

—Corramos un tupido velo —suplica él echando a broma la respuesta. Y enseguida—: ¿Crees tú que algún día volveremos a encontrarnos?

—Quién sabe. A lo mejor tanto tú como yo vamos a ser el uno para el otro un recuerdo roto.

—No. Quizás yo para ti llegue a serlo. Pero puedes tener la seguridad de que tú jamás lo serás para mí. Aunque no lo creas, estoy convencido de que nunca he tenido una amistad tan limpia y sólida como la tuya.

—¿Aunque sea breve?

—Las amistades auténticas no tienen horas, ni días, ni años: el tiempo para ellas es andrógeno.

—Sin embargo, lo que llamamos civilización tiende al olvido. Querámoslo o no, todo consiste en coleccionar momentos y perder las colecciones —bromea ella.

—Tú no encajas en ninguna colección —responde él—. Tú eres única.

—¿En qué se nota? —pregunta Daniela sin evitar un simulacro de carcajada.

—No se nota, se sabe. Basta hablar contigo para comprender que no eres una mujer corriente. Luego viene lo demás: tu sentido del deber, tu valentía al afrontar las dificultades, la sencillez de tu aspecto, tu ausencia de vanidad, la convicción de que, aunque las cosas que te rodean parezcan seguras, puedan desmoronarse.

Daniela lo interrumpe con la mano:

—No sigas. Tanto halago puede convertirme en lo contrario de lo que me adjudicas —continúa diciendo entre risas—. A pesar de todo, sigo creyendo que en cuanto te introduzcas en las cavernas de esa civilización que crea multinacionales, globalizaciones fraudulentas y políticas corruptas, el recuerdo de este viaje será una simple mota de polvo dispuesta a desaparecer al primer soplo de un éxito financiero.

—Por lo que dices deduzco que nuestra civilización no te gusta.

—Hasta cierto punto tienes razón. No hay duda, vivimos mejor, pero los avances que se escondían cuando la civilización era prehistoria, también se están convirtiendo en avances prehistóricos.

—De modo que el progreso te asusta.

—El progreso no. Lo que me asusta es que se denomine progreso a lo que lleva al retroceso —dice Daniela con expresión taciturna—. He presenciado demasiadas bajezas para sentirme orgullosa de nuestros cacareados avances civilizados.

—¿Te afectaron directamente?

—En cierto modo sí. Sobre todo si aceptamos el hecho de que todos los seres humanos somos en realidad una persona con millones de personalidades. Creemos que la civilización nos hace libres, pero no es verdad. La libertad que nos rige nos obliga a asumir grandes dosis de claudicaciones, de opresiones, de pequeñas dictaduras; las cosas que nos oprimen nos obligan a canjear ideas por ideales o ideales por ideas. Pero en el fondo continuamos esclavizados a la ignorancia. ¿Conoces la frase de Robert Browing? «Parecemos tan libres y estamos tan encadenados.» Por mucho que nos asombremos de nuestros avances, nada de lo que descubrimos es un invento humano. Todo está ya a nuestro alcance. Sólo falta levantar la tapa y sacar lo que está escondido. Naturalmente, a veces la tapa, de puro camuflada, tarda en ser descubierta. Entonces surgen los tenaces, los «hormiguitas», los que se empeñan en ganar el Nobel y en alguna ocasión aciertan a dar con lo que buscaban. Se vuelven famosos y al poco tiempo mueren. Entonces se les dedica una calle con su nombre, o se les erige una estatua con su imagen. Pero enseguida viene la nueva generación y todo se queda en una burda parodia de lo que, en su momento, fue una caricia a la vanidad. Los jóvenes no «saben» ni quieren «saber». Lo único que desean es «avanzar», progresar. Es decir, levantar otra tapa. Nada más que eso.

—En suma, triunfar.

—Sin embargo el triunfo nunca podrá ser auténtico mientras existan lugares donde la miseria prevalezca por encima de todos los descubrimientos.

—¿Cuál sería tu propuesta? —pregunta él intrigado.

—Algo tan sencillo como difícil. Dejar de pensar en uno mismo para pensar en los demás.

Con frecuencia las tinieblas que envuelven lo que no nos atrevemos a confesar a nosotros mismos es lo que nos impide dejarnos arropar por el arrepentimiento.

Por eso, mientras yo podía aún asociar mi pasado con el presente que Antonia me ofrecía, por muy difícil que fuera, todo se me volvía factible y capacitado para poderlo dominar.

No, entonces todavía no me arrepentía de haberme casado con la hija de Mahler.

El arrepentimiento vino después, cuando lo que parecía inverosímil llegó a una meta demasiado trágica para permanecer neutral.

A veces, en mis decaimientos, procuraba adentrarme en descansos artificiales (viajes innecesarios, reposos recetados por médicos amigos) y poder meditar a mis anchas. En la soledad procuraba reconstruir la caótica situación en la que me debatía. Aunque no alcanzaba a comprender con exactitud dónde estaba la culpa de aquel galimatías, necesitaba saberlo. Pero jamás conseguía aclarar totalmente la razón verdadera que iba convirtiendo mi vida en una charca de desasosiegos.

No voy a negar que en más de una ocasión estuve a punto de estallar, de romper con todo lo que me rodeaba (trabajo incluido), perder la confianza que me concedía mi suegro y hasta exponerme a restringir contactos con mi hijo con tal de separarme de Antonia para siempre.

Pero, en cuanto recobraba mi estabilidad, me daba cuenta de que mis iras contenidas sólo habrían conseguido aumentar la asfixia que me amordazaba, y nuestra convivencia hubiera continuado igual.

Había mil cosas que me maniataban. Por eso seguía con la mordaza puesta. No era sólo el miedo a perder mi trabajo, mi hijo y mis proyectos burocráticos. Lo peor era la vergüenza de pasar por un hombre débil; un ente endeble que se había dejado manipular por una mujer bonita y por un suegro prepotente durante años y años sólo para medrar.

Especialmente porque, sin venir a cuento, Antonia cambiaba de táctica y, de levantar polvaredas agresivas (prescindiendo de la gente que podía observarnos), se convertía, repentinamente, en un manso cordero.

La causa de aquellos cambios era también un arcano. Nada los justificaba. Pero lo cierto era que se producían. De pronto Antonia recuperaba sus compendios de mujer afectuosa y todo lo que nos había enfrentado o convertido en dos enemigos se desmontaba rápidamente para quedarse en versiones paradisíacas.

Sin venir a cuento, volvía a ser la persona adorable llegada de un Olimpo lejano donde todo era positivo.

Lo cierto era que la ecuanimidad, que tanto había echado en falta en sus arrebatos tormentosos, se apoderaba de ella sin saber por qué.

Ocurría de repente. Con la mirada cambiada, cogía mi mano; la besaba, me pedía perdón y me juraba que sin mí no podía vivir. La razón de todo aquello constituía un misterio. Sencillamente eran situaciones que se producían como se producen las canículas adelantadas o las precipitaciones de granizo en pleno verano.

Nada tenía sentido. Pero yo lo aceptaba siempre con la esperanza de que alguno de aquellos cambios fueran definitivo. Ya ni siquiera me importaba que se entretuviera contemplándose en el espejo para comprobar la delgadez de su cuerpo, y que, por cualquier motivo, dejara de comer. Lentamente me había habituado a aquella manera de comportarse y lo único que ansiaba era que su carácter (tantas veces tumultuoso y despreciable) se mantuviera tranquilo, normal y desconectado de aquella odiosa agresividad que tanto afectaba a nuestro hijo.

Por supuesto, cuando se encontraba en aquel estado de gracia, jamás pronunciaba la palabra «ejecutivo» y a veces incluso se mostraba con Antón como una madre cariñosa y abnegada. Especialmente si suponía que nuestro hijo podía correr algún peligro: «Antón: aléjate de los sumideros del jardín, los vahos que emanan pueden ser tóxicos» o «Antón, no te acerques demasiado a los matorrales de la verja: están plagados de insectos venenosos».

Generalmente, esas advertencias tenían lugar en los jardines comunales que pertenecían a la urbanización donde Mahler tenía su casa en Marbella. Allí pasábamos los veranos y allí Antón podía correr a sus anchas, siempre vigilado por Berta.

Aquellas advertencias eran absurdas; algo parecido a los miedos que le entraban cuando pasaba debajo de un balcón que podía aplastarla.

Pero cuando Antón la veía tan interesada por él se sentía feliz. Nunca se rebelaba; al contrario, inmediatamente la obedecía.

De nuevo está ahí, tal como lo vi aquella mañana correteando por el césped, mientras su madre descansaba en la tumbona junto a la piscina.

Lo único que me molestaba era aquella prohibición tajante de que yo bajara al jardín con el móvil: «Ese armatoste no hace más que introducirse en la intimidad y y ponernos los nervios de punta. Aquí has venido a descansar.»

Por no llevarle la contraria, yo la obedecía. Hasta cierto punto, tenía razón. Nada más enojoso que el continuo rechinar de un armatoste que casi siempre servía para interrumpir conversaciones, sueños o tranquilidades.

Sin embargo, cuántas veces he pensado que también aquella claudicación tuvo que ver con la tragedia que nos esperaba.

Pero en aquellos momentos lo único que importaba era tenerla contenta y evitar sus prontos y agresividades.

A pesar de todo, sus cambios de humor, aunque algo más esporádicos, no dejaban de producirse. Era como si un resorte interno diera en cambiar el rumbo de sus caprichos y algo en ella se transformara.

A veces, ni siquiera daba muestras de enfado. De pronto se levantaba de la tumbona y con aire de mujer despechada se ponía el pareo y se dirigía a la casa sin dar explicaciones. Probablemente aquellas actitudes las causaba algún recuerdo, o cualquier rencor rezagado en el fondo de su mente.

Entonces sí. Entonces, la rebeldía que pugnaba por apoderarse de mí por haber caído en la trampa que ella y su padre me habían tendido, se instalaba de nuevo en aquel jardín.

Creo que nunca lo olvidaré: ahí están las adelfas lanzando su veneno en flor, y su enrejado de buganvillas que daba al mar, y aquellos árboles profusos sombreando las extensiones de grava por donde Antón correteaba jugando al escondite.

Y contemplo la piscina lisa, limpia y clara que el sol cabrilleaba llenándola de luz.

Y oigo la voz de Antón repitiéndome, cuando su madre sin motivo alguno decidía dejarnos para vengarse de Dios sabía qué extrañas ofensas: «Papá, mamá no nos quiere.»

Era inútil luchar contra aquella verdad. Antonia sólo se quería a sí misma. Nada fuera de sus manejos tenía importancia.

En vano Berta se esforzaba por quitarle aquella obsesión de la cabeza. Por mucho que se volcara a demostrarle cariño, el niño no precisaba aquella suplantación. Necesitaba a su madre. Quería a su madre. Por eso no aceptaba que su madre, repentinamente, dejara de jugar con él para meterse en la casa.

Para Antón era como si todo en aquel jardín se detuviera. En cuanto a lo que yo experimentaba, era lo mismo que si nada fuera real. Las gentes que nos rodeaban desaparecían, sólo contaba su pequeña figura de niño defraudado mirando como Antonia se alejaba de allí sin despedirse de él y dejándole sumido en una desorientación de mal arreglo.

No voy a negarlo: el desinterés por mi mujer crecía de día en día. Por eso, cuando me acostaba con ella, más que hacer el amor lo que hacía era cumplir con un rito obligado, una especie de sarcasmo vergonzoso que, pese a sus insistencias, procuraba evitar.

Al comprender mi indiferencia por ella, no vacilaba en echármelo en cara: «Tienes una querida y no te atreves a confesarlo.» Y para vengarse de aquella supuesta amante (que nunca existió), se afanaba en crear un ambiente sórdido para darme celos y procurar que también yo dudase de su fidelidad.

Para ello se valía de historias inventadas con hombres que jamás eran personas concretas, y que desde lejos olían a mentiras. En su ingenuidad estaba convencida de que yo «tragaba» sus embustes como sus amigos tragaban aquellas constantes críticas «imaginadas» de personas que, en sus entusiasmos chismosos, quedaban hechas trizas.

No se daba cuenta de que a mi edad las verdades y las mentiras de la gente joven como ella se detectan enseguida.

Cuando la veía tan dispuesta a crearme dudas, yo, para seguirle el juego, le hacía preguntas como si sus fantasías me interesaran. Pero ella jamás respondía claramente, y por supuesto siempre dejaba una puerta de escape para salir del apuro.

Aquel juego era tan frecuente que pronto llegó a cansarme. Y por más que ella continuara lanzando jeroglíficos verbales para intrigarme, yo me quedaba impasible. Entonces ella, ofendida, rompía a llorar. Eran llantos entre mansos y rabiosos, pero tan frecuentes que no sólo desmontaban sus desconsuelos sino que también me evitaban la obligación de consolarla.

Pronto llegué a cansarme. «Mira, Antonia, si tanto te gustan esos hombres, sigue adelante y acuéstate con ellos», le dije harto ya de tanta pantomina.

Incluso me refocilaba pensando en la paciencia que aquellos hipotéticos amantes podían verse obligados a ejercer, cuando después de hacer el amor con ella tuvieran que soportar sus divismos, sus exigencias y sus manías. «En el pecado tendrán su penitencia», llegué a vaticinarle.

En cierta ocasión recuerdo que Luisa echó a un lado sus frialdades, y me habló como si me pidiera perdón por no haberme advertido cómo era en realidad su sobrina: «Pensé que al casarse contigo cambiaría», me confesó. Y de nuevo lanzó la cantinela de su madre drogada. «Es muy duro ser huérfana de madre.»

Mi respuesta fue rotunda: «También mi hijo lo es —le dije—. Y lo que es peor: es huérfano de una madre viva.»

Afortunadamente la mía, aunque acaso sospechaba la tirantez que dominaba nuestro matrimonio, nunca llegó a saber hasta qué punto la perversidad de Antonia me estaba afectando.

Por eso cuando murió fue para mi un alivio saber que ya no iba a poder enterarse de la trampa que me habían preparado para apechugar con una persona que no estaba en sus cabales.

En cuanto a los desprecios que Antonia le había profesado cuando vivía, creo que tampoco llegó a enterarse en su totalidad.

Sin embargo, en cuanto podía, la humillaba incluso si yo estaba delante: «¿Sabías que la madre del ejecutivo fregaba las escaleras de los marqueses del Ripal?» o «Deberías decirle a tu madre que se compre sus trajes en modistas caros. Así les dará en las narices cuando cosía para ellos» o «Hay que evitar que tu madre se ocupe demasiado de Antón: su falta de clase puede afectar al niño».

Por supuesto, todas aquellas lindezas las dejaba caer cuando sus amigos podían oírla, como si para ella careciesen de importancia y sólo las lanzara para averiguar hasta qué grado de aguante soportaba mi famoso «sentido del humor». «Pero Eladio, ¿por qué pones esa cara? ¿No eres capaz de comprender que estoy bromeando?»

Pero no bromeaba. Antonia era incapaz de bromear. Sólo era feliz clavando pullas, provocando úlceras y desmontando prestigios.

En realidad, despreciaba a mi madre. Para ella (siempre dispuesta a alcanzar alturas y grandezas), saberse nuera de una mujer humilde era un estorbo insalvable.

Más de una vez, cuando al principio la había pillado en el salón departiendo conmigo, le había dicho: «¿Por qué no vas a la cocina y le enseñas a la cocinera uno de esos platos que tan bien sabes guisar?» o «Tendrás que ver la televisión en el cuarto de jugar: dentro de poco vendrán mis amigas y necesito que el salón esté libre».

Por descontado, aquellas insinuaciones siempre punzantes, las decía con voz encalmada, como si lejos de ser órdenes tajantes fueran simples insinuaciones.

Inmediatamente mi madre la obedecía. Jamás oí queja alguna contra su nuera. Se había acostumbrado tanto a que la vida le fuera lanzando tufaradas de vahos podridos, que los despropósitos de Antonia no podían afectarla.

Hasta que un día aquel afán de herir a mi madre cesó repentinamente. Y el hecho ocurrió cuando se enteró de que su suegra acababa de morir.

Fue una muerte sencilla sin goteos de tragedias, ni empaques luctuosos. En realidad murió como había vivido: pasando inadvertida y como de puntillas.

Su entierro fue pobre de gente porque la mitad de las personas que tratábamos ni siquiera sabían que mi madre existía.

Recuerdo que al entrar en su casa después de muerta, lo que más me llamó la atención fue ver su perrita vagando por las habitaciones con la mirada triste propia de los canes queridos y abandonados. De vez en cuando se acercaba a la cama de la muerta y se echaba junto a ella en la frialdad del pavimento, bostezando quejumbrosa como si con aquellos quejidos pudiera devolverle la vida.

Lo peor de aquella muerte fue la reacción de Antonia.

De pronto la actitud despectiva que le había dedicado siempre a su suegra mientras vivía se transformó en un drama que no admitía atenuantes.

La comedia de su desconsuelo comenzó cuando las visitas se fueron acumulando en mi casa para darnos el pésame. Lo primero que hizo fue envolverse en lutos, en llantos y en lamentaciones inexplicables.

Si aquella forma de actuar no me hubiera parecido tan triste y fuera de lugar, creo que la representación de su comedia me hubiera divertido.

De golpe, todas las insolencias, los escarnios y las burlas (que mi madre tan bien había sorteado mientras vivía) se trocaron en lamentos, en nostalgias, en todo lo que podía engrandecer el recuerdo de la suegra muerta, como si para Antonia mi madre hubiera sido la mujer más querida y admirada.

La estoy viendo ahora abrazada a su padre; la cara húmeda de lágrimas, su cuerpo escuálido tembloroso y su voz ahogada por los sollozos, repitiendo sin cesar: «Era tan buena la pobre. Nunca podré olvidarla, papá.»

Aquella noche, cuando nos quedamos solos, recuerdo que me acerqué a ella, la agarré por los hombros, la miré fijamente y la empujé con fuerza contra un sillón. «Creo Antonia que nunca podré odiarte tanto como te estoy odiando ahora —le dije echando lumbre con la mirada—: Eres la criatura más farsante que he conocido en mi vida.»

Después salí de la casa y no volví hasta el día siguiente. Dormí en la oficina. Fue mi forma de serenarme.

De nuevo la azafata se arrima a los pasajeros con el carrito de *duty-free*:

—Todavía faltan un par de horas para aterrizar, pero estamos a punto de entrar en la zona americana y, a partir de ahora, la mercancía no podrá venderse sin los debidos impuestos.

Daniela le da las gracias y de nuevo le dice que no precisa nada.

En cambio Eladio parece interesado. Ladea su cuerpo hacia el pasillo para ver mejor lo que le ofrecen. Y le ruega a Daniela que le ayude a elegir un regalo para la mujer del director literario de la Editorial Frederichstal: «Es una buena amiga.»

La azafata también se presta a ayudarlo: perfumes, prendas de adorno, bufandas, pañuelos de Hermes, whisky escocés, carteras, cosas apetecibles que las mujeres aprecian pero que, de hecho, casi nunca son imprescindibles.

—¿Qué edad tiene tu amiga?

—Más o menos la tuya.

—Entonces cómprale ese *foulard*, seguro que va a gustarle.

Es de seda natural, tejido con tonos claros, dibujos discretos y orillas cosidas a mano.

—¿Te parece bonito?

Eladio asiente. Pregunta el precio y lo paga.

El *foulard* ha sido debidamente envuelto y entregado.

Pero en cuanto la azafata desaparece, Eladio coloca el paquete en el regazo de Daniela.

—Es tuyo. Lo he comprado para ti —le dice con expresión risueña.

Daniela no capta con exactitud lo que Eladio le está explicando.

—¿Por qué haces eso? Me has engañado —responde ella todavía sorprendida.

—Quería que eligieras lo que más te gustara.

—Pero ¿a qué viene ese regalo?

—No es un regalo. Es un testimonio.

—¿Un testimonio? ¿De qué?

—De una amistad importante.

Daniela no sabe qué contestar. Su perplejidad la mantiene todavía ofuscada:

—No has jugado limpio, pero muchas gracias. Lo guardaré siempre.

Enseguida abre su bolso de viaje y guarda el paquete sin desenvolverlo.

—También yo debería regalarte algo —alega ella.

—Ya lo has hecho.

—No sé a qué te refieres.

—A tu compañía, a tu forma de pensar. A esa lección de sensatez y placidez que me estás dando —remata Eladio.

Daniela baja la vista. Algo parecido a un rubor caldea sus mejillas. Y se comprende que sigue confundida.

—Con franqueza te diré que el *foulard* que has elegido era mi preferido —añade Eladio.

—Celebro coincidir. También a mí me gusta la corbata que llevas. Voy a hacerte una confidencia, cuando veo a un hombre por primera vez, en lo primero que me fijo es en su corbata. Luego cuenta también el tono de su voz. Y por último su forma de andar.

—Espero no haberte defraudado.

—La corbata me gusta. Tu voz no hiere los tímpanos. En cuanto a la forma de andar, lo sabré cuando bajemos del avión. —Y mirándole a los ojos le increpa guaseando—. Ahora dime en qué te fijas tú cuando conoces a una mujer.

Eladio baja la vista y mueve la cabeza ligeramente como si le costara contestar:

—Llevo varios años sin fijarme en las mujeres detenidamente. Antonia las absorbía todas. Era guapa, teníanun cuerpo de modelo y sabía caminar con soltura.

—Supongo que también sería inteligente.

—A su modo lo era. Se trataba de una inteligencia de los que, sin saber gran cosa de la vida, consiguen siempre lo que se proponen. Además, poseía un don especial para encandilar a todo el mundo. No era culta, pero lo parecía. Para el caso viene a ser lo mismo.

—Me hubiera gustado conocerla. Seguramente nos hubiéramos llevado bien.

Eladio no contesta. Recuerda. Imagina. Ve a su mujer enfrentándose con Daniela y se dice a sí mismo que la amistad entre las dos mujeres hubiera sido imposible. Pero se niega a confirmarlo.

—Seguramente —contesta secamente.

Durante unos instantes, tanto Daniela como Eladio se dan cuenta de que la conversación que mantienen está creando contrastes distintos, como si algo oculto y misterioso manipulara el rumbo de sus disquisiciones.

—Y tu madre, ¿se parecía a ti? —pregunta Eladio repentinamente.

—No. Yo me parecía a mi padre. Me fascinaban los animales. No es extraño: mi padre era veterinario. Fue él quien me enseñó a comprender el lenguaje de los seres vivos que no hablan —exclama ella con expresión risueña—. Le gustaba meterse en sus secretos, escudriñar sus reacciones, conocer sus misterios. Total, acabé por creer que yo formaba parte de ellos. Sobre todo cuando era niña.

—¿Y tu madre?

—Era opuesta a las especies zoológicas, pero ayudaba a su marido. Lo hacía por amor a él. La verdad es que mi padre no podía prescindir de su ayuda. Fue un matrimonio muy feliz. Se entendían sin necesidad de hablar. Les bastaba mirarse para comprenderse.

—¿Cuándo murieron?

—Mi madre murió cuando yo acababa de salir de una adolescencia dichosa. Entonces mi padre cayó en una depresión profunda. No podía vivir sin ella. —Y de nuevo con la mirada ensombrecida—: Para él fue lo mismo que si un destino maravilloso se le hubiera quedado muerto en las manos. Se acabaron sus futuros, sus ilusiones, sus ganas de vivir. —Y mirando a Eladio fijamente—: probablemente algo parecido a lo que te ocurrió a ti cuando perdiste a tu mujer.

Pero Eladio elude su mirada. Lo que está escuchando no sólo le molesta; también le duele:

—¿Dejó de trabajar?

—Poco a poco fue perdiendo contacto con los animales. Vivíamos en el campo, pero el campo ya no le gustaba. Nos instalamos en Los Ángeles. Estaba ya entrado en años y nada le interesaba. El corazón era su problema y yo su preocupación. La combinación de ambas cosas fue fatídica para él. Un día lo encontré muerto sentado en el sillón que acostumbraba a utilizar; el televisor encendido y la casa apagada para siempre.

—¿Y tú que hiciste?

—Con la escasa herencia que me dejó me las arreglé hasta encontrar un trabajo. Algo similar a lo que hizo tu madre. La diferencia consiste en que yo era joven y sin un hijo que atender.

Eladio la mira ahora sin hacer preguntas: la admiración que siente por esa mujer repentinamente se agranda. Instintivamente, trata de imaginarla sola, desorientada, buscando una salida a sus estrecheces, rasgando dificultades para seguir adelante como había hecho su madre.

Y aunque se resiste, no puede evitar compararla con Antonia: la mujer–hueso, flotando en inutilidades, buscando excusas para hacerse notar y temiendo que los balcones se habían hecho para derrumbarse sobre su persona.

—¿Sabes lo que te digo, Daniela? Me alegro de haber derramado sobre tu falda el tomate de mi vaso. Gracias a esa mancha he podido conocer a una de las mujeres más completas que se han cruzado en mi camino.

Daniela rompe a reír y contempla otra vez la mancha de su falda.

—Me has dado una idea para un anuncio —replica ella—. ¿Qué tal denominar a algunos refrescos «bebidas amistosas»? o «Ponga una mancha de tal y tal bebida en su vida» o ¿quizá «Las manchas de tal refresco, limpian las mentes y crean amistades»?

Eladio fuerza su imaginación y se inmiscuye en el terreno de Daniela:

—¿Por qué no citarlas como bebidas que dejan manchas inmaculadas?

—No me parece descabellado. Todo lo que llame la atención sin perder lo que yo denomino «armonía»; es decir suavidad, puede impactar más que un anuncio cargado de violencia o erotismo trasnochado. —Y señalando la corbata de Eladio—: También tu corbata podría merecer un eslogan impactante: «Compre corbatas inteligentes.»

—¿Y en qué basas la inteligencia de mi corbata?

—En la presencia del hombre que la lleva.

En estos momentos los dos permanecen quietos, sus miradas cruzadas. El silencio de ambos estallando en el runrún del motor. De pronto ella reacciona:

—Bueno, no vayas a creer que pretendo contratarte para un anuncio. Sólo lanzaba una idea. La inteligencia a la que me refiero está más allá de lo que se entiende por ella. Ni siquiera tiene que ver con la inteligencia intelectual. Es algo que seduce al margen de la belleza o de la propia estética. Es la inteligencia del movimiento, de las miradas, de las voces, de los gestos y de los ademanes.

De improviso Daniela se calla, mueve la cabeza de un lado a otro y vuelve a mirar a Eladio con un rictus burlón en los labios:

—Supongo que todo lo que te estoy diciendo te parecerá extravagante y quizá ridículo. Es posible que tengas razón, pero son esas pequeñas ridiculeces y extravagancias lo que me han permitido salir airosa en mi trabajo.

Eladio la contempla ahora con aire intrigado. No entiende muy bien lo que ella le explica pero le impresiona la suave seguridad con la que se ha expresado:

—¿Sabes lo que te digo? Después de escucharte me gustaría que este viaje que hacemos nunca se acabara.

Daniela carraspea, finge toser y enseguida reacciona:

—¿Por qué?

—Porque me duele separarme de ti. ¿Te molesta que te diga que me has deslumbrado?

Daniela lanza una carcajada suave. Pero su modo de reír suena a postizo:

—No lo tomes a broma —insiste él—. Llevamos horas hablando y aunque entre tú y yo nada coincide, no sé por qué tengo la impresión de que nuestro idioma metafísico es idéntico.

—No —replica ella—, al contrario. Nuestro idioma es diferente. A veces las situaciones como las que estamos viviendo nos obligan a imaginar similitudes que sólo son espejismos. ¿Sabes, Eladio? La vida está llena de seguridades muy inseguras. Es mejor instalarnos en la duda.

—¿A qué duda te refieres?

—A las que pueden derivarse de los deslumbramientos. A menudo los deslumbramientos ciegan.

—Pues olvida esa palabra y sustitúyela por otra.

—¿Cuál?

—Atracción.

—También las atracciones engañan —murmura ella muy bajito—. No todo lo que nos atrae puede ser beneficioso.

Eladio afirma con la cabeza. Daniela tiene razón. Las atracciones engañan. Basta recordar la atracción que Antonia le produjo para comprender que nada puede ser más falso que los clamores de una fascinación.

—No voy a negarlo —exclama él—. Estás en lo cierto.

Y de nuevo el avión es el armatoste pesante que desafía la ley de la gravedad, volando a la deriva sobre un mar de aguas frías, que lanza sonidos roncos mientras atraviesa un vacío aureolado de luz.

Cuando, después de pasar la noche en la oficina, regresé a mi casa, imaginé que encontraría a una Antonia desquiciada. Esperaba lo peor. Incluso llegué a imaginar que, despechada por aquel atrevimiento mío, habría recurrido a su padre para fingir ser la esposa abandonada y acusarme de ser un mal marido.

Cuántas veces, cuando se dejaba dominar por sus arrebatos, me había amenazado con decirle a su padre lo mal que yo me portaba con ella: «Procura no provocarme, Eladio. No te olvides de que tengo la sartén por el mango y que mi padre jamás me niega lo que le pido y si le pido que te despida puedes estar seguro de que lo hará.»

Inútil sería negar que aquellas amenazas me amedentraban. Por mucho que Mahler se hartara de repetir que, gracias a mis gestiones, Editorial Otoño había dado un giro de ciento ochenta grados, la influencia que su hija ejercía en él podía costarme el puesto y todas las ventajas que me aportaba.

Por otro lado, tampoco olvidaba los comentarios de Luisa cuando se refería a su cuñado: «No quiere problemas. En cuanto Antonia se pone brava, se lava las manos y que sea lo que Dios quiera. Con tal de no oírla, es capaz de cualquier cosa.»

Por eso aquella vez, cuando al despertar en mi oficina me di cuenta de que no estaba en casa y recordé la escena de la noche anterior, sentí miedo. Era un miedo desabrido e insulso pero fundamentado. No se me escapaba que Antonia, dominada por los celos, podía haber ido a explicarle a su padre que yo había pasado la noche con otra mujer.

No obstante mis miedos se esfumaron en cuanto abrí la puerta de mi casa.

De pronto vi a Antonia en el vestíbulo, de pie, su figura escuálida encogida, los ojos enrojecidos, los brazos caídos a lo largo del cuerpo en actitud claudicante propia de alguien descorazonado y sumido en desalientos.

«Dios mío, cuánto me has hecho sufrir. ¿Dónde has pasado la noche? Tienes un aspecto horrible?» Y se echó en mis brazos llorando.

Comprendí entonces que mi ausencia nocturna, no sólo no la había agraviado, sino que la atribuía a la desesperación que la muerte de mi madre me había causado.

Procuré calmarla y le dije que sentía mucho haberme dejado llevar por mis nervios: «No debí tratarte del modo que lo hice. Por eso me fui de casa. Me sentí avergonzado —le dije—. He dormido en la oficina.»

No sé si me creyó porque no tardó mucho en recuperar su condición de víctima: «Me has dejado otra vez sola. Jamás imaginé que fueras capaz de hacerme tanto daño.»

Aquella era su arma más usada: la soledad. Una soledad que no admitía atenuantes, ni argumentos, ni disculpas, ni demostraciones de afecto. «Cuando nos casamos era todo tan distinto. Nunca te apartabas de mi lado.»

No había forma de hacerle comprender que una cosa era vivir pegados el uno al otro en nuestro viaje de bodas y otra muy distinta afrontar el discurrir cotidiano sin despegarnos: «No te olvides de que yo trabajo, que, además, mi trabajo está relacionado con las empresas de tu padre y que no sería justo tumbarme a la bartola porque me he casado con su hija.»

Tampoco admitía que yo formara parte de comidas y almuerzos propios de «hombres solos». Enseguida lanzaba su queja: «Cómo si tu mujer no fuera persona.»

El correr de los años no había conseguido modificar sus hábitos. Todo se le iba en inquirir continuamente el menor detalle de mis ausencias. Necesitaba saber, oír, meterse en lo más privado de mis actos, especialmente cuando sus amigos se hallaban ausentes y ella se aburría. Las preguntas eran constantes: «¿Dónde has estado? ¿Con quién has hablado? ¿Qué te han dicho? ¿Por qué no comentas conmigo lo que comentas con ellos?»

Su necesidad de «saberlo todo» era algo más que una enfermedad. También era una verdadera tortura. La mitad de las veces no acertaba a replicarle. ¿Cómo recordar hasta las últimas consecuencias todo lo que había hecho o dicho o callado? A veces mis esfuerzos por inventar respuestas llegaban a agotarme. Pero si no lo hacía, el riesgo de enfurecerla se convertía en una amenaza peligrosa.

Al verme vacilar, imaginaba conversaciones hipotéticas que afectaban su protagonismo: «Seguro que me habéis puesto verde. Conozco a tus amigos. Especialmente ese maricón de Douglas Raft. Siempre al acecho de los defectos ajenos. Ninguno de tus amigos se parecen a los míos, francos y sinceros. La gente de tu clase es distinta; no pueden evitar ser reos de su pasado humilde, y mantenerse aferrados a su pequeño rencor de hijos de nadie.»

Cuando desvariaba de aquel modo, por no oírla, inventaba conversaciones absurdas que halagaban su vanidad. Temas relacionados con su figura, su modo de vestir, su imparable belleza, sus uñas postizas: «Todo el mundo cree que son naturales.» Era mi forma de calmarla. «Sigues siendo la mujer más bonita de España, quédate tranquila.»

Naturalmente, por aquella época, yo estaba ya completamente desengañado. Todo lo suyo me abrumaba. Ya ni siquiera me impresionaba su belleza y, en ocasiones, verla, oírla o saberla cerca, se convertía en un verdadero suplicio.

Afortunadamente, existía Antón. Su sonrisa y su alegría cuando me acercaba a él valían por todas las turbulencias que su madre causaba.

Sin embargo, la mayor parte del tiempo, Antonia se olvidaba de que el niño estaba allí absorbiendo sus torpes enfados y sus desvaríos de mujer desequilibrada.

Afortunadamente, Antón tenía un fondo alegre y cuando los gritos de su madre se amortiguaban, inmediatamente se le iluminaba el rostro y sus maneras, distendidas, trataban de imitar jolgorios que conseguían borrar las evocaciones de las tormentas y los desdenes de los que había sido testigo.

Sobre todo cuando caía enfermo. Aunque parezca un contrasentido, eran precisamente sus enfermedades lo que más contribuían a que entre él y yo se reforzara aquella especie de unión que sin darnos cuenta nos iba convirtiendo en cómplices contra todo lo que fuera violencia.

Antonia no admitía aquellas enfermedades. No las quería aceptar. Decía siempre que Antón fingía encontrarse mal para que le hiciéramos caso. Y para reforzar sus opiniones se iba de casa y no volvía hasta el anochecer.

Entonces yo aprovechaba para estar con mi hijo en mis ratos libres.

Jugábamos; le contaba cuentos que iba imaginando a medida que los iba planteando; montábamos Parques Jurásicos y fingíamos ser dinosaurios como los que él guardaba en el cajón de su armario.

También Berta contribuía a la felicidad del pequeño cuando caía en fiebres: «Antón necesita tanto cariño, señor.»

Sin embargo, las alegrías de Antón, cuando tenía fiebre no dejaban de ser alegrías desteñidas, (propias de los que, aunque con las esperanzas maltrechas, se convierten en pedigüeños de ilusiones), pero su manera de ser, positiva y con ansia por sentirse amado, las potenciaba; incluso servían para que el niño mejorara antes de lo previsto.

Qué bien recuerdo el discurrir de aquellas veladas: su frente ardiendo, sus ojos abrillantados, aquel olor a colonia y a Vicks Vaporub que nos salía al encuentro, cuando entrábamos en su habitación; y su tos, y sus manos acariciando las mías: «No te vayas papá.» ¿Cómo iba a irme? Allí me quedaba hasta que el niño se dormía. Y si convenía me comunicaba con la oficina desde su habitación, para no abandonarlo, para que se sintiera apoyado, querido, y sobre todo acompañado.

No obstante, para evitar violencias, en cuanto oía el coche de Antonia entrando en el jardín, salía de la habitación del enfermo y me dirigía a la sala de estar.

Una vez allí fingía leer o interesarme por algún programa de la televisión; para que no sospechara que había pasado la tarde junto al pequeño.

De haberlo sabido, sus celos se hubieran disparado. No podía soportar que su hijo me quisiera más a mí que a ella. «Tú lo que intentas con tus mimos es separarlo de su madre», me reprochaba continuamente.

La cuestión para ella era mantenerse en un continuo estado de disputas.

Por supuesto ella jamás era la culpable de las polvaredas verbales que provocaba. La culpa era siempre de los otros: del servicio, de su tía, de Berta y por descontado de su marido.

Los argumentos que esgrimía eran tan insensatos que rozaban el ridículo. Entonces, para justificarse, echaba mano de cuestiones ajenas a lo que la exaltaba:

«Yo no sé lo que mi padre vio en ti para que se empeñara en que me casara contigo.» Y como yo fingiera no escucharla: «Cuando te conocí me aseguraron que eras muy inteligente, pero me engañaron. En el fondo no eres más que un desgraciado, con buena planta pero con poco seso.»

Yo asentía con la cabeza y no le contestaba. Sin embargo ella no cejaba en su deseo de rebajarme. Aseguraba que el trabajo que yo hacía en la editorial también ella podía hacerlo: «En fin de cuentas, lo tuyo se reduce a vender libros como si fueran patatas. A saber qué manejos te traerás para aumentar la venta de los libros.»

La cuestión era humillarme. Sobre todo le gustaba sacar a relucir mis impotencias entre las que presumían de haberlas vencido. Por ejemplo, los deportes: «¿Mi marido deportista? Menuda ocurrencia. Ahí donde lo veis jamás ha hecho deporte.» Y si convenía me señalaba con el dedo: «Lo único que sabe hacer es nadar. Eso sí: como los perritos. De estilo poco. Bueno: se defiende haciendo el crol de espalda, pero sólo para dar el pego. Dice que su deporte está en las meninges. —Y rompía reír para que todos rieran con ella—. No deja de ser halagador que reserve sus fuerzas físicas para su mujer.»

Aquel tipo de conversaciones, crueles, divertidas y estúpidas, era lo que más complacía a la gente que la rodeaba. Entonces, ella, convencida de que su importancia crecía, se vanagloriaba y ensayaba coqueteos burdos con todos los hombres que se le acercaban.

A la vista estaba que aquellos coqueteos no podían tomarse en serio. Sólo los practicaba para intentar que yo reaccionara y le hiciera caso.

Su ilusión hubiera sido que yo me volcara a defender «mi honor» y me liara a puñetazos con el supuesto ofensor de mi honra e interpretara el papel de marido ofendido dispuesto a lanzar el guante y provocar un duelo propio de los siglos en que el honor era una moda. Pero las modas no duran siempre, y el honor es ya una palabra que casi nadie utiliza.

Por eso, cuando alguna vez los acosos disimulados que ella practicaba con los maridos de sus amigas conseguían ser recíprocos, al llegar a nuestra casa solía recriminar mi pasividad: «No hay duda de que tienes sangre de horchata. Parece imposible que no me defendieras de semejante atropello. ¿O es que el beso en los labios no supone un acoso?»

En cierta ocasión le contesté que tratándose de ella lo mejor que podía hacer era no darme por enterado: «En resumidas cuentas se trata de acosos provocados por ti. Allá tú con las consecuencias. —Y para evitar discusiones añadí—: Además, siempre he confiado en tu fidelidad. Un beso más o menos, carece de importancia.»

Entonces ella, con evidentes muestras de nerviosismo me amenazó: «Cualquier día de éstos vas a llevarte una sorpresa —exclamó sentenciando—. Aunque no lo creas, son muchos los años que vengo desdeñando proposiciones. Nunca te lo he dicho para no preocuparte, pero la verdad es que, aunque hasta ahora te he sido fiel, las cosas pueden cambiar.»

Al oír aquello, a pique estuve de lanzar una carcajada. Por mucho que su belleza impresionara y sus chismes fueran subidos de tono, la mayoría de los hombres que trataba jamás se hubieran expuesto a liarse con ella como lo hice yo. Con frecuencia los que tenían dos dedos de frente solían defenderse de las mujeres como Antonia. La conocían demasiado bien para exponerse a soportarla como yo la soportaba. Bastaba oírla hablar de mí para comprender que una verdadera intimidad con ella hubiera resultado terriblemente peligrosa, no tanto por ver su hogar destruido, como por tener que aguantar sus caprichos, sus salidas de tono, sus exigencias y sus protagonismos.

Además, todos estaban al corriente de su afán posesivo.

Y por supuesto también ella sabía que nadie la hubiera resistido como la resistía yo. Por eso una infidelidad no entraba en sus esquemas. Lo que ella precisaba era un desgraciado incapacitado para engañarla y con la paciencia suficiente para tolerar sus despropósitos sin tratar de dominarla. ¿Quién hubiera aceptado sus torpes pantominas delante del espejo, sus muecas de diva y aquel cúmulo de pruebas faciales y posturas corporales que luego aplicaba en los salones donde sus amigos celebraban fiestas?

Probablemente, todos se hubieran hartado de ella mucho antes de lo que me había hartado yo.

Por eso, cuando ella me amenazaba con caer en los brazos de otro hombre, no vacilaba en decirle: «Adelante, mujer: no te retraigas. Engáñame. Conviérteme en un cabrón. Descárgale a otro desgraciado el maldito peso de tus desfogues, de tus manías de morir aplastada, de tus narcisismos obscenos besando espejos para sentirte amada por ti misma.»

Recuerdo que cuando le dije aquello, creí que el mundo se hundía.

Erizada de despechos, se acercó a mí con el paraguas abierto mientras yo metía la llave en la cerradura de la puerta de nuestra casa, porque veníamos de la calle.

Había llovido mucho y todo en torno a nosotros se confundía con aquellos jirones de nubes que poco a poco iban volviéndose niebla.

De repente, noté un golpe fuerte en la cabeza, y al volverme la vi empuñando el paraguas para seguir aporreándome con todas sus fuerzas, mientras yo, aturdido y dolorido, procuraba en vano defenderme de sus ataques cada vez más furiosos y escurridizos.

Sin saber exactamente lo que hacía me parapeté contra la pared y aunque intentaba defenderme con los brazos, los golpes no cesaban.

De pronto se detuvo. Jadeaba. El cabello en desorden, el paraguas convertido en un manojo de varillas desvarilladas, la tela rasgada colgando del palo central mientras ella, con la mirada extraviada, contemplaba cómo la sangre que brotaba de mi cara se deslizaba a chorros por la chaqueta y la corbata, mezclada con la lluvia.

Sin decir palabra y en cuanto me repuse de los golpes, abrí la puerta de la casa y corrí al baño para restañar las heridas. De pronto a través del espejo vi la figura de Antón apoyado en el quicio de la puerta con la mirada envuelta en aquella tristeza que tanto me dolía, clavada en mis heridas: «Mamá ha vuelto a pegarte», me dijo.

Procuré sonreír para que no se asustara. Pero la desolación del pequeño desmontaba cualquier incertidumbre: «Estábamos jugando», le mentí.

No obstante no me escuchaba; sólo repetía: «Mamá te ha hecho sangre.»

Para el niño «hacer sangre» era transgredir las reglas de cualquier juego, colocarse más allá de cualquier falacia o de cualquier broma. «¿Por qué mamá siempre te pega?»

Dios mío, no sé cómo pude resistirlo. Llamé a Berta para que se lo llevara. Mi aguante se desmoronaba al verlo allí, sufriendo, incapaz de asumir aquella anomalía envuelta en rojos, en moratones, en magullamientos y en incomprensiones.

Berta, al verme herido, pasó como sobre ascuas mis insistencias. «Hay que curarle, señor. Las heridas pueden infectarse.» Y sin acordarse del niño asumió enseguida la tarea de restañarlas y colocarme tiritas de urgencia: «Debería verle un médico.»

De pronto oímos los tres unos golpes sordos y fugaces como de alguien que tropieza o se da de bruces contra las paredes, al tiempo que también se oían sonidos de ropas rasgadas y jadeos angustiosos.

Asustado, me apresuré a abrir la puerta de nuestro dormitorio.

Y la vi.

Estaba allí, vagando medio desnuda por la habitación, avanzando sinuosamente como si estuviera ciega, golpeándose adrede contra los muebles y las paredes: el traje rasgado, los hombros entumecidos y el cuerpo (salvo el rostro) plagado de rasguños.

De momento me quedé en blanco. No entendía lo que estaba ocurriendo. Su aspecto era el de una mujer vapuleada, sumida en vejaciones y machacada a fuerza de golpetazos.

«¿Qué diantres estás haciendo?», le grité.

Comenzó ella a morder el aire como si estuviera mordiendo mi piel: «Yo no he hecho nada —me contestó— has sido tú.» Y con el mayor sadismo me fue enseñando todas las heridas y marcas dolorosas que ella misma se había causado. «Si presento denuncia, ya puedes ir despidiéndote de tu hijo —me lanzó como si escupiera—. En cuanto le enseñe al juez lo que acabas de hacerme, tus heridas de mierda dejarán de tener importancia; una mujer maltratada tiene derecho a defenderse.»

En estos momentos, Eladio piensa que la palabra ráfaga puede tener varias aplicaciones. Vientos. Instantes. Sueños. Esperanzas. Lluvia. Arrepentimientos. Infinidad de cosas que vienen y se van.

Eso es lo que Eladio está intentando ahora clasificar dentro de los altibajos de su conciencia. ¿Por qué no encontrar una ráfaga amable que perdure, que deje posos y que pueda de algún modo borrar de cuajo aquella maldita ráfaga que viene arrastrando desde que Antonia murió, como si después de muerta se empeñara en continuar sus constantes torturas?

«¿Será posible que ciertos recuerdos nunca puedan destruirse?», se pregunta.

Tal vez la amnesia podría salvar la situación. Pe-

ro las amnesias sólo se dan en las películas pasadas de moda.

El avión es ahora un bullicioso runrún sordo que incita a no pensar. Pero Eladio no puede evitar que sus pensamientos se entremezclen entre sí y formen figuras abstractas que no clasifica debidamente, y que a fuerza de querer sobreponerse unas a otras, acaban por dejarlo exhausto.

Lo importante para él en estos momentos es encontrar el medio de justificar lo que hasta hace poco no tenía justificación posible: «Debo encontrar el modo de compensar mi problema. Razonar mis razones, convertir lo parcial en imparcial», se va repitiendo a sí mismo.

Pero, por más que se esfuerza, los razonamientos se le escapan, se van más allá de su ecuanimidad, de su entereza, y de todo lo que puede merecer un enjuiciamiento favorable.

En su afán de no perder el norte, vuelve a decirse que la vida está hecha de ráfagas y que lo que tanto le atormenta no deja de ser una de ellas.

«Las ráfagas son siempre breves, no hay que tomarlas en consideración», se dice a sí mismo. Pero no consigue convencerse. No puede. El recuerdo amplía lo que quedó en la penumbra. Lo dilata y pierde su derecho al olvido.

A su lado, Daniela lo contempla desorientada. Sin saber por qué comprende que su amigo está pasando por un momento difícil. Lo detecta probablemente en la quietud que domina su cuerpo, en aquel modo de mirar el respaldo del asiento delantero, igual que si contemplara una película inexistente que sólo él puede ver.

Lo que desata su alarma es el rato que Eladio se ha sumido en el silencio. O, mejor dicho, su modo de actuar, como si pretendiera que el silencio hablara por él.

Tal vez espera que la conversación que tan abiertamente han mantenido hasta ahora se retraiga y quede en segundo plano, acaso porque lo que «no» se han dicho el uno al otro, puede ser más importante que, lo que a lo largo del vuelo, se han ido explicando paso a paso.

De improviso el amplificador emite desde la cabina, la voz del comandante comunicando (con el acostumbrado tono optimista) los pormenores del vuelo.

Son rutinas que todos conocen, pero que agrada escuchar. Por eso los pasajeros callan y atienden interesados lo que el comandante expone.

Y el vuelo sigue. Y la luz que invade el vacío que les rodea no se apaga porque las horas se han inmovilizado al ritmo de una tierra que sabe dosificar el tiempo, darle medidas exactas y obligar a que el espacio obedezca sus dictados y se trague el fracaso de ser un espacio vacío.

Cuando el comandante ha terminado de hablar, los pasajeros parecen más distendidos. Se miran, se levantan, buscan papeles, comentan insignificancias y se vuelven a instalar en sus asientos con la convicción de que sus destinos consisten en someterse a ellos y aguardar pacientemente que el avión aterrice.

No obstante aquel ligero barullo parece despertar a Eladio de su silencio:

—Cada vez que el comandante se comunica con nosotros es como si nos estuviera diciendo: «Señoras y señores; el viaje está llegando a su fin.»

—Algo parecido estaba pensando yo —comenta Daniela.

De nuevo Eladio se vuelve hacia ella y le echa una ojeada curiosa. En el fondo desea adivinar lo que ella está pensando.

—A veces, cuando te miro, a pesar de la seguridad que demuestras y la firmeza que ha caracterizado tu vida, no dejo de imaginar que necesitas alguien que te proteja —exclama Eladio, sin dejar de mirarla.

—Siempre he sido una mujer independiente. Nunca he precisado sentirme protegida —exclama ella tal vez algo ofendida.

—¿Tú no crees que «sentirse independiente» es lo equivalente a sentirse solo?

—La soledad no me asusta. Me ayuda a pensar. Es precisamente la soledad lo que me permite imaginar, crear, idear. Más aún: la preciso para no quedarme estancada.

Eladio asiente con la cabeza dando a entender que comprende lo que Daniela le ha dicho.

—En cambio, a mí me ocurre lo contrario. La soledad me asusta. Me agranda los recuerdos, los vuelve crueles. —Y tras una breve pausa—: El hombre necesita una compañía; alguien que le estimule a continuar viviendo.

—Sin embargo, por lo que me has contado, va a resultarte difícil encontrar ese «alguien». Naturalmente me estoy refiriendo a la posibilidad de dar con una mujer como la que tuviste.

Y de nuevo el silencio. Y las ráfagas de todo lo que lleva callando, pugnando por estallar.

Ahí está otra vez Antonia, sus labios chorreando sangre, su mirada desesperada, y aquel horror a morir aplastada, descartado de su vida para siempre.

—¿Cuántos años tienes? —Le pregunta repentinamente Daniela, como si la edad pudiera darle la clave de su secreto.

—Los suficientes para preguntarme a mí mismo qué he hecho de mi vida.

—Eso no es una respuesta.

—Perdóname. Tienes razón. Me faltan pocos años para cumplir cincuenta.

—Yo acabo de cumplir treinta y ocho. Todavía soy

joven. Sin embargo también yo me he hecho esa pregunta.

—¿Y qué te has contestado?

—Que aún no he empezado a vivir.

Lo ha dicho mirándole a los ojos; decidida, como si una fuerza interior la obligara a ello.

—En cambio yo tengo la impresión de que he vivido demasiado. —Contesta él frunciendo el entrecejo—. Mi vida ha sido muy intensa y por supuesto cansada.

—También cansa sentirse vacía.

—¿A qué clase de vacío te refieres?

Daniela esboza una sonrisa y trata de explicarse con franqueza:

—Nunca he conocido un verdadero amor. Me refiero a un amor completo, correspondido y profundo, como lo has conocido tú.

—Quizá si lo hubieras conocido tampoco te hubiera llenado. Y el cansancio del vacío hubiera sido mayor. También en los amores correspondidos cabe la posibilidad de sentirse solo. Nunca nada ni nadie alcanza la satisfacción completa.

Y como advierte que a Daniela la respuesta la deja pensativa:

—No te preocupes —le dice Eladio—. Tú lo has dicho antes: aún eres joven. Todavía estás a tiempo de rellenar ese vacío.

—Todos estamos a tiempo. Mientras las energías no fallen.

—El caso es que mis energías disminuyeron bastante cuando perdí a mis seres queridos —responde él como abstraído.

Pero no los cita. Precisa ser cauto. Piensa que, al callar, tal vez está creando un equívoco en la percepción de Daniela, pero no se ve con ánimos de aclararle la verdad. Quizá si le explicara el horror que supuso vivir al lado de Antonia, pudiera causar su desprecio.

Por eso se limita a mencionar al pequeño:

—Lo peor fue la muerte de mi hijo —aclara.

—Debió de ser terrible.

Pero Eladio no contesta. Y el silencio se impone de nuevo. Es un silencio denso, como amordazado por las malditas ráfagas del recuerdo.

Daniela intuye que algo en Eladio lo está torturando y se esmera por cambiar de conversación:

—¿Sabes lo que te digo? Que seguramente el gran fracaso de mi vida se produjo por haber querido ser tan independiente. ¿Para qué voy a negarlo? Yo era una obsesa de la libertad —exclama riendo—. Sin embargo, muchas veces imagino que fue precisamente aquel afán de ser libre lo que de verdad me esclavizó.

—Esclavos somos todos. Por una causa o por otra, nadie es verdaderamente libre. La esclavitud nos atrapa cuando menos lo esperamos. —Y para reforzar su frase sacude levemente la mano de Daniela—. También yo pretendía ser independiente. Pero fracasé. Nunca conseguí serlo.

—Sin embargo tu aspecto es el de un hombre que en Norteamérica denominamos «un ganador».

—¿No hemos quedado en que las apariencias pueden engañar? —pregunta él.

—Por tu apariencia, nadie diría que la vida te ha tratado mal.

Eladio no contesta. Prefiere que la mentira repose en la corrupción de las inexactitudes. Hablar claramente en estos momentos quizá fuera lo mismo que notar que los motores del avión de pronto se detienen y que el aparato está a punto de bucear en lo más hondo del océano.

Por eso calla: con el aguijón de su fracaso clavado en el silencio. Convirtiendo su dolor de hombre en una anécdota sin importancia. Y dejando que Daniela, ignorante de su verdadera vida, no tenga derecho a juzgarlo.

—¿Te gusta la música? —indaga él repentinamente.

Y Daniela se da cuenta de que lo que Eladio pregunta es una excusa para ocultarle algo que se niega a confesar.

—No soy melómana. Pero la música suave me ayuda a trabajar. Lo que no soporto son las estridencias. Por eso nunca piso una discoteca.

Y de nuevo Antonia: refractaria a la paz. Buscando en la noche los estruendos, las luces psicodélicas, los aturdimientos, aquello que su mentalidad de persona inquieta y ansiosa de protagonismo precisaba para hacerse notar.

Y se ve a sí mismo, soportando horas perdidas en locales de moda, para que su mujer desfogara sus puerilidades y consiguiera como siempre encandilar a sus amigos.

Y la ve en la pista de baile contorneándose al ritmo de aquellos sonidos chirriantes que tanto apreciaba:

—También yo las detesto —exclama él.

—No acabo de entender cómo esos lugares pueden ser tan indispensables para la juventud actual.

—No te canses en buscar razones —bromea él nuevamente—. En la vida hay tan pocas cosas razonables. ¿Entiendes tú las colas que se formaron cuando Franco murió para venerar su cadáver y despreciarlo después? ¿Entiendes eso que llaman nacionalismo y que induce a matar? ¿Entiendes los disfraces de los homosexuales como si la normalidad que ellos pregonan precisara atuendos anormales para justificarse? ¿No son ellos mismos los que convierten con sus extravagancias en una parodia grotesca su pretendida normalidad? Y volviendo a las discotecas, ¿crees que la sonrisa de un portero nocturno, encargado de vigilar la entrada a tantos y tantos desquiciados, puede comprarse con unas monedas por muy generosas que sean? ¿Cómo defenderse de los drogadictos, de los cabezas rapadas, de los fascistas exaltados y de tantos locos sueltos que frecuentan esos locales?

De repente los dos dejan de mirarse. Algo equívoco y molesto los está distanciando. Pero Daniela no parece dispuesta a que la comunicación que se ha establecido entre ambos se deteriore:

—¿Por qué no me explicas de una vez por qué demonios te estás volviendo agresivo? —pregunta ella con voz serena—. ¿Qué pretendes esconderme? ¿Por qué, cuando lanzas una flecha, haces todo lo posible para que no dé en el blanco?

Eladio finge reír, pero no se le escapa el hecho de que las frases de Daniela contienen más que unas simples preguntas:

—¿Tanto se me nota que intento desviarla?

—Por descontado. Es como si la posibilidad de dar en el blanco pudiera provocarte algo parecido a un estallido.

Pero Eladio no da su brazo a torcer y trata de tomar a broma la afirmación de Daniela:

—Lanzar bombas en pleno vuelo no es una medida loable.

—Si tanto te asusta no fallar y dar en la diana, ¿por qué no la destruyes y te olvidas de ella?

—Porque olvidarme sería renunciar.

—¿A qué?

—A la posibilidad de encontrar una forma que me permita dar en el blanco. Dicho de otro modo: tengo miedo de perder algo que jamás imaginé conocer. Y ahora que lo conozco, me horroriza perderlo. La verdad es que llevo mucho rato dándole vueltas al asunto para encontrar la solución.

—No acabo de entenderte —insiste ella—. Por favor, no quieras confundirme.

—A veces confundir es la única salida válida para crear pactos de concordia entre el que confunde y el confundido.

—Como no te aclares, la confusión, lejos de disminuir, irá en aumento.

—¿No se te ha ocurrido pensar que a menudo más vale flotar en divagaciones que introducirse en servidumbres peligrosas?

—Tampoco ahora me has aclarado nada.

—A lo mejor lo que yo pretendo es precisamente eso: que no te aclares.

—¿Por qué?

Pero Daniela no obtiene respuesta. Es evidente que Eladio quiere eludir la pregunta. Volverla del revés. Dejarla flotar en el vacío.

De pronto comprende que si cae en la tentación de sincerarse y explicarle todo lo que ni él mismo quiere admitir, acabaría por perderla. «No puedo» se repite a sí mismo. Es necesario estrangular «como sea» aquella maldita verdad que viene arrastrando a solas desde la muerte de Antonia.

—Llevo un rato pensando que si me sincero contigo puedo perderte. Debo medir mis confidencias. Aunque te parezca extraño, nada me dolería más que saberte perdida.

Daniela parece rebelarse:

—Allá tú con tus silencios. Pero te advierto que no puede perderse lo que nunca se ha tenido.

Lo ha expresado tensa, como si le molestara el secretismo de Eladio.

—Tienes razón. Lo que nunca ha sido nuestro no puede perderse. Sólo se pierde aquello que nos pertenece.

Y al hablar, Eladio observa con el rabillo del ojo la reacción de su compañera.

Daniela, en estos momentos, parece taciturna, reflexiva y con un toque de tristeza que Eladio compara con la tristeza que le producía la mirada errante de su hijo.

—Es cierto —exclama él con voz queda—. Yo nunca te he tenido, pero puedo asegurarte que tú me has tenido a mí.

—Si te he tenido, no me he dado cuenta —exclama ella todavía inmersa en cierta tirantez que la vuelve distante.

Pero Eladio no admite esa distancia e intenta ser más explícito:

—«Tener» no supone únicamente sentirse dueño de algo, sino captarlo, hacer nuestro lo que nos transmite, palparlo con afinidades aunque esas afinidades sean impalpables. A eso me refería cuando te he dicho que «tú me has tenido».

Daniela, más distendida, esboza un conato de sonrisa para tranquilizarlo:

—Es posible que estés en lo cierto.

—Nada importa que ya nunca volvamos a vernos —dice él—. No obstante, para sentirse unidos, la distancia no cuenta. Además hay algo seguro: entre tú y yo jamás existirá la indiferencia.

—¿Crees entonces que la indiferencia es más factible entre los que están cerca que entre los que ya nunca pueden reencontrarse?

—No lo dudo.

Instintivamente, Daniela vuelve a fijarse en la mancha de su falda. Las horas transcurridas han modificado el color del principio: lo han palidecido. De hecho está muy claro que ya no es una mancha reciente, sino un recuerdo antiguo. Tan antiguo como esos treinta y ocho años que han transcurrido sin conocer a Eladio.

Pero no lo dice. Sólo camufla su pensamiento como si hablar claramente y confesarle que jamás llevará esa falda al tinte para que la mancha no desaparezca, fuera lo mismo que expresar una sensación muy íntima que la está confundiendo y que, al mismo tiempo, teme aceptar.

—¿Crees en el amor platónico? —pregunta ella súbitamente.

—Quizás.

Pero tanto el uno como el otro producen la impresión de que están departiendo temas ajenos a ellos mismos, como si la palabra amor nunca pudiera ser una realidad común.

—Dicen que el amor platónico nunca se acaba —remata él.

—¿Lo sabes por experiencia? —pregunta ella.

—Lo intuyo.

Daniela deja de mirar su falda y se vuelve hacia él:

—También yo intuyo lo mismo.

Durante unos instantes se contemplan absortos. Sin preguntas. Sin respuestas. Únicamente con la imperiosa necesidad de mirarse, de hablar callando, de respirar el mismo aire, y procurando olvidar que el avión avanza, avanza, avanza...

De pronto los dos reaccionan. Dejan de mirarse y Daniela comenta:

—Ya falta poco para llegar a Estados Unidos.

Cuando encontré a Antonia tan destrozada y enloquecida, tuve miedo. Jamás la había visto con un aspecto tan lamentable y desastroso y si Berta no hubiera sido testigo de aquellas autolesiones, probablemente hubiera llegado a creer que yo era el causante de aquel estropicio.

Recuerdo que corría un invierno furioso, con árboles secos, lluvias pertinaces y vientos que fácilmente quebraban ramas, con riesgo de entorpecer el tránsito y herir a algún peatón, pero ni siquiera el furor de aquel invierno podía equipararse a la violencia de una Antonia casi destrozada a fuerza de castigarse a sí misma, sólo para poder alegar que yo había sido el causante de sus lesiones.

Inmediatamente llamé por teléfono a su tía Luisa y le expliqué lo que ocurría.

«En el fondo estoy convencido de que Antonia cree que el daño que ella misma se ha causado se lo he hecho yo», le expliqué.

Como siempre, Luisa llegó a nuestra casa sin dar muestras de alterarse. «No te preocupes, Eladio. Conozco de sobra a mi sobrina para saber que no has sido tú.»

El caso es que Antonia, cuando yo me acercaba a ella, se retraía: «No vuelvas a pegarme, Eladio. Yo no he hecho nada para que me sigas maltratando.» Y añadía que sus «paraguazos» habían servido para defenderse de mis acosos y agresiones.

Por no perder la costumbre, aquella vez su padre se hallaba fuera de España y el respaldo de la tía Luisa no dejaba de ser un alivio.

Poco a poco, Antonia se fue calmando; especialmente cuando se echó a llorar mientras se tendía en la cama.

De aquella escena recuerdo sobre todo la mirada de Berta y el temblor del niño.

Ahí está Antón otra vez; el rostro pálido contemplando a su madre; su dolor infantil desposeído de inocencia, tratando una vez más de «comprender» sin saber razonar, atesorando rencores sin saber por qué los atesoraba, y queriendo a toda costa que lo que yo había denominado «juego» no fuera un castigo.

Le pedí a Berta que fuera a buscar Valium. «La señora está nerviosa.»

Se lo di yo mismo, como si entre nosotros no hubiera existido aquel roce despiadado.

Al verse atendida, Antonia pareció recobrar el sentido de

la realidad. Dejó de amenazarme con «hablarle seriamente a su padre para que me despidiera». Y yo le prometí que a pesar de nuestras desaveniencias algo muy fuerte nos unía: «Todos los matrimonios tienen sus momentos malos», le dije.

Acabó abrazándome y prometiéndome que también ella pondría de su parte lo que fuera necesario para evitar más fricciones. «Te quiero tanto, Eladio. No importa el daño que me hagas. Yo te seguiré queriendo.»

Instintivamente, miré el ventanal: la lluvia persistía aunque ya algo desganada. Era una lluvia extraña. Como si cayera al bies o como si, en vez de venir de lo alto, subiera tierra arriba.

Sin embargo, a pesar del cambio que yo imaginé que se había producido en ella, me quedé perplejo cuando a los pocos días y sin que se diera cuenta, la observé departiendo con una amiga sobre «las lesiones corporales que yo le había causado, por un arrebato de celos», mientras retiraba su ropa para enseñarle los moretones y las heridas que todavía conservaba. La amiga en cuestión se hacía cruces: «Pero ¿cómo es posible que un hombre aparentemente pacífico como Eladio, haya podido causarte tanto daño?»

Entonces ella, poniendo cara de resignación, le contestó que, aunque no lo parecía, yo era muy violento: «Los celos le comen. No puede evitarlo. Por eso me agrede.»

Inmerso ya en la serenidad, con frecuencia intentaba analizar si aquellas falsedades que explicaba Antonia, eran «verdades sinceras» para mi mujer. Entonces volvía a sentirme culpable. No podía evitarlo. Probablemente había en mí algo que la alteraba, que la hería. Pero no había forma de comprender «qué» era.

En más de una ocasión, intenté mantener una conversación plácida con ella. Pensaba que si hubiéramos podido departir tranquilamente, quizá me habría dado cuenta de que aquellos equívocos que yo consideraba infundados, tenían relación con errores míos que, en mi ignorancia masculina, no sabía dilucidar. Pero cada vez que intentaba abordarla para aclarar nuestras diferencias, Antonia se retraía.

No tardé mucho en comprender que hablar con mi mujer normalmente era imposible. Se iba por las ramas. Y a mis interrogantes respondía siempre con argumentos añejos que nada tenían que ver con lo que yo le planteaba.

Tal vez por aquel modo de responderme, pretendía eludir confesiones que se negaba a admitir. La cuestión para ella era evadirse de la realidad y enfangarse en su propio mundo plagado de fantasías.

El caso es que por mucho que yo hubiera intentado plantear el desequilibrio que la dominaba, nadie, salvo Luisa y Berta, me hubieran creído. Y con ellas no podía contar porque jamás la hubieran traicionado.

En cuanto a sus amigos, aunque la consideraban «especial», no dejaban de admirarla, no sólo por su físico sino también por aquella forma que tenía de granjearse las simpatías de todos.

Luego estaba la comedia de su felicidad matrimonial. Mentía. Imaginaba escenas siempre basadas en mis supuestos celos, creaba tensiones irracionales y cuando alguna vez yo había caído en la tentación de hacerle entrar en razón delante de sus amigos, no vacilaba en desmontar mis argumentos con medias verdades sobrecargadas de humor para que sus interlocutores tomaran a broma lo que yo decía.

En cierta ocasión, me comunicó que había consultado con una echadora de cartas su porvenir: «Es infalible, Eladio. Todo lo que pronostica esa mujer se cumple. Si supieras lo que me ha vaticinado.»

Me lo decía nerviosa, su cuerpo escuálido medio echado en el sillón, las piernas cruzadas, mientras su mirada se posaba en el reloj de pared que siempre marcaba horas equivocadas: «Nada menos que voy a recibir una proposición muy ventajosa para convertirme en una modelo profesional.»

Era el sueño de su vida. Nada podía gustarle más que imaginarse a sí misma paseando su cuerpo por una pasarela mientras el público, lejos de admirar su atuendo, la admiraba a ella. Y salir luego en las revistas del corazón, al tiempo que los astros de la alta costura se disputaban su colaboración.

«Me lo ha asegurado. No tardaré mucho en ser requerida.» Y mientras yo la miraba entre compadecido y furioso, continuó hablando: «¿Sabes, Eladio? La moda es muy importante. Y triunfar como modelo no está al alcance de todo el mundo.»

Le contesté que lo celebraba mucho y que le deseaba grandes éxitos: «Suponiendo que la echadora de cartas no falle», le dije.

Y ella: «¿Cómo puedes dudarlo? Esa vidente jamás se equivoca. —Y con un tono algo tenso, insistió—: Tú es que no te enteras de la mujer que tienes.» Y levantándose rápidamente se plantó ante mí, se alzó la falda hasta la cadera y adoptó una posición provocativa como si yo desconociera los escuálidos encantos de su cuerpo.

Debo reconocer que aquellas manifestaciones, tan opuestas a la niña inocente que me habían descrito antes de casarme con ella, me desorientaban.

De hecho era como si me hubiera casado con dos mujeres distintas: la incauta, abrasada por los descubrimientos sexuales, y la experta sexual que pretendía abrasarme con la mente retorcida de una ninfómana.

Sin embargo entonces aún conservaba yo la suficiente lucidez para no dejarme vencer por sus constantes extravíos.

En realidad, últimamente ya nada en ella me impresionaba. Era como si entre nosotros, dejando a salvo nuestro hijo, no existiera nada en común.

Nuestras conversaciones (cada vez más escasas) si no se volvían tormentosas, eran siempre flotantes, exentas de rumbos determinados. Palabras que de puro insustanciales se evaporaban enseguida. Por supuesto, su miedo a morir aplastada casi nunca se quedaba en el tintero, especialmente cuando se quejaba de mis ausencias: «Estás siempre tan ocupado.»

En cuanto a sus amigas, aunque con algún retraso, también fueron detectando que Antonia vivía inmersa en fantasías y poco a poco se iban distanciando de ella, acaso cansadas de sus continuas críticas, y de las infamantes consecuencias que extraía gratuitamente de todo lo que la rodeaba.

Las únicas amigas incondicionales que todavía conservaba eran las que había conocido en el colegio de Suiza. No obstante, aquellas amigas eran ya sólo retazos de papel en forma de cartas o fotografías, con dedicatorias trasnochadas, infantiles y desligadas de la realidad.

De hecho, más que documentos actuales, eran reliquias, pedazos de algo que ya no tenía razón de ser. Por eso, cuando Antonia hablaba de ellas, las citaba como si ya estuvieran muertas. «Francamente, ya casi no recuerdo cómo eran. Se me ha olvidado hasta el color de sus ojos.»

Y es que para Antonia el pasado no contaba. Lo esencial para ella era «lo nuevo», «lo imprevisto», lo que de algún modo podía despertar admiraciones inesperadas en los demás.

Y cambiar. Prescindir de rutinas. Sentirse protagonista de vibraciones desconocidas, sobresalir, llamar la atención.

Las únicas constantes que no abandonaba eran su gimnasia, sus footings por los descampados para reforzar las piernas, cuidar su piel con cremas exóticas que la esteticista le recomendaba, y, sobre todo, no comer.

También le obsesionaba estar morena. En cuanto asomaba la primavera, lo primero que hacía era recurrir a los socorridos infrarrojos para que su piel se tostara antes de que el verano le permitiera tenderse al sol.

Inútil hacerle entender que un exceso de radiaciones solares podía perjudicarla. Su tozudez no admitía consejos. Nada de lo que la apartara de sus ideas preconcebidas y de sus proyectos «*made in* Antonia», era admitido por ella.

Vuelven ahora a mi mente aquellos veranos que vivimos juntos.

Al llegar el mes de julio, nos instalábamos en Marbella, en la casa de Mahler, junto con la tía Luisa. Luego yo me iba para regresar los fines de semana. Sin embargo el mes de agosto era sagrado.

Recuerdo que Antonia, fiel a su costumbre, se levantaba tarde, porque los festejos duraban hasta el alba y todos sus amigos dormían hasta el mediodía. Pero yo me levantaba temprano para disfrutar de distintas actividades con mi hijo.

La urbanización era enorme y tenía un jardín que abarcaba un montón de edificios cuyos propietarios solían ser gentes acomodadas que utilizaban el mismo decorador para acondicionar sus casas.

De hecho todas se parecían. Y los tonos nunca fallaban: verde claro, rosa y amarillo.

La casa de su padre entusiasmaba a Antonia. Estaba convencida de que aquellas tonalidades encajaban a la perfección con el tostado de su piel: «¿Te has dado cuenta, Eladio?, mi moreno no se parece a los "morenos" de los demás. Es mucho más sexy que los morenos convencionales.»

Antonia nunca renunciaba a quedarse tres meses en Marbella. Decía que el clima de la montaña blanca la curaba de sus posibles enfermedades y de aquel malestar psíquico que solía atormentarla en Barcelona.

En realidad, la vida agitada de aquel ambiente la entusiasmaba. Siempre había una fiesta pendiente, un baile-sorpresa, una reunión de gentes entroncadas con la alta sociedad internacional, o con ricachones magrebís o con estrellas de cine mundialmente famosas.

Pero mi estancia en Marbella únicamente duraba el mes de agosto. Un agosto de piscina, de Antón jugando conmigo y de mañanas casi solitarias en el inmenso jardín que formaba parte de la urbanización.

Durante aquellos días, Antonia dejaba de ser exigente y se olvidaba de las humillaciones que solía inflingirme. Lo único que exigía tajantemente era que bajara a la piscina sin el «jueguecito del móvil», como ella lo llamaba. «Cuando se veranea, el teléfono móvil sólo sirve para ponernos de los nervios.»

Por lo demás, según ella, Marbella era una especie de paraíso. Todos los días tenía lo que ella denominaba «un plan». «Me han invitado a» o «Ayer tuve que asistir a tres cócteles» o «Hay un pintor famoso que se ha empeñado en hacer mi retrato en bikini».

Yo la escuchaba asintiendo sin prestar importancia a sus ridículas nimiedades.

Lo malo era cuando durante dos o tres días los planes brillaban por su ausencia. Entonces, como imantada por sus añejas costumbres, volvía a las preguntas de siempre: «Vamos a ver, señor ejecutivo, ¿qué demonios has hecho mientras yo he estado ausente?»

A veces, para sosegarla, también yo le hacía preguntas. En su mentalidad, habitualmente acalorada, mi interés por sus andanzas, se convertía en halagos. Especialmente cuando yo fingía interesarme por sus videntes, sus gurús o sus echadoras de cartas. «Alguien muy enterado me ha vaticinado que tendré una larga vida, aunque con cierta dificultad para conseguir la felicidad.»

Y como yo no daba muestras de impresionarme: «También me han dicho: "Mucho ojo con una mujer peligrosa que ronda vuestra familia".»

Me eché a reír: «Ya me dirás quién puede ser esa mujer. Como no se refieran a Berta o a tu tía Luisa.» Pero Antonia no se apeaba: «Me lo ha advertido muy seriamente: "Su marido es un hombre muy atractivo y despierta pasiones ocultas. Así que tendrá que andar con pies de plomo. Cualquier día podrá verse usted adornada con dos hermosas protuberancias frontales."»

Por aquellas fechas, la comunidad que formaba aquella urbanización, andaba muy expectante ya que entre todos los vecinos habíamos decidido situar en el jardín un chiringuito de categoría para que, llegada la hora del almuerzo, pudiéramos quedarnos junto a la piscina sin tener que subir a las respectivas viviendas.

La inauguración fue apoteósica; tanto la barra como las

mesas, se habían llenado de gente ansiosa de probar las exquisiteces del cocinero y comentar con los componentes del vecindario los aciertos que aquel pequeño restaurante particular aportaba a la comunidad.

Para amenizar más el ambiente, se había instalado hilo musical, que podía escucharse por todo el jardín.

Afanados en darle importancia a la inauguración de aquel local, se había proyectado incluso brindar con champán y desearnos mútuamente que la vida, para todos nosotros, fuera larga, próspera y maravillosa.

Recuerdo que aquel mediodía el mar orilleaba destellos plateados. El fenómeno podía observarse tras el seto de buganvillas que separaba el jardín de la arena, vacía y limpia, debido a que los bañistas, huyendo de la torridez de la hora, se habían apiñado entorno a los chiringuitos comerciales que se extendían a lo largo de la playa.

También recuerdo que, gracias a la suavidad de la música, podía oírse en sordina el tránsito motorizado que, tras los edificios, avanzaba tierra adentro, y que en los momentos de mayor calma se adivinaba el siseo de los sauces cabeceando sus llantos con hojas escuálidas y tiernas como si adivinaran lo que iba a ocurrir.

Y el niño. Ahí está otra vez, mirándome con sonrisa satisfecha porque habíamos pasado varias horas jugando y remojándonos en la piscina mientras yo, aunque con poco estilo, intentaba enseñarle a nadar.

Y percibo otra vez su piel sudorosa pegada a mi tórax, al tiempo que sus brazos se agarraban a mi cuello: «No me dejes, papá.»

Aquel día Antonia bajó tarde a la piscina. Se la notaba fatigada: «Anoche apenas dormí. Me acosté a las cinco de la mañana.»

Y se echó en la tumbona para tomar el sol como hacía todos los días. Una vez más, al verla allí, apartada del vecindario, de mí y de todo lo que nos rodeaba, tuve la sensación de que entre ella y yo nunca podría ya existir algo que nos uniera. Le pregunté si no iba a participar del pequeño festejo que se celebraba en el chiringuito: «¿Con esa gentuza de mal vivir? Ni pensarlo. Además he decidido que hoy no voy a comer. Prefiero dormir. Tengo mucho sueño.»

Mi falta de interés por todo lo que ella decía, o practicaba, o conocía, era lo que de verdad nos separaba. ¿Cómo podíamos compartir lo que por mucho que procurásemos unificar, nos iba distanciando día tras día?

Veo ahora a Berta abrazando al niño: «Menuda juerga te has traído con tu padre», le decía bromeando.

Y Antón correteando en torno a su niñera como uno de esos cachorros enloquecidos que sólo pueden demostrar su alegría revoloteando como ratoncillos nerviosos.

Me advirtió entonces que debía ir a la casa para preparar la comida de Antón: «No tardaré en regresar.»

Le dije que no corría prisa. Que yo me hacía cargo del pequeño.

Hubo un instante en que la música que venía del chiringuito pareció aumentar su volumen y la gente que se agolpaba en aquel lugar levantó la voz.

Fue sólo un momento breve, pero lo bastante fuerte para que Antonia, con rostro malhumorado, se inclinara y, volviéndose hacia el barullo que se había armado comentara furiosa: «Pero ¿es que una no tiene derecho a dormir tranquila en su propia casa?»

De repente recordó que no se había puesto las cremas que llevaba en la bolsa de plástico: «Dios Santo qué gran descuido.» Y comenzó a frotarse el cuerpo con insistencia nerviosa.

Estoy viendo ahora la espalda de Berta camino de la casa, el jardín prácticamente desierto, y el chiringuito convertido en una jaula de voces y manifestaciones de jolgorios que ni siquiera una ventisca inesperada podía amortiguar.

De pronto la asistenta que trabajaba en nuestra casa llegó hasta mí para decirme que mi suegro me llamaba desde Barcelona y que lo que tenía que comunicarme era muy urgente.

Me estoy viendo ahora volviéndome hacia Antonia para

recomendarle que vigilara al pequeño: «En cuanto termine de hablar con tu padre volveré por él.»

Alzó ella el brazo asintiendo: «Tranquilo. Yo cuidaré al niño», me gritó desde la tumbona, mientras se embadurnaba el estómago y el vientre con cremas perfumadas.

Y veo a Antón sonriendo: «Vuelve pronto, papá.» Dios mío: cuántas veces oigo en sueños la voz de aquel hijo.

No puedo recordar la conversación que mantuve con Mahler, ni tampoco el rato que perdí hablando con él.

Lo que nunca podré olvidar es mi regreso al jardín. Había una multitud de personas rodeando la piscina. Cuerpos extraños que gesteaban como si fueran estatuas con derecho a moverse.

Al llegar yo, la gente se apartaba. No me hablaban. Solamente me miraban.

Entonces lo vi. Estaba en el suelo, inmóvil, los brazos encogidos, el pelo mojado y la tristeza de sus ojos perdida para siempre.

Al parecer había caído a la piscina mientras su madre dormía. La noche anterior se había acostado tan tarde...

—En efecto, ya falta poco para llegar a Nueva York. El viaje está entrando en su fase final —contesta Eladio procurando restar importancia al malestar que la frase le provoca.

Se da cuenta de que la palabra «final» es quizás el vocablo más importante que se ha pronunciado a lo largo del viaje. Bastará que el avión roce la tierra para que la paz y esa extraña felicidad que ha experimentado durante la conversación con Daniela se convierta en un soplo de humo. Pronto ella se despedirá de él para dirigirse hacia la puerta con destino a Los Ángeles, al tiempo que Eladio saldrá del recinto con el fin de

instalarse en el vehículo que la empresa Woultmand & Starky le habrá enviado al aeropuerto para facilitar su traslado a la ciudad de Nueva York: ese nido de agujas gigantes que pincha un cielo de aire, como acaso en tiempos lejanos lo pinchó la torre de Babel.

Y se pregunta si también entonces las gentes, convencidas de su importancia, por ser contemporáneos de una construcción tan inaudita, circulaban por aquella metrópoli con la deshumanización que actualmente caracteriza a los seres que se desplazan por todas las ciudades del mundo.

Y se ve a sí mismo contemplando, indiferente, el hormigueo de personas desconocidas, altas, bajas, negras, blancas, gordas y delgadas, que sin duda arrastran historias dolorosas y acaso (como le ocurre a él) soportando el peso de una culpa callada clavada en la conciencia, pese a que sus miradas y sus maneras parecen tranquilas y su fama de personas honradas y serenas no se deteriora.

Probablemente también en la nave, que dentro de poco aterrizará, deben de bullir infinidad de silencios inconfesables; historias truculentas ocultas, que la serena e inofensiva apariencia del que las sufre, desmiente.

—¿Te has preguntado en algún momento cuántos corazones enlatados como los nuestros en este avión están latiendo asustados, angustiados y arrepentidos de sus vergüenzas inconfesables? —pregunta Eladio súbitamente.

La pregunta sorprende a Daniela, pero no tiene reparo en contestarla:

—Es posible. Pero también he pensado en sus probables heroicidades. En esta vida no todo es basura.

No obstante, Eladio no acaba de admitir que existan pasajeros libres de silencios dolorosos y vergonzantes.

—Las heroicidades humanas son poco comunes —comenta él con desgana.

Y de nuevo se introduce mentalmente en la ciudad que lo espera. Y evoca sus calles impregnadas de peatones anodinos, sus mendigos de miradas vagas y algo muertas, sus vendedores ambulantes, y sus vehículos transitando como si trotaran por los pavimentos desgastados que nunca acaban de repararse.

—Pero existen —insiste ella—. Todo lo que hacemos para evitar que alguien sufra puede convertirse en una heroicidad.

—¿Aunque ello suponga aumentar nuestro propio sufrimiento?

—Precisamente la heroicidad consiste en eso: en sacrificarse.

Eladio frunce el entrecejo y con aire preocupado le pregunta:

—¿Has conocido alguna vez el miedo de la alegría?

Daniela no entiende la pregunta.

—No sé a qué te refieres.

—Al hecho de sentirse pletórico de entusiasmo y comprender que demostrarlo sería una cruel equivocación.

—Quizás experimenté algo parecido cuando hace muchos años me bajé de aquel tren —responde ella.

Y se queda mirando a Eladio con los ojos entornados como si pretendiera meterse dentro de sus cavilaciones.

—No hay duda; pronunciar la palabra «adiós» es como morir un poco —confirma ella.

—Quizá por eso ahora todos cuando se despiden en vez de decir «adiós» se limitan a lanzar un burdo «hasta luego», incluso sabiendo que ese «luego» siempre será una entelequia.

—No obstante, queda la esperanza de que ese «hasta luego» llegue a cumplirse —exclama Daniela, sin duda pretendiendo evitar la posibilidad de una despedida definitiva. Pero Eladio se resiste a aceptar lo que ella veladamente le propone:

—Por si acaso es mejor buscar un sucedáneo cuando nos despidamos.

—¿Se te ocurre alguno?

Pero Daniela se encoge de hombros y niega con la cabeza. De pronto cambia su expresión y mansamente balbucea:

—Sí: «Hasta que Dios quiera.»

—¿Y si Dios no quiere?

—Nadie puede predecir los designios de Dios. Además, ¿por qué no iba a querer?

Eladio baja la vista, cruza las piernas y tarda en contestar.

—A veces los reencuentros pueden ser destructivos. —Y antes de que ella le replique—: Lo mejor es dejarnos llevar por lo que llamamos destino; volver a nuestros trabajos, luchar para vencer dificultades y, al menos en mi caso, recordar este viaje constantemente.

—Todo eso está muy bien —opina ella— pero no alcanzo a comprender el motivo que nos impida separarnos para siempre.

—¿Y dónde dejas la magia? —pregunta él como si pretendiera bromear—. Me refiero a la magia que nos ha unido durante esta travesía. A menudo, para que la magia perdure, es preciso «recordar» sin caer en la trampa de conseguir lo que se recuerda —reitera Eladio.

—Entonces para ti, lo que llamas magia, ¿es más importante que la causa que la provoca?

Pero la pregunta que Daniela formula tiene demasiados significados para ser contestada con una sola respuesta.

—En cualquier caso me niego a que este vuelo se pierda en la falacia del olvido. Y aunque te parezca imposible, la única forma de recordarlo y prolongarlo definitivamente quizá consista en no volver a vernos.

Daniela lo mira ahora de soslayo. Las vagas respuestas de Eladio la intrigan y seguramente le duelen.

—Comprendo —contesta ella defraudada—. Eres un hombre cauto. No quieres equivocarte. Es una razón de peso. Seguramente en estos momentos te notas instalado entre dos caminos y te asusta elegir cualquiera de ellos. Probablemente yo, en tu lugar, también dudaría.

Aunque Daniela no puede evitar que sus frases huelan a despecho, Eladio comprende que acaso también ella está navegando en un mar de dudas.

Tampoco descarta que, con una ligera insinuación suya, las dudas de Daniela se fueran al traste. Pero no puede hacerlo. No debe. Lo que está ocultándole a esa mujer es precisamente lo que podría perderla si se lo confesara. A veces ciertos recintos jamás pueden ser traspasados. Por eso le apremia callar. Cerrar con llaves secretas el depósito de su verdad, aunque la defraude y acaso la hiera.

Sin embargo, Daniela no se da por vencida:

—A veces lo que se precisa es «tiempo». Dejar que «el pasar de los días» nos confirme o rechace eso que tú llamas magia.

No obstante tampoco ese argumento parece convencer a Eladio:

—Te equivocas. No es una cuestión de tiempo.

—Entonces, ¿qué es? ¿No estarás enfermo?

Y Eladio piensa que en cierto modo lo está. Pero que su enfermedad no tiene remedio porque, aunque su cuerpo está sano, su alma está en una inevitable fase terminal.

—No —bromea él—. Mi salud es buena. Y, como ya te he dicho, mi problema no tiene qué ver con el tiempo.

—Ignoraba que tuvieras un problema.

—Es un problema de espacio —responde Eladio sin mirarla—. Un problema que nadie conoce, pero que de puro ignorado puede dilatar cada vez más esa distancia que tal vez podría separarnos.

Daniela no entiende. Se impacienta.

—¿Por qué no te sinceras y me explicas de una vez lo que te ocurre?

—Porque si lo hago se habrá acabado todo. Es decir, te habré perdido sin la posibilidad de recuperarte. Por eso me niego a hablar.

Daniela se cruza de brazos, la respuesta de Eladio la confunde. No acierta a imaginar la razón de tanto misterio.

—Tú vas a casarte —le dice él mansamente—. No pierdas esa ocasión. Por lo que me has dicho, tu productor, es un hombre hecho a tu medida. —Pero la euforia que ha acompañado su consejo, se evapora y la voz se le va agotando en cadencias apagadas—. Podría mentirte: ¿sabes, Daniela?, las mentiras con frecuencia remiendan las heridas por algún tiempo. Pero tú no mereces que te mientan.

Daniela lo mira con un halo de tristeza en las pupilas:

—¿Y tú? ¿Qué vas a hacer tú?

Eladio sonríe mientras roza suavemente la mano que descansa sobre su halda.

—Recordarte. Oírte. Meditar todo lo que me has dicho. Contemplar mil veces, con los ojos cerrados, la mancha de tu falda. Verte con el *foulard* que te he comprado cubriendo tu cuello. Y tener la seguridad de que mi silencio será el mejor de los regalos de boda que vas a recibir. —Y como si olvidara algo—: Ah, también haré otra cosa: hablaré contigo todos los días. Reconstruiré nuestra conversación, acentuaré los instantes más relevantes y me apoyaré en ellos para seguir viviendo.

En estos momentos, todo (excluyendo el ruido del

motor) se ha sumergido en el silencio otra vez. Es un silencio flácido, desvinculado de cualquier pasado e incapacitado para modificar futuros.

Un silencio perseverante que se niega a convertirse en voz y «explicar» y «comparar» y «decidir».

—Deseo de todo corazón que tengas muchos hijos —exclama él de pronto—. Serás una buena madre.

—También yo hablaré contigo —murmura ella. Pero no lo mira. Sólo lo dice como si pensara y él no estuviera a su lado—. Hablar es importante. Es lo que de verdad nos distingue del resto de los animales.

No obstante, por la tristeza que invade su voz, se comprende que todo en Daniela es una charca de desalientos.

Eladio coge su mano, deposita un beso en el dorso y vuelve a dejarla suavemente en su halda:

—Nunca olvidaré lo que acabas de decirme —contesta él sin mirarla.

Lo que verdaderamente supone un suplicio es recobrar aquellos instantes: soportar otra vez el sonido volandero de aquella bandada de pájaros, que sin razón ninguna comenzaron a aletear sobre mi hijo muerto, mientras la gente que me rodeaba trataba con el desorden del aturdimiento explicarme en vano lo que había sucedido.

Todos parecían sentirse culpables. Todos trataban de arremeter contra aquel maldito sol con la euforia de la bebida demasiado generosa y con la musiquilla que apagaba los zarpazos y los gritos del agua.

Cada explicación era una incongruencia, un no saber por qué hablaban. Las frases no tenían sentido: «Niño ahogado.» «Madre desesperada.» «No ha sido posible reanimarlo.»

Y la musiquilla. Siempre la musiquilla. ¿Es que no había nadie capaz de desconectar el amplificador?

Los razonamientos se entremezclaban; se interrumpían. Eran relatos extraños que se iban más allá de la piscina, de la tumbona vacía, del niño echado en la hierba con los ojos abiertos y aquel rictus de sus labios definitivamente inmóvil.

Y los sauces llorando. Y el brillo del agua hiriendo convicciones irrefutables. Y mi negativa a aceptar la verdad, procurando con todas las fuerzas de mis pulmones devolverle a mi hijo la vida que el agua le había arrebatado. «No puede ser. No puede ser.»

De Antonia no me acordaba. Se la habían llevado a un hospital, presa de un ataque de histeria.

Enseguida vi a Berta: el rostro desencajado, las manos tendidas hacia el pequeño como si aguardara que alguien instalara en ellas su cuerpo. «Dios mío, Dios mío.» Era lo único que sabía decir mientras yo estrujaba contra mi pecho aquel remedo de hijo que ya nunca podría llamarme, ni reír, ni correr, ni jugar.

Estaba helado. Tenía la heladura del agua envenenada de frío en una piscina que ya no servía, que se había quedado en un charco de miserias podridas y malolientes.

Alguien (no sé quién) me daba golpes cariñosos en la espalda como si aquellas maniobras tópicas y absurdas pudieran consolarme. Y todo parecía detenido en rutinas trasnochadas, cosas que se desintegraban sin que se pudiera hacer algo para evitar que se perdieran definitivamente.

Y Berta repitiendo «Dios mío, Dios mío». Como si Dios fuera un mago dispuesto a devolverle la vida con un golpe de capa. Dios lo había querido muerto para llevárselo porque Antón sufría demasiado o porque lo que Dios pretendía era convertir aquel lugar en el rincón más odiado del mundo. Era imposible comprender aquella muerte. Era imposible comprender nada.

Y mi rebeldía. Una rebeldía intransigente, desesperada

que olía a cosas indispensables perdidas para siempre, muertas y definitivamente enterradas.

Después.

Poco a poco fui asimilando lo que había ocurrido. Allí, junto a la piscina, nadie se atrevía a contarme la verdad. En el fondo todos se sentían culpables por no haberse fijado en que Antonia de nuevo se había sumido en un sueño hecho de músicas, de voces, de cremas, de un sol tórrido sin capa de ozono. Pero nadie vio nada.

Todo era tan inverosímil, tan sencillo, tan inusual. ¿Cómo podían imaginar aquellos inquilinos ávidos de trivialidades y euforias baldías, la tragedia enorme que la piscina desierta estaba consumando?

No recuerdo muy bien cuándo volví a encontrarme con Antonia. Creo que fue cuando el niño ya no estaba en el jardín. Era preciso hacerle la autopsia. Abrirle en canal, hurgar su pequeño cuerpo de muñeco todavía blando y remover sus entrañas para que su «no vida» tuviera un sentido oficial y el juez pudiera cerciorarse de que se había ahogado como un veraneante cualquiera porque su inmovilidad y la hinchazón de su vientre y de sus pulmones no eran bastantes motivos para certificar su muerte.

De pronto la vi entrar en la casa entre dos enfermeras que la sostenían porque le costaba andar. Un médico joven iba tras ella dando órdenes tajantes para que nadie la molestara: «Su estado es muy crítico. La pobre está destrozada.»

Sin embargo cuando Antonia me vio, pareció recobrar ánimos. De pronto se acercó a mí, sus energías recuperadas. Enseguida alzó el brazo derecho y con todas sus fuerzas empezó a golpearme hasta que entre las enfermeras y el médico consiguieron reducirla: «Asesino, mal padre, criminal de mierda.» Yo no sé cuántas veces estuvo escupiendo insultos que, por miedo a empeorar la situación, nadie evitaba.

Algunos, al verme tan impasible, hicieron lo posible para que no siguiera agrediéndome: «No puede remediarlo. El dolor la ha desquiciado», comentaban.

Lo decían convencidos. Nadie imaginaba que aquella reacción violenta no era más que una pequeña muestra de sus continuos desquiciamientos. Al contrario. La compadecían. «Hay que comprenderla —aseguraban— la pobre mujer ignoraba que nadie vigilaba al niño.»

El médico decidió administrarle una buena dosis de calmante: «Hay que meterla en cama y que duerma.»

Por supuesto, yo no intenté defenderme. Tampoco expliqué lo que le había recomendado a Antonia antes de abandonar el jardín. Nadie hubiera admitido que la responsable de aquella muerte era exclusivamente ella: «El destino. La adversidad. Lo inesperado. Esas cosas que suceden sin que existan culpables.»

Cualquier hipótesis podía ser razonable, salvo la verdadera. La que se basaba en la desidia de una madre que tenía sueño, y en la torpeza de una mente trastocada, y en su falta de interés por todo lo que no fuera «ella», sus cremas, sus «morenos sexys», sus «olvidos», sus uñas postizas y sus miedos a morir aplastada.

Y también en la prohibición de bajar al jardín con el móvil «porque esas cosas chillonas y entrometidas, no se avienen con el descanso del veraneo».

Por lo visto hubo un momento en que intenté defenderme; explicar lo que en realidad había ocurrido. Pero no me dejaban hablar: «No se altere, señor Escalante. Todos sabemos que usted no tuvo la culpa. Su mujer no sabe lo que dice. En fin de cuentas era su hijo.»

Y el mío. El ser que más quería en este mundo. La única criatura que conseguía convertir mi existencia en algo razonable y sensato.

«La pobre no sabía que el niño estaba solo.»

Pero yo sí. Yo no lo ignoraba. Yo recordaba perfectamente aquel brazo alzado dándome a entender que Antón quedaba bajo su vigilancia: «Tranquilo, yo cuidaré al niño.»

Lo demás se ha quedado para siempre en un amasijo de nimiedades turbias mezcladas con el odio más punzante de todos los odios que yo había experimentado en mi vida. Más que odio, era algo así como un aborrecimiento mortal, una repugnancia hinchada de desprecio, de ira, de un deseo loco de perderla de vista para siempre y de no volver a enfrentarme con ella jamás.

Aquella misma tarde llegaron a Marbella la tía Luisa y mi suegro. Encontraron la casa abarrotada de gente. Todos hablaban a la vez.

Por fin la verdad de lo que había ocurrido salió a relucir. Berta se había encargado de transmitir los hechos sin tapujos. «Su hija se quedó dormida mientras vigilaba al niño —le explicó abiertamente a Mahler—. Pero no hay que decírselo. El dolor la mataría. Ella está convencida de que la culpa es de su marido.»

Recuerdo que Mahler me dio un abrazo apretado «En mal momento te llamé por teléfono», se excusó llorando. También él quería a su nieto. Lo veía poco, pero lo quería. Luego estaba Luisa, parecía acongojada. Pese a su carácter frío y austero, y siempre inhibida de lo que la molestaba, aquella vez la vi derrumbada como si también ella se sintiera culpable por la muerte de mi hijo.

«Sé como te sientes, Eladio. No sé qué decirte. Lo que ha ocurrido es horrible. Que Dios se apiade de todos nosotros.» No sé por qué, pero aquella forma de hablarme me produjo la impresión de que me estaba pidiendo perdón por haber permitido que yo me casara con Antonia y por haber silenciado las inesperadas reacciones de aquel incongruente carácter suyo.

Lo que sucedió en los días posteriores se vuelve confuso. Eran días sin tiempo, como estancados en un extraño discurrir inmóvil: algo sin principios ni finales. Días que parecían noches: oscuridades enclavadas en quehaceres insípidos y lúgubres que carecían de volumen.

Afortunadamente Antonia continuaba durmiendo. El médico aseguraba que, tras el estallido de aquel dolor, lo mejor para ella era provocarle un sueño largo para reparar sus heridas morales y recobrar su equilibrio.

También Berta cayó enferma. La fiebre hundiéndola en abismos hechos de miedos, de agravios y de arrepentimientos. «Hay que darle de comer —repetía—. Aunque su madre se empeñe en que no coma, hay que hacer lo posible para que Antón se alimente.»

En cuanto a mí, ¿qué podría explicar? Todo se volvía una masa de dolores, de martirios constantes sin dimensiones concretas. Proclive al insomnio, las noches eran como seres vivos quejumbrosos empapados en furias, en odios y en desesperación.

Tampoco recuerdo con exactitud mi regreso a la ciudad, ni mis entradas y salidas de la casa a la oficina. Sólo evoco la profusión de fotografías de Antón que, de repente, invadieron mi dormitorio y mi despacho.

Y las miradas de mis compañeros de trabajo llenas de aflicción. Y mis largas parrafadas con Mahler: aquellas parrafadas que mezclaban congojas con medidas codificadas para solventar problemas profesionales; sistemas para engrosar los ingresos de Editorial Otoño; ideas que a veces, pese a la desgracia que yo soportaba, brotaban sin saber cómo, elaborando proyectos nuevos y actividades burocráticas que mi suegro siempre aplaudía.

En algún momento, Mahler todavía pugnaba por rehacer nuestro matrimonio: «Debes perdonarla, Eladio: mi hija no es mala. El sufrimiento la ha trastornado.»

Y yo, por no complicar las cosas, fingía aceptar lo que me decía.

También veo a Douglas Raft, dándome a entender hasta qué punto comprendía el vacío de mi vida: «Sé lo que es eso —me decía—, tu dolor te obliga a nadar contra corriente y eso agota mucho.» Quizás hablaba por él. Por lo que su condición de homosexual le exigía soportar. «De todos modos, cuenta conmigo para lo que haga falta.» Pero ¿qué podía hacer Douglas Raft, salvo pasar las veladas conmigo para hablar de Antón, de sus características, de todo lo que ya nunca volvería a recuperar? En realidad, ¿qué podía hacer nadie para evitar aquella horrible certeza? Las certezas no tienen envés. Son palabras inflexibles que ni siquiera admiten el beneficio de la duda. No, las certezas no mienten; sólo clavan puñales y obligan a sangrar llantos y revolver conceptos monstruosos.

Pero la vida continuaba. Y el encuentro con Antonia, tras su cura de sueño, ya no fue topar con el flanco débil del desprecio más absoluto, sino una frágil comunicación medio desvaída, inmersa en olvidos y propicia a no levantar polvaredas.

Ni ella intentó agredirme de nuevo ni yo me expuse a echarle en cara su falta de atención cuando Antón quedó a su cargo.

Apenas hablamos. Pero cuando nos decidimos a comentar minucias propias de lo cotidiano, tanto ella como yo procurábamos abordar temas insignificantes, cosas que nos alejaran del recuerdo de nuestro hijo.

Por aquellos días Mahler nos visitaba con frecuencia. Pienso ahora que eran aquellas visitas lo que mantenía la calma entre nosotros.

También Luisa se esforzaba en arrancarnos alguna sonrisa. Y Douglas Raft.

En realidad fue Douglas el que verdaderamente supo estar a la altura de las circunstancias. Él no se esforzaba por sacarnos de aquella modorra. Llegaba a nuestra casa, se sentaba junto a nosotros y procuraba que su presencia fuera un obstáculo para una posible disputa, a fuerza de parlotear constantemente. «Os he traído mazapanes de Toledo» o «Me han hablado de un restaurante que merece la pena conocer».

Fue también él quien, junto con Luisa y Berta, desalojaron los armarios y los objetos que habían pertenecido a Antón. Ni Antonia ni yo éramos capaces de meternos en aquel cuarto y contemplar todo lo que el niño había dejado.

Douglas nos comunicó que tanto los juguetes como la ropa del pequeño habían sido entregados a instituciones benéficas.

Antonia, cuando oyó aquello, no se inmutó. Se limitó a dar las gracias y a preguntarle a Douglas si quería tomar algo.

Su evidente indiferencia, aunque sin una razón determinada, me produjo mala espina. Tanta placidez y aplomo no casaba con el carácter esquivo y altanero de mi mujer.

Sin embargo, aquella forma normal de reaccionar duró varias semanas.

De improviso, una tarde compareció en casa completamente cambiada.

Vestida con un traje negro, cerrado hasta el cuello y largo hasta el tobillo, se instaló en el salón y me rogó que la escuchara:

«De ahora en adelante todo va a cambiar —me comunicó—. He decidido no volver a sufrir.»

Me fijé entonces que sus uñas ya no eran postizas, que no iba maquillada y que sus cabellos siempre esponjosos se habían recogido en un moño alto que sin duda alguna no la favorecía.

Entendí a medias lo que pretendía decirme. Al fin se explicó: «Lo he pensado mucho, Eladio; voy a cambiar de vida. Se acabaron las frivolidades, las echadoras de cartas, las sesiones de gimnasia, los footings diarios, las discotecas y por supuesto punto final a mi condición de mujer guapa.»

Y como detectara mi desconcierto, continuó: «Voy a llevar una vida retirada: visitaré hospitales, trabajaré para los indigentes y hablaré con mi padre para llevar a cabo un proyecto importante: quiero fundar una institución benéfica para niños enfermos. Naturalmente la fundación llevará el nombre de Antón.»

No supe qué replicarle. Dicho por otra persona, aquel planteamiento me hubiera parecido loable, pero dicho por ella sonaba a utopía, a unos de aquellos caprichos disparatados que de repente se instalaban en su tozudez.

De golpe y porrazo le entró también el ramalazo de la religión. Por supuesto era una religión hecha a su aire: una especie de remedo de todas las religiones. Creencias diversas plagadas de reservas, de egoísmos, de críticas a todo lo que supusiera llevarle la contraria.

Una religión con guiños de secta, sobrecargada de exageraciones místicas y poco razonables, sumida en egoísmos ególatras, de invenciones caóticas y que, aunque aferrada a un sinfín de austeridades, no dejaba de nutrirse de críticas a todo lo que, hasta entonces, le había parecido indispensable y loable.

Más que religión, lo que ella proponía era acumular intransigencias arcaicas, sacadas de quicio: «He rezado al mar —me dijo en cierta ocasión–. El mar es el dios de las aguas y las aguas estaban en este mundo antes de que hubiera tierra. Lo dice la Biblia.»

En su mente calenturienta mezclaba hipótesis propias con retazos mitológicos y principios cristianos. «Probablemente el mar es la puerta el cielo —insistió—. Por eso Antón murió rodeado de agua, para que Dios lo acogiera en su seno.»

Su forma de hablar era la de una paranoica, pero inmediatamente después de despacharse a gusto con las incongruencias más demenciales, rectificaba: «Supongo que estarás pensando que me he vuelto loca. Pero te equivocas, Eladio: lo que te he expuesto, es sólo una metáfora de mis creencias verdaderas.»

Y para convencerme de su cordura, llenaba la habitación de estampas cristianas, santos desconocidos, Cristos sangrantes y reliquias anacrónicas de diversas especies, que más parecían amuletos que objetos religiosos.

Inmersa en sus ojos acusadores, todo se volvía pecado. Cosas y costumbres que, antes de la muerte de Antón, eran coreadas por ella con entusiasmo, se convirtieron repentinamente en «maldades» que de ningún modo podían ser aceptadas. «Esos asquerosos bikinis. ¿Cómo es posible que la gente vaya a comulgar después de haber enseñado su cuerpo a tantos ojos lujuriosos?» o «Nunca hay que fiarse de lo que dice Fulana: sólo se fija en la parte mala de las personas y no tiene reparo en calumniar a todo quisque.» También su anorexia se apoyaba en motivos distintos: «Comeré de todo aunque con reservas: una vez a la semana nos pondremos a pan y agua.»

No obstante, lo que predominaba en ella era aquella obsesión por pronunciar anatemas contra todo lo que siempre había defendido, especialmente si lo que censuraba afectaba a sus amigas.

Aquel cambio repentino no tardó mucho en levantar ampollas entre la gente que le rodeaba. Especialmente cuando, presa de aquel maldito fanatismo, se lanzaba a vaticinar castigos celestiales casi siempre condicionados a su terror de morir aplastada.

«Todos caeréis bajo el peso de un montón de ruinas», vaticinaba con aires de profeta wagneriana.

Varias fueron las amigas que, al verla tan trastocada, renegaron de ella. Pero Antonia no se daba por vencida: al contrario; cuánto más la rehuían, más «excomulgaba» y «criticaba» a las desertoras.

En cuanto a su anorexia, aunque algo amortiguada, no disminuió totalmente. Para ella, sus ayunos ya no servían para seguir teniendo una figura «de modelo», sino para espiar los pecados ajenos. «Como a los hombres os gustan las mujeres metidas en carnes, yo voy a intentar adelgazar todo lo que pueda y evitar en ellos malos pensamientos.»

La estoy viendo ahora proponiendo a su padre crear una fundación benéfica para perpetuar el nombre de nuestro hijo: «Se llamará Antón Mahler Escalante.» Y añadía que el cambio de apellidos estaba permitido en España.

Su padre le contestó que lo pensaría, pero que le diera tiempo para procurar que el proyecto no tuviera fallos.

Aquella vez, Mahler se sinceró conmigo y, aterrado, me dio a entender que temía por la salud mental de su hija: «La muerte del niño la ha trastornado —me dijo—. Habrá que hacerla visitar por un psiquiatra. —Y como yo no diera señales de extrañeza—. Aunque siempre ha sido algo descentrada, nunca imaginé que mi hija llegaría a semejantes extremos —acabó confesando—. ¿Te has dado cuenta de cómo va vestida? Pero ¿qué mosca le ha picado para que parezca una sufragista?»

Y mientras hablaba una vez más me fijé en la mesa Luis XV situada entre los dos ventanales pletóricos de luz. Y la fotografía de Antonia cuando tenía ocho años. Aquella misma fotografía que yo contemplé la primera vez que entré en aquel despacho y que el tiempo estaba amarilleando porque Mahler se resistía a sustituirla por otra actual, acaso porque, en su niñez, Antonia no se parecía a la mujer, que, años después, su padre decidió endosarme: «No ignoro lo que habrás tenido que soportar, Eladio. Es posible que me juzgues un padre poco sacrificado. Pero, aunque no lo creas, estoy al corriente de todas las rarezas de mi hija.»

Por primera vez comprendí que Mahler, pese a su categoría de hombre prepotente y su aureola de persona importante, era un pobre desgraciado que se evadía de la verdad de su hija, a fuerza de remiendos que cada vez eran menos eficaces.

Respecto a lo que me había dicho relacionado con el desequilibrio de Antonia, procuré calmarlo: «No se preocupe. Hablaré yo mismo con el médico para ponerlo en antecedentes. No conviene que ella se entere de su condición de psiquiatra. Inventaré cualquier excusa para que la visite como si se tratara de un médico internista.»

Mahler se acercó a mí y me dio un abrazo: «Gracias, hijo. No sé lo que haría si no fuera por tu ayuda. Mi cuñada no sirve para manejar ese tipo de sutilezas. Además está ya muy cascada. No puedo contar con ella.»

Por su forma de expresarse, se comprendía que su ánimo le fallaba y que por más que intentara salir a flote, era un hombre destrozado por la edad y por los problemas que su hija le causaba.

Pensé en la inmensa fortuna que, tras su muerte, iba a caer en manos de Antonia. Pero lejos de alegrarme, aquella posibilidad me agobiaba. «Nadie más pobre que un rico desamparado», pensaba. ¿Qué importancia podía tener el dinero que sólo podía servir para mantener viva una persona con la mente troceada?

Recuerdo que aquel día la luz declinaba acelerada porque el otoño caía sobre la ciudad con la premura de las muertes fulminantes y la luz que, al entrar yo en aquel despacho, todavía provocaba reverberos, se iba apagando deprisa para recoger los alumbrados de una calle en sombras.

Al salir a la calle era ya noche. Y noche continuó siendo una semana más tarde cuando Antonia cayó enferma. Al principio se ahogaba, le dolía el pecho y no podía hablar. De improviso empezó a expectorar sangre, y la fatiga se le notaba en el sudor frío que empapaba su cuerpo.

Inmediatamente fue trasladada a una clínica. Allí le diagnosticaron una embolia pulmonar: «Afortunadamente, han llegado a tiempo», me tranquilizaron.

Al parecer la causa de aquella embolia se debía a una anomalía de coagulación, por un déficit de la vitamina C. «Ese déficit —me dijeron— predispone a la trombosis venosa.»

Pregunté si lo que tenía era grave: «Lo es —me aseguraron—. Pero si cumple un tratamiento estricto puede curarse definitivamente.»

Recuerdo que inmediatamente le inyectaron heparina y que durante quince días que permaneció internada en la clínica fue como un sarmiento seco de una viña descuidada. Casi no hablaba, ni se quejaba. Ni siquiera se atrevía a moverse.

Al tiempo que se iba recuperando, también su cordura se estabilizaba. Poco a poco fue dejando de alterarse y de nuevo la sensatez (aquel remedo de sensatez que en tiempos me había encandilado) volvía a ella. Se acabaron las manías sectarias, sus miedos a morir aplastada, sus críticas a las amigas y todo cuanto la muerte de Antón había contribuido a que su mentalidad se trastocara.

Incluso cuando yo iba a verla, me sonreía con aquella sonrisa lejana de nuestro tiempo de noviazgo: «¿Sabes Eladio?, dicen que he estado a punto de morirme.»

No voy a negarlo: en aquellos momentos, sentí pena por ella.

—Todavía no me has hablado de aquel tren perdido —exclama Eladio repentinamente—. ¿Cómo era? ¿En qué se ocupaba?

Daniela sonríe. Le divierte sin duda que Eladio se interese por los avatares ocultos de su vida pasada:

—Trabajaba en un gimnasio. Era el director de una academia de cultura física. También fue entrenador de un equipo femenino de baloncesto.

Eladio frunce el entrecejo y se esfuerza por asimilar la respuesta de Daniela. No la puede imaginar encandilada por alguien tan opuesto a lo que él admira en ella.

—¿Qué era lo que os unía? Ni yo te imagino jugando al baloncesto ni a él elaborando proyectos artísticos.

Daniela deja escapar una risa sofocada. Las razones de Eladio son demasiado rotundas y lógicas para desmentirlas.

—Ya hemos quedado antes que, en cuestión de enamoramientos, la razón brilla por su ausencia. Enamorarse puede ser algo tan incongruente como saber que la lluvia se ha enamorado del sol. O el sol de los glaciares. Sin embargo, ese tipo de enamoramientos se produce, existe, se vuelve poderoso y torturante. —Y de nuevo riendo—: Pero enseguida se acaba. Los glaciares se derriten, y el sol cuando se cansa de la lluvia no tiene inconveniente en proclamarlo formando en el cielo un precioso e inconfundible arco iris.

»¿Has pensado alguna vez que los arcos iris son siempre símbolos de un final tormentoso?

La metáfora del arco iris impacta a Eladio y se dice que Daniela, además de ser una mujer inteligente y atractiva, es también una caja de sorpresas.

Sin saber por qué, en estos momentos le viene a la mente el cuadro tan contravertido: *El jardín de las delicias*. Nada en ese cuadro produce la impresión de ser algo delicioso. Tampoco Daniela por muy enamorada que estuviera de su profesor de gimnasia se aviene con la imagen de un gimnasio.

—Sin embargo —insiste ella—, aquel hombre fue el pavo real de mis sueños. No deja de ser gracioso, ¿verdad? Lo cierto es que separarme de él y hacerme a la idea de que debía olvidarlo fue lo mismo que echarme a los raíles por donde el tren abandonado debía pasar.

—¿Tanto le quisiste?

—No considero que la palabra «querer» sea la adecuada. Estaba enamorada. Es decir: «alucinada», «embrujada» Qué sé yo. Sin embargo también lo estaba de mi profesión.

—Y preferiste dejarlo a él.

—No lo prefería, pero lo dejé.

—¿Te arrepentiste?

—Al principio, sí. Pero como ya te he dicho, mi profesión me empujaba a abandonarlo. Necesitaba probarme a mí misma que podía salir adelante sin ayuda de nadie.

—Y perdiste la ocasión de ser feliz.

—Tampoco estoy muy segura de que mi felicidad hubiera durado siempre. Cuando se espera mucho de un amor tan intenso como el que yo sentía, el cansancio no tarda en brotar y lo malgasta. Se queda en un enamoramiento pequeño. Y un enamoramiento pequeño no merece la pena.

—¿Te costó olvidarlo?

—Bastante.

—¿Procuraste volver a verlo?

—No, me enteré que al año de nuestra separación se casó con una de sus discípulas. Así que me dije: «Fin de todo.» Procuré no pensar. Lo enterré.

—¿Completamente?

—No. Me quedó aquel conato de felicidad que me hizo sentir. Y también una pizca de arrepentimiento por haber renunciado a él. Pero pronto me di cuenta de que aquello no era amor.

Eladio compara ahora a Daniela con un camino recto que conduce a un castillo inexpugnable.

—El amor —continúa diciendo ella—, para que sea completo, necesita acompañarse por la fe y la esperanza. Y mi entrenador carecía de ambas cosas.

—Comprendo —murmura Eladio.

—En cambio la persona con la que voy a casarme, aunque nunca ha llegado a motivar mis sentimientos egotistas y transcendentes como los de la gente que dice estar enamorada, me proporcionará no sólo su apoyo, sino también aceptara el mío con generosidad. Nos conocemos muy bien. Nos respetamos y tanto él como yo sabemos que el verdadero amor no consiste tanto en sentir como en dar.

—¿Y eso te parece suficiente?

—No me he parado a pensarlo. En cualquier caso me resulta grato y razonable.

Y al oírla Eladio se nota como atrapado por un círculo hecho de envidia, que le empuja a romper moldes, a confesarle lo que le está torturando y dejar claro lo que según intuye, está experimentando también Daniela.

—Entonces lo que predomina en vosotros es una amistad amorosa. ¿Me equivoco?

—No. No te equivocas.

—¿Y crees que eso es suficiente?

Daniela no contesta. Continua inmóvil como si la pregunta de Eladio no le inmutara. Probablemente piensa que si contesta tendrá que mentirle. Y que su mentira será inadmisible.

Pero Eladio insiste:

—Ésa fue una de las cosas que más me llamaron la atención cuando empecé a hablar contigo —le dice espontáneamente— tu discreción, tu falta de hacerte notar y sobre todo la forma de reaccionar cuando manché tu falda con el zumo de tomate.

—¿Lo dices porque no he contestado a tu pregunta?

—Es posible. Pero también porque llevo mucho rato deseando expresarte lo mucho que me has impresionado a lo largo de nuestra conversación. Por ejemplo: tu cara limpia de afeites, tu cabello algo despeinado, tu belleza natural. Son esas pequeñas cosas lo que alegran la vida. —Y mientras habla no deja de buscar con sus ojos claros la oscuridad de los suyos—. Creo que ya te lo he dicho: no recuerdo haber tenido una sensación tan plena como la que tu presencia me ha proporcionado.

De repente calla. A veces, para durar en la persona que produce impacto, hay que detenerse. Y lo que Eladio precisa por encima de todo es durar en la mente de Daniela. Quedarse allí para el resto de su vida.

Aunque la insistencia de Eladio por mirarla no parece inmutarla, Daniela tampoco claudica. Finge no interesarse y se lleva las manos a la cara para taparse los ojos. Es como si el placer que experimenta cuando él la contempla despertara en ella sensaciones antiguas que se niega a recobrar:

—A veces esas sensaciones son únicamente preludios —responde ella a la pregunta que ha quedado en el aire.

—Preludios, ¿de qué? Los preludios sin continuación no tienen sentido.

—Tampoco lo tienen las continuaciones que guardan secretos.

Lo ha dicho con un punto de enfado, acaso consciente de que las metáforas de Eladio para eludir lo que le está ocultando le están resultando insoportables.

Eladio comprende perfectamente que Daniela se exaspere ante las constantes desviaciones que él ha planteado para eludir lo que le está callando. También sabe que bastaría una ligera alusión a lo que Daniela le inspira para que la vida de ambos se modificara.

Pero la vida no es para él únicamente un dejarse llevar como le ocurrió con Antonia. La propia Daniela lo ha definido hace poco, cuando le ha dicho que la heroicidad consiste en sacrificarse.

—¿Crees que estaba escrito que debíamos encontrarnos? —pregunta él desconcertado.

—¿Quién sabe?

—En cualquier caso, quizá también estaba escrito que después de conocernos no quepa más solución que la de separarnos.

—No veo por qué —responde ella—. La ciudad de Los Ángeles tiene aeropuerto y aviones que aterrizan, y un cielo claro que nunca defrauda.

—A lo mejor, a pesar de la claridad del cielo, yo te defraudaría.

—No —contesta ella sin alzar la voz—. Nunca podrías defraudarme.

Y al oírla es como si el avión entero se convirtiera en un sueño lleno de ilusiones vagabundas, de imposibles maravillosos y de esperanzas que quizá no fueran desechables.

Y el momento que está viviendo le permite sentirse feliz, y agradecerle a Daniela con toda el alma esa sensación nueva que avanza sin freno dentro de sí mismo entre efluvios de promesas que, incluso aunque no se cumplan, serán siempre realidades.

Es lo mismo que si el avión dónde se encuentran no existiera y el vuelo que emprenden se dirigiera a un mundo desconocido donde todo pudiera solventarse incluso el dolor más agudo y la vergüenza más arraigada.

—¿Me permites decirte algo muy íntimo? —pregunta Eladio tímidamente.

—Adelante.

—Te prometo, por la memoria de mi hijo, que después de haber hecho este viaje, ya nunca volveré a ser el mismo. Tú no puedes comprenderlo Daniela, pero has cambiado mi vida.

Los médicos lo tenían muy claro: «Con una medicación adecuada, su esposa podrá curarse. Pero la tregua será larga.»

Al parecer las embolias pulmonares solían ser más frecuentes de lo que parecía. Lo esencial consistía en vigilar a fondo la evolución de la enferma para dosificar la medicina indispensable. «Habrá que hacerle un INR mensual para calcular la dosificación correcta.»

La medicina tenía un nombre de guerrero romano: Sintrom. Parece que la estoy viendo, con su recetario bien detallado, con su envoltorio de medicamento corriente y las advertencias consabidas: «Consultar al médico.»

Las consultas debían ser mensuales para extraerle sangre y conocer exactamente la evolución de la enferma. «Debe descansar; nada de alteraciones.»

Ahí está ahora Antonia, de nuevo la veo instalada en nuestra casa. Amedrentada, pacífica, echada en la cama o sentada en el sofá del salón, como si se hallara en el cráter de un volcán que estuviera a punto de estallar.

Lo cierto es que nadie se explicaba la razón de aquel imprevisto. Aunque los médicos afirmaban que todo se debía a una falta de la vitamina C, la voz popular, achacaba aquella especie de flebitis a la alteración que le había producido la muerte del niño.

¿Cómo podía ser posible que una mujer tan delgada pueda verse afectada por un coágulo de sangre?

Pero los médicos no se extrañaban: «Las alteraciones constitucionales nada tienen que ver con las gorduras y las delgadeces.» Y añadían que lo que le había ocurrido a Antonia podía ocurrirle a cualquiera.

Lo esencial era que la enferma no se alarmara: «El Sintrom bien administrado, puede curarla definitivamente.»

La rotundidad de los médicos animaba a Antonia. Parece que la estoy viendo, su mirada todavía algo atemorizada, buscando en las pláticas de los profesionales la seguridad que precisaba.

Todo en esta vida consistía en eso: saberse seguro, rodearse de defensas, evitar riesgos, planear ecuanimidades y huir de cualquier peligro.

Al principio, cuando la vi en la habitación de la clínica, con el embozo de la sábana subido hasta el cuello, mientras, asustada, contemplaba a los médicos como si contemplara el borde de un abismo, de nuevo sentí por ella aquella extraña compasión que a veces se experimenta cuando se observa a un indigente desvalido pidiendo limosna. Especialmente cuando ella, aterrada, asomaba su mano para buscar la mía: «Por favor, Eladio, no me dejes morir.»

En aquellos momentos, procuraba tranquilizarla. Tampoco yo quería que muriera. Incluso me emocionaba verla tan desvalida, tan poco «ella» y tan inmersa en el horror que su enfermedad le causaba. «Descuida, Antonia, no permitiré que te mueras. Confía en mí. Te aseguro que haré todo lo imposible para que salgas de esta situación cuanto antes.»

Y no mentía. Puedo jurar que Antonia, en aquellos instantes, era para mí únicamente un ser desvalido, aterrorizado, que precisaba desesperadamente que la ayudaran.

Su voz era casi un hilo, pero su insistencia la reforzaba:

«Por lo que más quieras, Eladio; no me dejes sola; no te vayas. Quédate conmigo. Te necesito.»

Me necesitaba. Siempre me necesitaba: unas veces para torturarme y otras para convertirse en un manso cordero y transformarme en esclavo. Pero mi presencia era lo único que la completaba, que la convertía en la Antonia de siempre (con sus nortes y sus desnortes, con sus iras y sus amores, con sus razonamientos y sus incongruencias) deseosa de mi presencia, de mi dedicación, de la confianza que siempre despertaba en ella.

Estoy viendo ahora a los médicos entrando en la habitación de la clínica; el caminar lento, los ademanes aletargados, preguntando y respondiendo entre susurros, frases que no se entendían, con sabor a tecnicismos que dejaban en los profanos un regusto amargo.

Recuerdo que citaban mucho la palabra «rigor» y que barajaban ideas algo contrapuestas pero siempre minuciosamente analizadas, para evitar que aquel remedo de mujer medio desahuciada pudiera incorporarse de nuevo al proceso de vivir.

También estoy viendo a Mahler, mirándome entre angustiado y esperanzado, aferrándose a los ruegos de su hija: «No la abandones. Quédate con ella. Te lo ruego, Eladio.»

Y a Luisa, su adustez habitual mermada por el susto; sus ojos secos, merodeando inquietos por la habitación acaso para que no lagrimearan. «Ayúdala, Eladio. Antonia sólo confía en ti. Quizá si te muestras cariñoso con ella esta enfermedad pueda cambiarla.»

También yo lo creía. La Antonia de aquellos días nada tenía que ver con la mujer odiosa que tanto me había torturado.

Y ella: «No me falles, Eladio: te lo suplico. No me falles.» Lo decía amedrentada, como extraviada en aquellos silencios que de vez en cuando parecían abismarla en sueños tenebrosos. «Me han dicho que si esa embolia se repite, moriré.»

Ignoro quién se lo dijo. A veces Antonia adivinaba lo que

se rumoreaba, pero aquella vez seguramente lo escuchó de los propios médicos mientras fingía dormir.

Cuando dijo aquello casi me mostré indignado: «¿Quién te ha metido esta estupidez en la cabeza? Los médicos están convencidos de que, tratándote debidamente, te curarás para siempre. Yo voy a ocuparme para que todo se cumpla con el mayor rigor posible. Vivirás, Antonia, te lo prometo. Nunca permitiré que esa embolia se repita.»

Qué bien recuerdo aquellos días. Todo era plácido, desarraigado de equívocos, de mentiras, de razonamientos falsos.

Las excusas sobraban. La sinceridad se iba adentrando cada vez más en la trascendencia de la verdad. Y la verdad era el deseo de que Antonia se recuperara, que volviera a la vida, que los extravíos que tanto nos habían afectado, se perdieran para siempre.

Pero el fantasma de la muerte no parecía abandonarla. Aunque lo de morir aplastada había pasado a mejor vida, la obsesión del coágulo en el pulmón la aterraba.

Oigo ahora a Mahler prometiéndole a su hija que, si ella lo deseaba, yo no me iba a apartar de su lado: «Instalaremos en la clínica una especie de oficina para que tu marido no tenga que desplazarse.»

Eso era lo que ella necesitaba: que yo no saliera de la clínica, que durmiera con ella, comiera con ella y trabajara en una salita contigua a su cuarto: «No permitas que salga, papá. Si Eladio me deja sola, Dios sabe lo que puede ocurrirme. La gente es muy mala y no me fío de nadie.»

Y su padre que lo primero era lo primero: que descuidara, «que tu marido no saldrá de la clínica.»

Recuerdo que el invierno arreciaba y que las lluvias torrenciales dejaban las vidrieras de la habitación completamente empañadas.

Y que las jornadas transcurrían entre olores de alimentos, de flores, y de esos aromas indefinidos que la acumulación de medicamentos hace que se adueñen de los pasillos, especialmente cuando algún enfermo llegaba del quirófano.

Me veo también departiendo con mi secretaria y con los distintos ejecutivos a mis órdenes en la habitación que Mahler había ordenado acondicionar para que pudiera desenvolverme satisfactoriamente en mi trabajo diario.

La cuestión era que ni por un instante yo abandonara la clínica, que la hija del supremo jefe se sintiera arropada y que los médicos pudieran contar conmigo para tranquilizar a la enferma.

Cuando ahora vuelve a mí el continuo llanto de los ventanales, no sé por qué asocio aquellos cristales a la cara pálida y enjuta de Antonia. Su lividez asustaba y cada vez que entraba en su cuarto nada en ella, salvo su mueca sonriente, parecía modificarse.

Jamás la había visto yo tan inmóvil, tan temerosa de que la sangre se le encabritara y la despegara para siempre de esta vida.

Pero los días pasaban como si las mañanas y las noches fueran una misma cosa. Nada durante las veinticuatro horas de aquellas jornadas insulsas, se alteraba.

Por eso, cuando ahora repaso nuestra estancia en aquel lugar, me resulta tan difícil estructurar con detalle los pormenores. Lo único que destaca son instantes, momentos sin fundamento, como aquel rielar de la luna en un cielo oscuro, antes de correr las cortinas, o alguna broma indeterminada que Antonia lanzaba para agradecer mi presencia, o el alivio que sentía cuando el médico que la trataba me aseguraba que mi mujer mejoraba y que muy pronto podría trasladarse a nuestra casa.

Luego estaba la opinión del psiquiatra que simulaba ser un internista para que Antonia no se ofendiera: «Puedo asegurarle, señor Escalante, que su mujer está mentalmente sana. Es posible que su carácter sea algo infantil y por lo mismo desordenado. Quizá le falta madurar, pero le garantizo que en ella no he detectado el menor signo de fisuras paranoicas ni inhibiciones descontroladas.»

Aquella opinión me tranquilizaba. Se trataba de un buen

especialista que, a instancias de mi suegro, había visitado a Antonia pretextando reconocerla por la enfermedad que padecía.

Para ponerle al corriente y no desorientarlo, antes de que la reconociera, yo le hablé de sus incongruencias, de sus desquiciamientos y de su manía de adelgazar: «Muchas veces es la desnutrición lo que suele causar esos arrebatos», me dijo. Y añadió que semejantes reacciones eran frecuentes en las mujeres que se casaban jóvenes—: Se sienten desorientadas no saben cómo deben actuar, se creen que, por el hecho de casarse, deben considerarlas "el ombligo del mundo", —bromeó—. Pero de eso a considerarla mentalmente enferma hay una gran distancia.»

Añadió también que, tras hablar con ella largo y tendido, había llegado a la conclusión de que estaba plenamente enamorada de mí y que con frecuencia fingía lo contrario para que yo me fijara en ella: «A menudo tengo la impresión de que mi marido no me quiere», parece ser que le dijo.

Cuando le expliqué a Mahler la conversación que mantuve con aquel médico, pareció experimentar un alivio: «No debió casarse tan joven —confesó—, pero ella se emperró en celebrar la boda cuanto antes y yo no supe llevarle la contraria.»

Sin embargo, en medio de aquel cúmulo de contrariedades, destaca una alternativa positiva: la anorexia que la consumía dejó de ser un problema y, aunque jamás finalizaba la comida que le ofrecían, no por ello la rechazaba totalmente. La rutina de la clínica no admitía cambios ni caprichos y no le quedó más remedio que someterse a lo que los restantes enfermos comían.

Al principio, inmersa en la costumbre de pasar hambre, se limitaba a mordisquear lo que le servían sin hincarle el diente como era debido. Pero sin duda fue su temor a perder fuerzas lo que, poco a poco, le obligó a aceptar aquellos alimentos a pequeñas dosis, pero lo suficientemente dotadas de calorías para no morir de inanición.

A pesar de todo, su delgadez persistía, así como la convicción de que engordaba: «Como continúe mucho tiempo en esta dichosa clínica, voy a acabar como una vaca.»

Entonces yo, para tranquilizarla, le aseguraba que aunque engordase, para mí seguiría siendo la mujer más bonita de este mundo.

Y la besaba. La acariciaba. Le daba a entender que en adelante entre ella y yo todo iba a cambiar. «En cuanto te pongas buena haremos un viaje los dos solos como cuando nos casamos.»

Aquellas perspectivas la llenaban de felicidad y por descontado la apaciguaban.

Tal era su sosiego que ni siquiera se alteraba cuando, por razones laborales, me veía en la necesidad de pasar horas y horas en la salita contigua a su dormitorio porque, aunque ausente, me sabía cercano. Por eso no le importaba que yo departiera con mis empleados o pasara mucho tiempo pegado al teléfono o recibiendo visitas indispensables para cumplir con el quehacer propio de una oficina.

También ella fue recibiendo visitas en los quince días que estuvo hospitalizada. Eran las amigas de siempre que, alarmadas y arrepentidas por haber renegado de ella tras sus indudables extravagancias, al saberla tan grave, no vacilaron en volver a tratarla.

Todavía ahora, cuando recuerdo aquellos días, oigo sus risas y sus griteríos formando algarabías que a veces conseguían alterarme porque evitaban concentrarme en mi trabajo. Pero jamás me quejé.

De vez en cuando, oía frases mil veces escuchadas: «El ejecutivo ya no se aparta de mi lado» o «Cuando me ponga buena, me ha prometido hacer juntos un segundo viaje de novios».

De sus arrebatos religiosos mezclados a sus vaticinios agoreros, ya nunca hablaba. También parecía haber olvidado sus propuestas de austeridades sectarias.

De nuevo parecía interesarse por la moda, por las novedades que se exhibían en las pasarelas, por la necesidad de ponerse al día y jugar a ser moderna: «La verdad es que la muerte de Antón me dejó trastornada», confesaba compungida.

Pero los meses pasaban y la muerte de Antón iba quedando rezagada.

Alguna vez alguien le decía: «Eres muy joven; tendréis más hijos.» Pero Antonia se apresuraba a negarlo: «De ningún modo. Jamás caeré en el error de volver a ser madre. He sufrido demasiado para repetir la experiencia.»

También a mí me lo decía cuando yo le suplicaba que dejara de echar mano de los dichosos anticonceptivos: «Es inútil, Eladio; aunque me lo pidieras de rodillas, jamás correría ese riesgo.»

Tras los quince días que pasó en la clínica, regresamos a nuestra casa. La primera semana la pasó en la cama, pero no permitía que nadie se ocupara de darle la medicina (debidamente dosificada) si no era yo quien la preparaba: «De Eladio me fío. Vosotras no sabéis nada en cuestión de medicamentos», les decía a Berta y a su tía Luisa.

Y Berta, sumisa, acataba lo que Antonia decidía: «Desde luego, niña mía: nadie como tu marido para cuidarte.»

El regreso a nuestra casa pareció darme un respiro. Los quince días de encarcelamiento hospitalario, saturados de hermetismos y de tensiones continuas, me dejaron agotado.

En la clínica la continua vigilancia de Antonia me agobiaba. Sobre todo aquel modo suyo de inspeccionar cada uno de mis gestos, de mis posturas, de mis ademanes, de mis salidas al pasillo para cambiar de ambiente.

Aunque sabía que aquella indudable esclavitud contribuía a mejorarla, para mí no dejaba de ser un esfuerzo que, sin quererlo, me estaba alejando de ella cada vez más.

Mahler se daba cuenta de mi situación: «Ten paciencia, hijo: pronto podrás regresar a la oficina.»

Y regresé.

Los primeros días, Antonia aceptó sin dar muestras de

malestar mi vuelta al trabajo: «Pero por favor; no tardes mucho. Ya sabes que te necesito.»

Y, según decía, contaba las horas que yo pasaba en la editorial: «Te has retrasado», me recriminaba, si no estaba en casa según ella lo había previsto.

No obstante, sus recriminaciones no eran virulentas como las de antes de caer enferma. Se quedaban sólo en comentarios sin importancia, frases dichas al desgaire como juicios neutrales sin ánimo de acusarme.

Pero a medida que los días pasaban, su calma volvía a alterarse. «A saber lo que habrás hecho» o «¿No te habrás perdido por algún "domicilio" inadecuado?». Para ella la palabra «domicilio» siempre era peyorativa. La asociaba a un prostíbulo.

Y yo, para que no se alterase, de nuevo precisaba inventar excusas tontas y motivaciones grotescas porque si le decía la verdad, de puro normal, no me hubiera creído. Lo esencial era que no maliciase mis mentiras, que mis explicaciones la convencieran, porque de lo contrario podía excitarse y los nervios corrían el riesgo de perjudicarla.

Sin embargo aquel continuo calcular excusas que se ajustaran al tiempo y a la lógica iban recobrando, para mí, su antigua calidad de suplicio.

A pesar de todo, durante el primer mes que transcurrió en nuestra casa, todo se fue sucediendo con el sosiego que el médico se hartaba de recomendar: «Mucha paz. Nada de alteraciones.»

Lo único que Antonia no admitía tajantemente, era que nadie (aparte de mí) se ocupara de sus cosas. Yo debía ayudarla a vestirse, a estar junto a ella cuando se bañaba, a decidir sus comidas y sobre todo a dosificar convenientemente la dosis de Sintrom que el médico recetaba. «De Berta no puedo fiarme. Tiene pocas luces y puede equivocar la dosis.» Y como si yo no lo supiera, no cesaba de repetirme: «De ti depende que no muera, Eladio. Ya sabes lo que me han vaticinado: si recaigo moriré.»

Cuántas veces he oído esa frase a lo largo de mis noches sin Antonia. Esas noches que parecen hechas de ausencias estertorosas, de encrucijadas incapacitadas para elegir caminos, de confusiones que se empeñan en ser claridades, y en oscuridades demasiado iluminadas para que no me obliguen a darme de bruces contra las armaduras fantasmas del remordimiento.

Noches horribles en que los errores cometidos crecen para que no puedan ser subsanados; antes al contrario, se repiten y se amplían mil veces potenciando su realismo y envenenando, cada vez más, intuiciones favorables, para evitar que puedan ser aceptadas.

Noches en que la culpa ni siquiera tiene derecho a ser rehabilitada. Noches de hijos pródigos sin padres dispuestos a perdonar, ni hermanos envidiosos que confirmen el perdón.

Los perdones, en esas noches mías, que son algo así como antesalas del infierno, no pueden suplicarse. Y si cupiera esa posibilidad, tampoco podrían perdonarse, porque para perdonar hay que «saber» y las noches que yo vivo me impiden que los demás «sepan». Sólo acusan y ciegan, y provocan soledades incapacitadas para ser compartidas.

Por supuesto cada mes yo debía acompañarla al analista. La dosis de Sintrom dependía de lo que el INR detectara.

No obstante el médico se mostraba optimista: «Por ahora todo va perfectamente. Dentro de un año, el peligro habrá pasado y usted podrá llevar la vida normal», le decía a mi mujer.

Nada fallaba. Los análisis de sangre se ajustaban siempre a los resultados que el médico había previsto. «Lo esencial es evitar que te canses», insistía yo.

Por lo demás, la vida que Antonia llevaba no preconizaba riesgos. Aunque con mayor cautela, su actividad social se reanudó sin problemas.

Poco a poco, la Antonia que todo el mundo había admirado fue recobrando su prestigio de mujer ingeniosa, de persona dispuesta a llevar la voz cantante en las reuniones donde imperaban los chismes y los relatos picantes. Parece que la estoy viendo explicando historias que nadie conocía y que ella probablemente inventaba guiada por su aguda intuición.

Otra vez las insinuaciones que incitaban a equívocos. Y las ligerezas escabrosas. Y las corrupciones de la gente con prestigio suficiente para ser desprestigiadas.

Atrás iban quedando ya las austeridades exageradas que la muerte de nuestro hijo le habían obligado a adoptar. Fin de anatemas contra sus amigas. Fin de profecías wagnerianas. Y de terrores sectarios y de todo lo que la había convertido en una candidata a la paranoia.

De fundaciones para niños enfermos ya no hablaba. Probablemente su padre se lo había quitado de la cabeza. Lo mejor era dar muchas limosnas para las instituciones ya constituidas para atender criaturas con problemas y asunto concluido.

Lo único que coleaba era otra vez su miedo a morir aplastada. «A veces lo sueño, ¿sabes, Eladio? —Parece que la estoy oyendo. Se expresaba semidormida, con ese tono apagado del zurrear de las palomas—: Hay que vigilar los balcones.»

Pero bastaba que en su duermevela yo la acariciara, para que sus temores se calmaran: «No temas. Son balanceos del sueño. Ráfagas tontas. También yo me veo a veces naufragando en el mar.»

Y se dormía con su premonición anestesiada.

Así transcurrieron ocho semanas. Discurriendo nimiedades y buscando fórmulas para recobrar pasados perdidos que se alejaran del recuerdo de Antón y perfilando esperanzas venideras que para mí sólo eran rutinas sin esperanzas.

Por aquellas fechas, mi suegro volvió a ausentarse. En cuanto a Luisa, una vez la existencia de su sobrina parecía ya encarrilada, procuraba recobrar sus propias expansiones sin contar con nosotros.

Ignoro cuál era su vida. Según Antonia, su tía Luisa vivía

porque respiraba, pero «Es como un mueble, Eladio; te lo aseguro: ni corta ni pincha».

Sin embargo, en algún momento yo la echaba de menos. Tenerla en casa era una forma de saber que Antonia, aunque sin apreciar su ayuda, podía contar con ella para lo que hiciera falta y aquella idea me proporcionaba un descanso que su ausencia me escamoteaba. En el fondo Luisa era un poco mi garantía: mi forma de acompañar a mi mujer sin sentirme obligado a acompañarla yo.

Lo malo era dejarla sola: con sus flaquezas, sus desvíos y sus imaginaciones navegando sin rumbo por los ríos de la casa y señalándole desviaciones que ella consideraba caminos acertados.

Con frecuencia sacaba a relucir cosas que yo no podía cumplir pero que ella exigía: «¿Te has olvidado ya de lo que me prometiste cuando estaba en la clínica? Me dijiste que en cuanto fuera posible haríamos un viaje tú y yo solos.»

Hasta cierto punto tenía razón. «Las cosas han cambiado, Antonia: los negocios se han incrementado y mi trabajo no me permite aún tomarme unas vacaciones gratuitas», le dije.

Pero ella no se apeaba: «Excusas: lo que te ocurre es que ya no te divierte viajar conmigo.»

Le hablé entonces de su padre, de mi obligación como socio de la editorial y consejero de Woultmand & Starky, de sustituirle en ciertas tareas: «La economía está dando un cambio y hay que mantenerse alerta a las consecuencias que la internacionalización de las finanzas provoca en el mercado editorial.»

No me escuchaba. Mis respuestas le sonaban a insultos: «¿Te crees que soy tonta?» Y es que nada le molestaba más que verse acorralada por la ignorancia. «Todo lo que me cuentas son patrañas para zafarte de tu promesa.»

Era imposible razonar con ella. Nada más difícil que luchar contra la vanidad del ignorante. Y Antonia en cuestiones financieras, era un cero a la izquierda.

Lo cierto es que aquellos conatos de disputas comenzaron a subir de tono.

Los recuerdos ingratos volvían. Las tiranteces recobraban violencias mentales. La memoria a veces puede ser la peor de las consejeras. Y Antonia recordaba. También yo sin darme cuenta me iba apoyando nuevamente en las escenas pasadas; los desequilibrios que nos habían enfrentado, las maniobras que propiciaban violencias, acosos y malos tratos.

Y Antón: los reproches, las culpas. Los insultos. Y las miradas tristes del niño que no comprendía a su madre. Y las veces que ella, despóticamente, lo había echado de su cuarto mientras se acicalaba. Y el beso al espejo. Y todo.

Sí; todo. Una tras otra, las acusaciones brotaban como hongos en otoño. Ni ella ni yo podíamos remediarlo.

Cuando el corazón se llena de escombros, por mucho que nos empeñemos en barrerlos y dejarlo limpio, jamás se consigue asearlo sin dejar rastros. Siempre quedan esquinas de cosas podridas, de evocaciones que hieden, de intensidades sucias que nos asquean como si acabaran de suceder.

Mala cosa la memoria. Siempre es ella la que se empeña en que lo que fue pasado continúe siendo presente. Es la memoria lo que nos induce al rencor, y a la venganza y al insulto.

Fue así como, a pesar de nuestro constante «estar juntos», comenzaron a decaer las recobradas veladas hogareñas; las jornadas ociosas leyendo o viendo la televisión mano a mano; las visitas a las tiendas los sábados por la tarde, y las sesiones de cine dominicales sin separarnos para sustituirlas por los juegos de bridge en casa de los amigos, o por las noches psicodélicas en las discotecas de antaño y las guerras lujuriosas al llegar a nuestra casa, casi siempre provocadas por el alcohol ingerido; guerras torpes sin razón de ser, como incitadas por la costumbre del vicio, pero sin el menor asomo de afecto.

Cuando la vida se hunde, no hay más remedio que agarrarse a cosas así: estúpidas y falsas y fingir despertares amorosos donde sólo cabe el rito del sexo. Y renunciar a mil cosas que todavía parecían recuperables.

El caso es que Antonia día a día iba pareciéndose cada vez más a sí misma; a la Antonia de los desafíos, de los ataques verbales, de los latigazos contra mi persona.

Ni siquiera le importaba que yo estuviera delante: «En fin de cuentas el ejecutivo se casó conmigo por mi dinero.»

Nada le importaba que, al humillarme, ella quedara en mala posición. El caso era rebajarme, hundirme y aprovecharse de mi silencio para avalar sus insultos: «Hasta en el aliento se le nota sus orígenes.» O «A pesar de su espectacular apariencia de ejecutivo importante, carece de clase. ¿Sabíais que su padre fue acomodador de un cine?» o «Si hubierais conocido a su madre. La pobre tenía giba a fuerza de limpiar escaleras».

No voy a negar que a veces, cuando la oía disparatar de aquel modo, me entraban ganas de abofetearla. Pero nunca me atreví a hacerlo. Abofetearla hubiera sido lo mismo que darle pie a sentirse víctima.

Lo más que hacía era marcharme de casa y regresar cuando calculaba que ella dormía.

Al día siguiente, cuando se le había pasado el efecto del alcohol, amanecía como si nada hubiera ocurrido. Según decía no recordaba haberme agredido ni insultado.

Pero en cierta ocasión sus ataques acabaron con mi paciencia. Ya no se trataba de mi familia, ni de los celos que mis ausencias le provocaban, ni aquellos interrogatorios obscenos: «A saber con quién habrás jugado esta noche a la ruleta» o «¿Has sabido manejar bien el cordelito?».

El hecho sucedió cuando tras una de aquellas salidas nocturnas, ella, ya ebria de odio y alcohol, empezó a gritar que lo malo mío era que «perdía aceite», y que por eso era tan amigo de Douglas Raft. «La verdad es que no entiendo cómo pude enamorarme de un candidato a marica.»

Y por si fuera poco explicó a todos los que querían escucharla que si yo trabajaba en Editorial Otoño era precisamente gracias a Douglas Raft. «Fue Douglas quien lo convirtió en un ejecutivo.»

Aquellas alusiones no tardaron mucho en extenderse. Pronto adquirieron arraigo. La voz de las calumnias es como las norias que no cesan de dar vueltas aunque las impulse un borrico. De mis méritos profesionales, nadie hablaba. Tampoco contaban mis esfuerzos por mantenerme fiel a mi mujer. Al contrario. Era precisamente aquella fidelidad lo que más pesaba en la afirmación de Antonia: «Todos sabemos la eficacia de las mafias gays.»

Y los cotilleos aumentaban. Era fácil notarlo por las insinuaciones que me hacían. El equívoco estaba sembrado y las conjeturas crecían y las mujeres me miraban con cierta reticencia desencantada. Mientras que los hombres fingían no dar crédito a lo que en realidad creían, poniendo cara de amigos condescendientes que «pasaban» de esas cosas sin darle importancia: «En fin de cuentas vivimos amparados por una democracia.»

Así fueron pasando dos o tres meses: sus imputaciones cada vez más frecuentes, mi desprestigio como hombre por los suelos y sus salidas de tono descaradamente acentuadas.

Eso sí, jamás perdonaba mis posibles ausencias cuando visitábamos al médico para que le extrajera la sangre y analizara el INR y dictaminara sobre la evolución de la enfermedad. «Tu obligación como marido es estar a mi lado.»

Era un rito sagrado. Su propio padre me lo había pedido: «Ocúpate de ella. Si tú no la acompañas a la clínica, Antonia es muy capaz de olvidarse de su enfermedad.»

Y tenía razón. Antonia ya no se acordaba de que estaba enferma.

Afortunadamente, las visitas eran breves. También los días lo eran. Por aquel tiempo alboreaba una primavera todavía emponzoñada de invierno. Y aunque los árboles cabeceaban a impulsos de una brisa templada, las hojas verdes eran sólo tallos apenas perceptibles.

Recuerdo esos detalles porque la clínica que visitábamos tenía jardín; un jardín espectacular que no se avenía con las tristezas y las angustias que se cocían en la retaguardia del edificio. Y aquel día, no sé por qué, pensé que en esta vida todo era contradicción. Que en muchas ocasiones las cosas no estaban en su sitio. Y que perseverar en el dolor no compaginaba con la profusión de vida que la naturaleza de aquel inmenso jardín nos estaba ofreciendo.

Una vez más el médico me indicó la dosis exacta que debía administrarle a Antonia: «No lo olvide, señor Escalante; cualquier cambio puede ser mortal para su mujer —me dijo cuando ella no pudo oírlo—. De momento la enferma evoluciona favorablemente. El resultado es perfecto.»

Recuerdo que al principio, cuando me advertían sobre los peligro que encerraba una dosis equivocada, me dejaban un regusto amargo, como si tras aquellas advertencias se escondiera una profecía agorera que dependiera exclusivamente de mi responsabilidad.

No me daba cuenta de que, en la vida la mayor parte de las cosas que suceden se rigen por signos aunque no les prestemos demasiada atención.

Se trata de signos que aunque no reparemos en ellos, se van incrustando lentamente en nosotros como si fueran resabios de una segunda naturaleza. Una indómita naturaleza escondida que puede llegar a extraviarnos en sopores intangibles y abrumarnos con apariencias normales que sólo son crueldades ocultas.

Por eso aquel día, cuando llegamos a casa, ni siquiera sospechaba lo que podía ocurrir. Y todavía hoy cuando pienso en lo que sucedió, tengo la impresión de que en realidad yo no viví aquella escena. Que todo lo que tuvo lugar fue sólo un maldito sueño.

De pronto, Antonia se volvió hacia mí y sin que entre nosotros mediara la menor muestra de enfado, me gritó enloquecida: «Tú lo mataste. Tú lo dejaste solo en la piscina.»

Aquella vez no pude contenerme. Perdí mi dominio y me dejé llevar por la rebeldía. Le dije que ya no podía soportar más sus incongruencias, sus calumnias y sus caprichos y que en cuanto llegara su padre, aunque me costara renunciar a mi empleo, iba a separarme de ella.

No me escuchaba. De nuevo el odio lo impregnaba todo. Y el pasado volvía como si Antón acabase de morir.

Nada podía evitarlo. Cada rincón de la casa se iba impregnando de aquel pasado que, tanto ella como yo, habíamos querido enterrar a fuerza de mentiras.

De pronto se acercó a mí para golpearme. En la mano esgrimía un abrecartas, quería herirme con él. Pero yo una vez más la agarré por los codos y la lancé contra el sofá.

Allí se quedó hasta que Berta, alarmada, al oír sus gritos entró en la sala: «Hay que darle el medicamento —le dije fríamente—. La señora está nerviosa.»

Yo mismo preparé la dosis.

Lo que vino después carece de un orden cronológico. Es impensable evocar con exactitud los pormenores de aquel día. Creo que salí de casa. Y que al llegar, ella estaba dormida. No puedo recordarlo con exactitud o quizá mi inconsciente necesita olvidar. La impresión que ahora tengo es la de un hombre que no sentía, que no pensaba, que ni siquiera era dueño de sus actos.

Al día siguiente volví a prepararle la dosis de Sintrom y se la di a Berta para que se la entregara.

Tres días después fue preciso avisar al médico de urgencias, a la tía Luisa y a su padre.

Nadie pudo sospechar que la dosis que suministré era incorrecta. Ni siquiera yo podía creerlo. Oía pero no entendía. Hablaban y no podía asimilar lo que decían. Recuerdo que los médicos que la trataban se hacían cruces. No acertaban a comprender por qué motivo la embolia pulmonar se había reproducido. Los resultados del análisis eran tan buenos.

El aterrizaje es ya inminente. La senda marcada ha llegado a su fin.

Las azafatas se ocupan de que los cinturones de seguridad estén ajustados y que los respaldos de los asientos vuelvan a enderezarse.

Otra vez la ansiedad de los pasajeros fingiendo urgencias innecesarias que sirven para demostrarse a sí mismos que pronto van a abandonar el vacío para pisar tierra firme.

Mientras el avión desciende, la atmósfera, clarificada, diseña un mar calmoso y transitorio que ya no amenaza naufragios.

—Parece ser que en Nueva York luce el sol —exclama Daniela.

—Estamos en otro continente.

—Curioso —contesta ella—. Es como si los caprichos del clima no tuvieran en cuenta que el tiempo se ha estancado. Al fin y al cabo, la hora que marca el reloj aquí es más o menos la misma que marcaba cuando salimos de España.

—A lo mejor es que esas siete horas de vuelvo no han existido —responde él tratando de tomar a broma su frase.

—Es posible. Tanto como imaginar que nuestra conversación se ha quedado en una paradoja.

—O en un sueño —añade él—. Existir sin tiempo es algo así como dormir y perder lo que ese tiempo podía habernos regalado.

Y tras un silencio breve:

—Probablemente en España estará anocheciendo —comenta ella por decir algo.

Y Eladio piensa que para él España con todo lo que allí ha dejado (casa, amigos, sueños, muertes, torturas y desengaños) será siempre una noche interminable que por nada del mundo querría recuperar.

—Hay que ser optimista —dice ella—. En vez de imaginar que nos han escamoteado horas, también podemos imaginar que nuestro viaje ha alargado el día.

Pero ni él ni ella acaban de asimilar que ese día «alargado» pueda ser algo más que un remiendo endeble carente de solidez.

Aunque no saben explicarse el motivo, de pronto algo parecido a la tibieza o desgana se está instalando en ellos. Es una sensación incómoda; como si un tumor metafísico se interpusiera entre ambos.

De pronto Daniela reacciona:

—Aunque algo a trasmano, quiero darte las gracias por lo que acabas de decirme relacionado con el cambio de vida que mi compañía te ha proporcionado. Nunca imaginé que yo podría influir en alguien tan importante como tú.

—¿Crees de verdad que soy importante?

—Ante Dios todos lo somos. Pero la importancia a la que me estaba refiriendo se basa especialmente en la serenidad con la que has aceptado las tragedias que te afectaron: la pérdida de tu hijo, la muerte de tu mujer, la lucha de tu madre por costear tus estudios. Superar todo eso como tú lo has superado es lo que configura la importancia del hombre.

Pero Eladio le hace señas con la mano para que no siga hablando:

—Prefiero no recordar, la memoria es a veces muy cruel, para seguir viviendo es preciso olvidar.

Pero aunque Eladio intenta convencerse de lo que está proponiendo, sabe que, para él, el olvido es un objetivo imposible.

Ahí vuelve a estar Antonia, presa de una trampa innoble que él mismo le tendió valiéndose de una confianza que no merecía.

Y contempla sus ojos abiertos pidiéndole una ayuda que no podía prodigarles aunque al darse cuenta de lo que había hecho pusiera en marcha todos los mecanismos posibles para evitar lo que ya era inevitable. Y se ve a sí mismo pensando: «No es posible. No es posible. ¿Por qué? Yo no he sido. Es alguien más. Alguien que obliga y que influye.» Y oye el estertor de su ahogo mientras los médicos en vano intentaban conservar viva a aquel remedo de mujer que se negaba a morir.

Y recobra el hundimiento de Luisa. Una Luisa ajena a la mujer que Antonia detestaba. Su falsa calma de siempre, deshaciéndose en llantos que nadie respaldaba, ni entendía, ni trataba de aminorar con consuelos inútiles.

Y el silencio comprensivo de Douglas Raft; el amigo entrañable que quizás «intuyera» Dios sabía qué tormentas sofocadas, pero que sólo lo abrazaba y le ofrecía comprensión: «Sé cómo te sientes, Eladio. Cuenta conmigo para lo que haga falta. No voy a decirte nada más. No quiero agobiarte.»

Fue en aquellos momentos cuando Eladio le suplicó que intercediera cerca de Mahler para que le mandara lejos de España: «No podría continuar aquí. No lo soportaría», le dijo. Y Douglas le prometió ayudarlo.

Lo peor fue el regreso de su suegro. Verlo allí impotente, convertido en un pobre hombre inmensamente rico, observando el cadáver de su hija (con el rostro pálido y ceniciento, descartándose lentamente de su legendaria belleza) como si fuera un mendigo enfrentándose a un descomunal fracaso y aborreciendo la inutilidad de su propia vida y de sus esfuerzos por llegar a la meta de los que, pretendiendo la gloria, se ven convertidos en «nadies».

Y nota el abrazo que le dio cuando sin ocultar el dolor que lo anegaba en llanto, pudiera encontrar, en su yerno, el apoyo que tanto necesitaba: «Dios mío, Eladio; la hemos perdido, hijo, la hemos perdido.»

Tampoco olvidaba la frialdad que él sentía en aquellos momentos. Era una frialdad que se empeñaba en «no ser», pero que «era», y que de puro helada le impedía llorar. Pero Mahler no se daba cuenta y continuaba insistiendo: «Nunca podré agradecerte bastante lo que has hecho por mi hija. Ella te quería tanto.»

Y Berta.

Tampoco Berta puede ser objeto de olvido. Ahí está ahora con su mirada de mujer angustiada, medio arrepentida por la serenidad y el descanso que demostraba como si la muerte de «su niña» no le afectara.

No obstante, tampoco la mirada de Berta tenía un columbrar de indiferencia; al contrario; todo en aquella mujer era un clamor silencioso que gravitaba sobre la casa como el aullido de un perro mudo. En realidad era una mirada que asustaba, que aunque no desprendía reproches, tampoco se dignaba conceder alivios. Como si «sabiendo» se negara a saber. Y fingiendo serenidad se retorciera de dolor.

Y la contempla de nuevo cuando esta mañana, al despedirse de él, le ha tendido la mano para estrecharla con fuerza pretendiendo acaso que aquel ademán pudiera disculparlo de algo que no tenía disculpa posible: «Procure olvidar, señor. Olvídelo todo cuanto antes.»

«No hay duda —piensa ahora Eladio—. Berta intuía. Berta era el único peligro.»

Los demás fueron sólo espectadores de una realidad incierta que, como tantas otras, se iba estancando en la vacuidad de lo desconocido, de lo que nadie nunca podía sospechar y mucho menos probar.

Y como si Daniela leyera su pensamiento, de repente le pregunta:

—¿Crees que algún día podrás olvidar? —Pero Eladio no contesta—. Comprendo que para ti el olvido será difícil —insiste ella—. Cuando se ha querido tanto a una persona como tú has querido a Antonia, el olvido tarda en llegar.

—Quizá nunca llegue —responde él—. De cualquier forma, no hay nadie perfecto. A lo mejor, lo que yo veía en ella no era real.

—Si así fuera, es posible que tu desolación tuviera arreglo antes de lo previsto —remata ella.

—No lo creas. A veces no es sólo la pérdida de las personas queridas lo que de verdad nos duele.

—¿A qué te refieres?

—Prefiero no decírtelo.

—¿Por qué?

En un ademán algo brusco, Eladio se vuelve hacia ella, le agarra el brazo y la sacude ligeramente:

—Porque si te lo digo te habré perdido para siempre. Y eso es lo que quiero evitar a toda costa.

Enseguida aparta su mano del brazo y con el pretexto de contemplar el Sol que sigue alumbrando la Tierra, se ladea hacia la ventanilla y le da la espalda.

Daniela, aturdida, contempla ahora su dorso inclinado, el pliegue de su cogote, su cabello algo despeinado y la armonía de su cuerpo abarcando un asiento demasiado alejado del suyo:

—Para siempre ya me has perdido —le confirma ella con un punto de enojo en su voz—. ¿No me has asegurado antes que jamás volveremos a vernos?

Eladio recobra su posición normal y de nuevo se vuelve hacia ella:

—¿Sabes, Daniela?, una cosa es no volver a verte y otra cosa es perderte. Acuérdate por favor de lo que voy a decirte. Es importante: la palabra «mañana» para mí ya se ha acabado. O mejor dicho, eso que la gente normal llama «mañana», después de haberte conocido, será, para mí, un «hoy» constante. Un recuerdo que jamás podrá morir. Por eso tengo tanto empeño en conservarlo. Voy a necesitar ese recuerdo. Quizás es lo más trascendental que me ha ocurrido en la vida.

—Si es lo más trascendental, ¿por qué te empeñas en menospreciarlo?

—No lo menosprecio. Lo estoy protegiendo. Lo

estoy «guardando» como se guarda un tesoro. Seguramente esa avaricia me obligará a perder una felicidad que nunca he conocido y que quizá podría conocer. Pero entre el «quizás» o la certeza, prefiero quedarme con el quizás. Las certezas suelen engañar.

Los ojos de Daniela se humedecen. No entiende, no sabe. Tal vez intuye pero sólo pregunta:

—¿Y yo? ¿Por qué no piensas en lo que acaso yo también pueda perder?

Lo ha dejado escapar con voz trémula, como si la humedad de sus ojos fuera a convertirse en llanto. Y la tentación de la duda atrapa de nuevo a Eladio. Piensa ahora que si se sincera con ella, Daniela lo comprendería. «A lo mejor lo que hice no fue tan grave —se repite una y mil veces—. A lo mejor fue mi subconsciente y yo nada tuve que ver.»

Y sin darse cuenta, las razones del silencio se le van desrazonando: «Un hombre tiene derecho a rehacer su vida y ser feliz, y formar una familia y tener ilusiones y programar esperanzas», piensa Eladio repentinamente.

Tal vez si tuviera valor para volcarle a Daniela la oscura verdad de su secreto, ella le comprendiera y lo disculpara y hasta se aviniera a convertirse en cómplice de lo que hizo. Pero ¿fue en realidad tan grave lo que hizo? En ocasiones cuando se llega a los límites que él había llegado, cabía la posibilidad de que el futuro le permitiera dar un portazo al pasado y otear otros horizontes, otras fronteras, otras perspectivas.

De pronto el avión reduce la velocidad y paulatinamente inicia el descenso. Es un descenso lento, que súbitamente cambia el perfil de las falsas posibilidades y asienta inexorablemente la verdad de los hechos.

Y Eladio sabe ya que jamás le dirá a Daniela lo que su necesidad de sincerarse le está exigiendo que le confiese.

Pronto el roce de las ruedas con el pavimento de la pista devuelve la tranquilidad a los pasajeros.

Y enseguida la voz de la azafata suplicando que nadie se mueva del asiento hasta que el aparato se detenga.

Y de nuevo Eladio se promete a sí mismo que lo que no le ha contado a Daniela quedará para siempre enjaulado en el desconcierto de la nada.

Otra vez los abrigos, las carteras, el libro sobre la armonía de la estética visual, y el niño enfermo apoyándose en su madre, y el hombre gordo ajustándose el nudo de la corbata y los expertos en negocios, acarreando sus útiles de trabajo. Y el silencio de ambos desfilando por el túnel que conduce al aeropuerto.

De repente el frío. Y el tumulto de la aduana. Y el recinto donde el equipaje distraerá recuerdos y tensará vigilancias.

Y los carritos. Hay que aguardar junto a la pasarela con el carrito en la mano. Y esperar a que el equipaje llegue sin mermas ni complicaciones.

Daniela y Eladio en estos momentos apenas se miran. Ambos saben ya que la conversación ha terminado. Que la rutina de las cosas de la tierra es siempre más poderosa que la libre palabrería que se pierde en la fugacidad del vacío.

Las maletas tardan en llegar:

—Lo de siempre —comenta Eladio por decir algo—. Mucho progresar por un lado y mucho retroceder por otro. ¿Cuándo comprenderán que el proceso de desafiar la distancia volando no se compadece con el proceso de recobrar el equipaje?

Pero Daniela no contesta.

De vez en cuando se oyen unos alaridos de gentes que se acumulan más allá del recinto donde se encuentran. Son sonidos trashumantes que carecen de importancia. Tributos insignificantes que el género humano paga al silencio de los que aguardan Dios sabe qué clase de soluciones.

Por fin el equipaje.

Los carritos se llenan de maletas, sacos y paquetes. Y sin decir palabra, Daniela y Eladio se dirigen ahora al pasillo que conduce a la puerta de salida. «¿Algo para declarar?» Ambos niegan: «Nada.» Sin embargo, Eladio no ignora que los dos han mentido.

Con frecuencia no declarar no consiste sólo en no ocultar objetos prohibidos. También puede consistir en esconder actos desalmados, sensaciones dolorosas, esperanzas inútiles, emociones y renuncias; infinidad de sustancias etéreas y fugaces que, no por efímeras, dejan de poder causar descalabros capaces de modificar la esencia de la vida.

Ahí está la puerta de salida. Instintivamente ambos se detienen. A la izquierda puede verse el letrero que se empeña en separarlos: CONEXION DE VUELOS y una flecha indicando el camino que deben seguir los viajeros para alcanzar el avión que ha de conducirles a la ciudad de Los Ángeles.

—Hemos llegado al límite —indica Daniela—. Un límite sin horizontes, ¿verdad? —pregunta como si todavía confía en que Eladio la retenga y le ruegue que no se vaya, mientras resignada le tiende la mano para que la estreche:

—Tal vez algún día —murmura él.

—Tal vez —repite ella.

—Suerte —le desea Eladio.

Pero Daniela no contesta. La flecha y el letrero parecen acuciarla. El vuelo a Los Ángeles la espera.

—También yo te deseo suerte —le dice al final cuando, sin mirarlo, ha iniciado el camino que le indica la flecha.

Eladio la deja marchar y se coloca ante la puerta electrónica que se abre automáticamente.

No obstante, no avanza. Sin poderlo evitar se vuelve a mirarla como si intuyera que también ella se ha vuelto para mirarlo a él.

Y ahí están ahora los dos a unos metros de distancia contemplándose estáticos: él incapacitado para evitar el nudo que se le ha formado en la garganta. Ella, alta, esbelta, con la mirada impregnada de lágrimas y la mancha de su falda apenas perceptible.

Y sin poderlo evitar, Eladio corre a su encuentro, la rodea con los brazos y acaricia beso a beso, la humedad de sus mejilla.

No hablan. ¿Para qué? A veces callar es la forma más elocuente de expresar los sentimientos.

Ni siquiera se dicen adiós. No cabe un adiós más rotundo y definitivo que un abrazo apasionado desprovisto de palabras.

9 de septiembre de 2001

Esta novela se terminó de escribir dos días antes del ataque a las Torres Gemelas de Nueva York.